# 影踏亭の怪談

影踏亭 の 怪談

# 그림자밟기 여관의 괴담

오시마 기요아키 연작소설

김은모 옮김

**H**
현대문학

차 례

그림자밟기 여관의 괴담

影　踏　亭　の　怪　談

우리 누나는 괴담 작가다.

본명인 우메키 교코梅木杏子의 한자를 바꿔 우메키 교코呻木叫子*라는 장난기 어린 필명으로, 주로 실화 괴담을 쓴다. 나도 괴담을 싫어하지는 않아서 종종 헌책방에서 실화 괴담 문고본을 구입하기도 하지만, 누나의 작품은 그런 작품들과는 성격이 약간 다른 것 같다.

현재 서점이나 편의점에서 판매되고 있는 문고 크기의 괴담 책은 짧은 이야기가 수십 편 실려 있는 것이 일반적이다. 특히 실화 괴담이라고 불리는 종류는 저자가 제삼자를 취재해서 쓴 경우가 많으며, 그러한 체험담에는 대개 명확한 결말

---

\* 한자 呻(읊조릴 신)은 '신음하다', 叫(부르짖을 규)는 '외치다'라는 뜻을 담고 있다.

이 없어 으스스한 뒷맛이 남는다.

하지만 누나는 가능한 한 괴담의 원인을 찾으려 한다. 똑같은 괴이 현상이라도 여러 명이 연관됐을 때는 일부러 모두에게 따로따로 이야기를 듣고, 집필할 때는 각자의 체험담을 전부 싣는다는 전제 아래 직접 괴담의 무대가 된 현장에 가서 현지 조사 결과까지 덧붙인다. 즉, 누나의 작품은 체험담에 르포르타주가 더해진 구성이다. 게다가 대학에서 민속학을 전공한 영향인지 괴담이라지만 에세이나 민속학 현지 보고서에 가깝다. 그래서 솔직히 말해 누나의 책은 무섭지 않다. 그리고 무섭지 않아서인지 그렇게 잘 팔리지 않는다.

그런 비인기 작가 우메키 교코에게 사건이 일어난 건 연말인 12월 30일이었다. 맨션에 살고 있는 누나는 방에서 접착테이프로 의자에 고정된 채 의식불명 상태로 발견됐다. 발견한 사람은 다름 아닌 나다. 이 사건에는 유난히 이상하다고 할만한 점이 있었다.

누나의 두 눈꺼풀은 검은 실로 꿰매어져 있었다. 나중에 경찰에게 들은 바로는 그 실은 누나 자신의 머리카락이었다고 한다.

자세한 경위를 돌이켜보겠다.

누나는 데뷔하고 한동안 도치기현 북부에 있는 본가에서 살았다. 그런데 2년 전 갑자기, 일을 주로 의뢰하는 출판사와 가까운 도쿄 도내의 맨션으로 이사했다. 누나는 대학생 때 이바라키현에 있는 학교에 다니느라 자취를 한 경험이 있지만, 5년 만의 자취라 본인보다도 부모님이 더 걱정하던 게 기억난다.

그날 나는 오랜만에 누나가 사는 도키와다이의 맨션을 방문했다. 누나는 오봉*과 설날, 5월 황금연휴같이 교통편이 혼잡한 시기에는 고향에 오지 않는다. 직장인과는 전혀 다른 시기에 귀성할 수 있는 것이 프리랜서의 장점이다. 하지만 역시 부모님, 특히 어머니는 누나가 설날을 제대로 쇠는지 걱정인 듯, 누나가 어떻게 지내는지 보고 오라며 내게 손수 만든 오세치 요리**와 친척과 함께 만든 떡(놀랍게도 지금도 우메키 집안에서는 매년 연말에 절구와 절굿공이를 사용해 떡을 친다)을 들려 보냈다. 뭐, 나도 논에 둘러싸인 집과 역시 논에 둘러싸인 직장만 왕복하는 생활이 지겨우니까 가끔 상경하면 기분 전환이 돼서 좋긴 하지만.

누나가 사는 맨션은 역에서 도보로 3분도 걸리지 않는 곳에 있지만, 지은 지 30년이 넘어서 딱 보기에도 허름하다. 옆으로 길쭉한 8층짜리 건물이라 마치 오래된 아파트 단지 같다. 당연히 자동 잠금 자물쇠는 없으므로 관리실 앞을 지나쳐

* 추석과 비슷한 일본의 명절.
** 설날에 먹는 일본의 명절 요리.

엘리베이터를 탔다. 누나의 집은 3층의 엘리베이터에 제일 가까운 곳이다.

인터폰을 눌러도 대답이 없었다. 화장실에라도 갔나 싶어 잠시 기다리다 휴대전화로 연락해보았지만 받지 않았다. 그런데 집 안에서 수신음은 들렸다. 1990년대에 유행한 애니메이션 노래다. 이상하다 싶어 문에다 대고 "누나" 하고 불렀지만 역시 대답은 없었다. 문은 잠겨 있었지만 나는 어머니에게 여벌 열쇠를 받아 왔다. 다행히 체인이 걸려 있지 않아 들어갈 수 있었다. 혼자 살기에는 너무 넓은 3LDK*라 누나의 수입으로 집세를 어떻게 감당하는지 늘 신기하다. "누나" 하고 부르며 침침한 실내에 발을 들여놓았다. 집은 난방을 해놓아서 따뜻했다. 식당으로 가니 옆으로 이어지는 미닫이문이 열려 있었다. 거기는 누나가 작업실로 사용하는 방이었다. 누나는 책상 앞 의자에 앉아 있었다.

"뭐야, 있었잖아."

화난 목소리로 말했지만 반응은 없었다. 그제야 이상하다는 걸 알아차렸다.

누나의 두 다리는 의자 다리에 접착테이프로 고정돼 있었다. 두 손목도 못 움직이게 접착테이프로 칭칭 감아놨다. 눈

---

\* 방 세 칸에 거실, 식당, 부엌이 딸린 집.

을 감은 얼굴은 잠든 것처럼 평온했지만, 두 눈에서는 피 같은 것이 흐르고 있었다. 입술 끄트머리에서 늘어진 침이 뚝 떨어지던 게 지금도 아주 선명히 기억난다. 가슴을 희미하게 들썩거렸고 혈색도 나쁘지 않아서 살아 있다는 건 알았다. 얼른 테이프를 떼어냈지만 누나는 축 늘어진 채 미동도 없었다. "누나! 누나!" 하고 몇 번 불렀지만 완전히 의식을 잃은 듯했다. 그 후 구급차를 부르고, 경찰에 신고하고, 부모님께 연락하느라 정신없이 바빴다.

## 우메키 교코의 원고 1

고향에서 차로 한 시간쯤 걸리는 곳에 고즈 온천 마을이라는 곳이 있다. 인근에서는 시오바라나 나스가 온천지로 유명하지만, 고즈 온천도 옛날부터 지역 주민에게 사랑받은 곳으로, 온천수가 뿌옇고 약간 미끈미끈한 것이 특징이다. 온천지라고는 하지만 높직한 구릉지 여기저기에 소규모 여관과 민박이 드문드문 있을 뿐, 기념품 가게가 늘어선 소위 온천 거리는 없다. 각 숙박 시설이 그야말로 은둔처처럼 조용히 자리 잡고 있다.

K 여관은 그중에서도 특히 눈에 띄지 않는 곳에 있는 여관

이다. 숙박 시설끼리 멀리 떨어져 있는 고즈 온천 마을에서도 K 여관은 가장 후미진 곳에 자리하고 있다. 듣자 하니 숙박 시설 중에서 제일 신축이라 그런 모양이다. 원래는 가정집이 있던 곳인데, 집주인이 이사 가고 오랫동안 매물로 나와 있던 땅을 현재 여관 경영자의 아버지가 샀다고 한다. 온천도 그 사람이 팠지만, 지금은 아들 부부가 여관을 물려받았다.

당시 대학생이었던 D 씨가 여름방학에 K 여관에서 아르바이트를 한 것은 아직 전대 주인 부부가 운영을 맡고 있던 1990년대 말이었다. D 씨의 본가가 가깝고, 어머니와 K 여관 안주인이 친하다는 인연으로 비교적 급하게 결정된 아르바이트였다.

손님이 퇴실한 방을 청소하고 저녁 식사 준비를 돕는 것이 D 씨의 주된 업무로, 보통은 오전 9시경에 출근해 오전 업무를 마치고 귀가했다가 저녁에 다시 출근하는 방식으로 일했다. 다만 손님이 많을 때면 아침 식사 준비도 돕곤 했다. 그럴 때는 이른 아침부터 일해야 하므로 K 여관의 수면실에 묵었다.

"집은 오토바이로 10분이면 가지만, 제가 아침잠이 많아서요. 늦잠이라도 자면 큰일이잖아요. 수면실에서 자면 늦잠을 자더라도 깨워줄 테니까요."

수면실은 여관 중정의 거의 한복판에 자리한 별채다. K 여관의 본관은 위에서 내려다보면 □ 모양에 가깝다. 중정은 연못과 등롱 등이 있는 고풍스러운 일본식 정원이고, 별채도 얼핏 보기에는 다실 같은 분위기였다.

"원래는 객실이었던 모양인데, 당시 이미 아르바이트생이나 파트타임 직원의 휴게실로 사용하고 있었어요. 그런데 그 방이 좀 이상했거든요."

별채는 밖에서 보기에는 나름대로 큰 단층 건물이다. 하지만 안에 들어가면 희한하게 좁다. 출입문을 열고 현관 바닥을 지나 안으로 들어가면 왼쪽에 화장실과 세면대가 있다. 그 앞쪽 세 평짜리 일본식 방은 끝부분이 벽으로 막혀 있다. 하지만 밖에서 보면 그 벽 너머에 방이 하나 더 있어야 할 것 같은 느낌이다.

"어쩐지 나중에 억지로 벽을 만들어서 안쪽 방을 막아버린 것 같았어요."

그리고 이 수면실에 묵으면 반드시 해괴한 일이 일어났다.

"한밤중에 시간을 딱 맞춰서 발신 번호 표시 제한으로 휴대전화에 전화가 와요."

길게 계속되지는 않는다. 하지만 수신음 한 번 만에 끊어지는 소위 원링 스팸도 아니다. 오전 2시 17분이면 어김없이 발신 번호 표시 제한으로 그 전화가 온다.

"처음에는 신경 안 썼죠. 별채에서 자는 날이 많은 것도 아니고. 하지만 늘 같은 시간인 데다 별채에서 자지 않는 날에는 전화가 온 적이 없어서 아무래도 기분이 찜찜하더라고요."

그뿐만 아니라 D 씨는 전화가 왔을 때 수면실 너머, 벽으로 막힌 공간에서 뭔가 움직이는 듯한 기척을 느꼈다고 한다.

그러던 어느 날 밤, 일이 터졌다. 평소처럼 발신 번호 표시 제한으로 걸려 온 전화를 D 씨가 무의식중에 받아버린 것이다. "여보세요" 하고 전화를 받고 나서야 '아차, 이거 그 전화인데' 싶었지만 이미 늦었다. 휴대전화에서 희미한 숨소리가 들리는가 싶더니 갑자기 "트럭"이라는 새된 목소리가 귀를 때리고 전화가 뚝 끊겼다. 그 목소리를 들은 순간 무시무시한 뭔가가 등골을 기어 다니는 것 같은, 뭐라고 형용하기 힘든 불쾌감을 느꼈다고 한다.

'트럭'이라는 말이 무슨 뜻이었는지 깨달은 건 사흘 후였다. 아르바이트를 마치고 돌아가는 길에, D 씨가 몰던 오토바이가 차선을 침범한 트럭과 충돌했다. D 씨는 왼쪽 다리가 골절되는 중상을 입고 병원에 입원했다.

"그 목소리를 들은 탓에 사고를 당한 거예요."

D 씨는 지금도 전화를 받은 탓에 저주에 걸렸다고 믿는다.


그로부터 십수 년 후, 역시 대학생 때 K 여관에서 아르바이트를 했다는 M 씨는 이런 체험을 했다.

여름방학이 시작되기 직전, M 씨는 실연했다. 친구가 남자 친구라고 소개한 사람이 하필이면 M 씨가 짝사랑하던 사람이었다. 우울한 기분을 달래기 위해 여름방학에는 아르바이트에 매진하기로 했다. 마침 친척이 운영하는 K 여관에서 영어를 할 줄 아는 아르바이트생을 찾는다기에 어머니한테 이야기를 좀 해달라고 했다. M 씨의 어머니와 K 여관의 수습 안주인이 사촌지간이라고 한다(덧붙여 이 수습 안주인이 현재의 안주인이다).

"영문학을 전공한 데다 유학도 다녀와서 영어에는 자신이 있었어요. 그리고 집이 도쿄니까 시골 친척 집에서 여름방학을 보내는 것도 신선해서 좋겠다 싶었고요."

M 씨는 여관에서 지내며 일했다. 숙소는 주인 일가가 생활하는 주거 구역의 방 중 하나였다.

일에 익숙해질 무렵, 문득 중정에 있는 별채가 궁금해졌다.

"아주 훌륭한 건물인데 왜 객실로 사용하지 않는 건지 의아했어요."

수습 안주인 말로는 자기가 시집왔을 때 이미 직원용 휴게실과 수면실로 사용 중이었다고 했다. 다만 M 씨는 수습 안주인의 말투에서 뭔가 숨기고 있는 듯한 낌새를 느꼈다.

"처음에는 옛날에 별채에서 뭔가 사건이라도 일어난 게 아닌가 했죠."

하지만 휴식 시간에 인터넷으로 찾아보아도 그럴듯한 사

건이나 사고에 관한 정보는 눈에 띄지 않았다.

"그래도 궁금증을 도저히 참을 수 없어서, 밤중에 몰래 별채에 들어가봤어요."

애당초 K 여관 사람들이 별채 출입 자체를 금한 건 아니다. 다만 숙소로 사용하는 방이 있으므로 M 씨는 별채에서 쉬거나 잠을 잘 필요가 없었다. 수습 안주인의 이야기로는 오래전에 열쇠도 없어져서 미닫이 출입문은 안쪽에서밖에 잠글 수 없다고 한다. 그래서 평소 '관계자 외 출입 금지'라는 팻말을 기둥에 붙여놓는다. 요컨대 관계자인 직원은 자유롭게 드나들 수 있는 공간이다. 하나 여관 사람들이 뭔가를 숨기고 있다면, 낮에 당당하게 살펴봐서는 안 될 것 같았다. 그래서 여관 사람들이 대부분 잠든 늦은 밤에 별채에 가보기로 한 것이다.

"몰래 중정으로 나왔을 때 스마트폰을 봤는데, 2시 10분이었어요."

징검돌을 밟고 별채에 들어서자마자 불을 켰다. 야심한 시간이니 불이 켜져 있어도 뭐라고 할 사람은 없으리라는 판단이었다. 안으로 들어가니 왼쪽에 화장실과 세면대가 있고, 맹장지문을 열자 세 평 크기의 방이 있었다. 왼편의 창문으로는 중정에 켜놓은 외등의 불빛이 장지문을 통해 희미하게 비쳐 들었다.

"방에 들어가자마자 이상하다 싶었죠. 하지만 그때는 뭐가 이상한지 잘 몰랐고요."

방은 휑했지만 작은 냉장고와 텔레비전이 있었고, 벽장에는 접이식 밥상, 방석, 침구류가 들어 있었다. 청소도 잘해놔서 다른 객실과 별반 다른 점이 없었다. 아마도 별채를 지었을 당시에는 객실로 사용하지 않았을까. 그렇다면 역시 여기서 무슨 일이 일어난 걸까? 그런 생각을 하다가 M 씨는 무엇이 이상한지 알아차렸다.

"좁더라고요."

바깥에서 본 별채의 크기에 비해 내부 공간이 너무 좁았다. 그렇게 생각하며 정면의 벽을 자세히 살펴보자 나중에 만든 듯한 티가 났다. 아무래도 벽 너머에 방이 하나 더 있는 듯했다.

"그 사실을 알고 나니까 어쩐지 무섭더라고요."

그때 스마트폰에 전화가 와서 M 씨는 자기도 모르게 외마디 비명을 질렀다. 확인하자 발신 번호 표시 제한 전화였다. M 씨는 약간 망설이다가 마치 뭔가에 씐 것처럼 전화를 받았다고 한다.

"여, 여보세요?"

"모두 죽어."

어린애 같은 목소리가 그렇게 말한 후 전화가 뚝 끊겼다.

모두, 죽는다고? 불길한 내용에 벌벌 떨면서 M 씨는 별채에서 도망쳐 나왔다.

다음 날에도 '모두 죽어'라는 그 목소리가 귓속에 울려 퍼지는 것만 같아서 일하다 실수를 연발했다.

"'모두'란 K 여관 사람 모두라는 뜻일까? 죽는다는 건 뭔가 변고가 일어난다는 뜻? 내내 그런 생각이 들었죠."

M 씨는 밤이 되기를 기다렸다가 다시 별채에 갔다. 무서운 건 둘째 치고 앞으로 무슨 일이 일어날지 걱정돼서 가만히 있을 수가 없었다고 한다. 오전 1시가 조금 지났을 무렵이었다. 스마트폰을 가만히 바라보며 전화가 오지 않을까 기다렸지만, 한 시간이 지나 오전 2시가 되도록 아무 일도 일어나지 않았다. 반쯤 포기했던 오전 2시 17분, 마침내 발신 번호 표시 제한으로 전화가 왔다.

M 씨는 반사적으로 전화를 받았다. 상대는 아무 말도 없었다. 하지만 희미하게나마 숨소리가 느껴져서 M 씨는 상대에게 말했다.

"어제, 모두 죽는다고 했잖아. 그거 무슨 뜻이야?"

하지만 대답은 없었다.

"얘! 무슨 뜻이냐니까?"

끈질기게 캐묻는 동안 M 씨는 벽 너머에서 뭔가 기척을 느꼈다고 한다. 으스스함을 참으며 계속 묻자 전화에서 갑자기 "주샤"라는 말소리가 들렸다. M 씨가 "주샤라니?" 하고 되물었을 때는 이미 전화가 끊긴 뒤였다.

"주차장에서 사고라도 나는 건가 싶었죠. 관광버스를 타고 온 단체 손님에게 무슨 일이 생긴다고 예언하는 게 아니겠느냐는 생각이 들었어요."

하지만 결과적으로 그건 공연한 걱정으로 끝났다. '주샤'가 무슨 뜻인지는 이틀 후에 밝혀졌다.

그날 지인이 M 씨에게 전화를 했다. M 씨의 친구가 죽었다는 것이다.

"어, 왜?"

"걔 얼마 전에 남친 생겼잖아? 그런데 그 남자가 전 여친을 제대로 정리하지 못했다고 할까, 전 여친이 스토커 같은 짓을 해서……."

지인의 이야기에 따르면 친구의 남자 친구(즉, M 씨가 짝사랑했던 남자)의 전 여자 친구가 학교에서 친구에게 덤벼들었다. 간호사인 그 여자는 친구의 목에 주사기를 꽂았다.* 주사기에 독극물이 들어 있었던 탓에 어찌할 방도도 없이 친구는 수많은 사람들이 지켜보는 가운데 사망했다고 한다.

M 씨의 친구 이름은 '미나'였다.

---

* 주차와 주사의 일본어 발음은 '주샤ちゅうしゃ'로 동일하다. 그리고 모두는 일본어로 '미나みな'다.

사건이 일어난 지 한 달이 지났지만 누나는 여전히 의식불명 상태다.

주치의 말로는 눈에 띄는 외상은 없고, 뇌에서도 이상한 점은 발견되지 않았다고 한다. 경찰 수사도 벽에 부딪혔다. 누나가 왜 그런 지경이 됐는지 전혀 짐작이 안 가는 모양이다. 하지만 사건 현장인 누나 방에서 이상한 점이 발견됐다. 첫 번째로 집의 자물쇠가 전부 잠겨 있었다는 것이다. 그리고 평소 누나가 사용했던 집 열쇠는 거실 캐비닛 위에 있었다. 여벌 열쇠는 당일 내가 어머니에게 받은 것뿐이다. 물론 관리실에는 마스터키가 있지만, 그걸 가지고 가서 사용한 흔적은 없었다. 우리가 모르는 누군가가 누나에게 여벌 열쇠를 받았을 가능성도 있지만, 적어도 우리 가족은 그럴 만한 관계에 있는 사람을 모르고, 실제로 누나 집에서도 그런 사람이 드나든 흔적(지문이나 체모 따위이리라)은 발견되지 않았다.

두 번째 의문은 맨션 CCTV 카메라에 수상한 인물이 전혀 찍히지 않았다는 점이다. 누나가 사는 맨션의 입구와 각 층의 엘리베이터 홀(여기는 계단 출입구이기도 하다)에는 CCTV 카메라가 설치돼 있다. 사건 전날 밤에 누나의 모습이 찍힌 건 확인됐고 그 전후로 같은 층 주민이나 신문 배달원, 택배 기사 등도 찍혔지만, 그 밖에 수상한 인물은 찍히지 않았다. 이 두 가지 사실 때문에 처음에는 내가 제일 의심받았다. 하지만 사건 전날 도치기현에 있다가 당일에야 도쿄에 왔다는 사실 등이 입증돼서 당면한 의혹은 벗은 듯하다.

하지만 이상한 점은 이 두 가지에 그치지 않는다. 실내에 몸싸움을 벌인 흔적이 전혀 없는 데다 누나 몸에도 저항한 듯한 흔적은 없었다. 더욱 기묘한 건 누나를 묶은 접착테이프에서 누나 본인의 지문이 다수 발견됐다는 점이다. 상황만 따지면 마치 누나가 본인 의사로 다리와 손목에 테이프를 감은 것처럼 보이는 모양이다. 실제로 실험해보니 누나와 비슷하게 스스로 접착테이프를 감을 수 있었다고 한다. 자기 눈꺼풀을 꿰매는 것도 아예 불가능하지는 않으리라. 적어도 CCTV 카메라에 찍히지 않고 문이 잠긴 집에 드나들기보다는 쉬울 것이다. 하지만 뭣 때문에 그런 짓을 했는지 이유를 알 수 없다.

상황이 이러한 가운데, 할머니가 불쑥 말했다.

"교코가 뭔가에 씐 것 아닐까?"

"뭔가에 씌다니, 무슨 말씀이세요?"

"걔는 괴담을 쓰려고 심상치 않은 곳을 많이 돌아다녔잖니. 그러니 취재하러 갔던 곳에서 묘한 것에 씐 게 아닐까 싶어."

부모님은 말도 안 되는 소리라고 덮어놓고 부정했지만, 내가 듣기에는 꽤 신빙성 있는 가설 같았다. 누나는 뭔가에 씌었다. 분명 영적인 뭔가이리라. 그것이 누나에게 사달을 일으켰다면 현장의 이상한 상황도 설명이 된다. 즉, 뭔가에 씐 누나가 직접 눈꺼풀을 꿰매고 접착테이프로 자기 몸을 묶었다. 그래서 집의 자물쇠가 전부 잠겨 있었고, CCTV 카메라에도 범인으로 추정되는 인물이 찍히지 않았다. 만약 그렇다면, 누나가 뭐에 씌었는지 밝혀내면 누나의 의식을 되찾을 방법도 알아낼 수 있지 않을까.

나는 누나를 그런 꼴로 만든 영적 존재의 정체를 밝혀내기 위해 조사에 나섰다.


### 우메키 교코의 원고 2


아르바이트생뿐만 아니라 손님 중에도 K 여관에서 이상한 체험을 한 사람이 있다.

지금으로부터 약 10년 전, 도치기로 여행을 떠난 N 씨, S 씨, Y 씨는 K 여관에 묵었다. 그중 Y 씨에게는 아무 일도 없었지만, N 씨와 S 씨는 각자 다른 체험을 했다. 당시 세 사람은 대학 졸업을 코앞에 두고 있었다.

"졸업 기념으로 마음 맞는 친구끼리 여행을 갔었죠."

N 씨가 운전하는 차로 첫째 날은 닛코 지역을, 둘째 날은 나스 지역을 관광했다. K 여관에 숙박한 건 둘째 날이었다.

저녁 식사 시간이 되자 N 씨는 친구들보다 먼저 식당에 갔다. S 씨와 Y 씨가 오락실에서 큰북을 두드리는 형식의 리듬 게임에 푹 빠져 있었기 때문이다. 지겨워진 N 씨는 "곧 식사 시간이니까 먼저 갈게"라고 두 사람에게 말하고 식당으로 향했다.

이미 전채 요리가 차려진 식당의 각 좌탁에 손님들이 드문드문 앉아 있었다. 그중 식당 오른편 안쪽 자리에 앉은 중년 여자가 좌탁 아래를 들여다보고 있었다.

"그 자리에는 요리가 없었으니 빈자리였을 거예요. 그분은 얼굴을 들이밀다시피 테이블 아래를 들여다보고 웃으면서 말을 걸고 있었죠."

처음에는 고양이라도 있나 싶었다. 하지만 자세히 보니 여자는 아무것도 없는 공간에다 말을 걸고 있었다. 정신에 문제가 있는 사람일지도 모르겠다 싶어 N 씨는 얼른 여자와 거리를 두고 자기 자리에 앉아 힐끔힐끔 그쪽을 살폈다.

웃고 있다. 그것도 부드럽고 자연스러운 웃음이다. 말투를 들어보니 아무래도 어린애한테 말을 거는 것처럼 느껴졌다. N 씨는 그 모습에서 여자가 겉보기보다 나이가 많고, 치매라도 걸린 게 아닐까 추측했다. 그런 상황이 2, 3분쯤 계속됐다고 한다. N 씨는 의아하게 생각하면서도 불쾌하지는 않았던 모양이다.

그때 한 남자가 식당에 들어왔다. 남자는 그 여자를 보고 재빨리 다가가서 "엄마, 그 자리 아니야" 하고 주의를 주었다. 그러자 여자는 시끄럽다는 듯이 눈살을 찌푸리며 "알아" 하고 대꾸했다.

"지금 얘랑 이야기하는 중이잖니."

여자는 아무도 없는 좌탁 아래를 향해 "그렇지?" 하고 미소 지었다. 한편 남자는 순식간에 표정이 굳어졌다.

"얘라니……? 엄마, 무슨 말이야?"

남자의 말에 여자는 비로소 이상함을 느낀 모양이다. 아까 자기가 말을 걸었던 곳에 다시 시선을 주었다.

"그때 그분의 얼굴을 지금도 잊을 수가 없네요."

아무것도 없는 공간을 바라본 여자는 눈이 휘둥그레졌다. 조금 전까지의 온화한 분위기는 온데간데없이 사라졌고, 오한이라도 느낀 듯 몸을 부르르 떨더니 넋이 나간 것처럼 어깨를 축 늘어뜨렸다.

"결국 아들이 끌어당기다시피 자기들 자리로 데려갔어요. 저는 저대로 친구들이 와서 그걸로 상황이 끝났지만, 대체 그분이 무엇에 말을 걸었는지 궁금하더라고요."

N 씨가 품은 의문의 답은 S 씨의 체험담에 있는지도 모른다.

S 씨는 가위에 잘 눌리는 체질이다.

"어릴 적부터 수도 없이 가위에 눌렸는데, 대략 다섯 번에 한 번꼴로 이상한 걸 봐요."

K 여관에 묵은 날에도 그런 현상이 일어났다. 세 사람은 1층 그믐달 방에 묵었다. 다섯 평 정도 되는 넓은 일본식 방으로, 저녁을 먹고 와보니 이부자리가 나란히 깔려 있었다. 밤에 자주 화장실에 가는 S 씨는 입구 가까운 곳에서 자기로 했다.

가위에 눌린 건 늦은 밤에 깨어났을 때라고 한다.

"어쩐지 가슴이 답답해서 깼죠."

의식은 있지만 몸은 움직이지 않는다. '아, 또 왔네.' 그때는 그렇게 생각했다. 익숙하니까 무섭지는 않다. 그래서 망설임 없이 눈을 떴다. 그러자……

"남자애 얼굴이 보였어요. 가슴에 올라타서 저를 보고 있더라고요."

세 살에서 다섯 살 정도일까. 어린 남자애가 S 씨의 가슴에 턱을 얹고 치뜬 눈으로 올려다보고 있었다. S 씨는 몸을 움직일 수 없었으므로 남자애가 어떤 옷을 입고 있었는지까지는 모른다. 그저 얼굴만 어둠 속에서 하얗게 두드러져 보일 뿐이었다. 약간 놀라기는 했지만 예전에는 더 끔찍한 걸 보기도 했으므로 딱히 무섭지는 않았다고 한다. 시간으로는 5분, 아니, 더 짧았을지도 모른다. 그대로 서로 바라보고 있는데 느덧없이 남자애의 얼굴이 데구루루 굴렀다. 깜짝 놀란 순간, 남자애가 사라지고 몸도 움직여졌다.

나중에 조사해봤지만 K 여관에서 어린애가 죽었다는 이야기는 확인하지 못했다.

"지금 생각하기로는 자시키와라시* 같은 게 아니었을까 싶어요. N이 봤다는 여자도 어쩌면 개한테 말을 걸었는지도 모르죠."

S 씨가 남자애를 자시키와라시라고 생각하는 데는 이유가 있다.

"그 후로 어쩐지 감이 좋아졌어요. 위험한 일이나 좋은 일이 생길 조짐이 느껴지더라고요."

현재 S 씨는 그 감을 활용해 소액이지만 투자를 하고 있다고 한다.


내가 처음으로 K 여관을 찾은 건 12월 초순이었다.

전날 본가에서 쉰 후, 어머니가 애용하는 경차를 빌려 고즈 온천으로 향했다. 옛날부터 지나다녀서 비교적 익숙한 길이라 운전하기 편했다.

도치기현 북부의 관광지는 기본적으로 12월부터 2월 말까

* 오래된 집에 나타난다는 어린애 모습의 요괴. 자시키와라시를 본 사람에게는 행운이 찾아온다는 이야기가 있다.

지 비성수기다. 닛코고 나스고 눈과 추위로 관광객이 급감하기 때문이다. 겨울철에 스키를 타러 오는 사람이 있기는 하지만, 봄부터 가을까지의 손님과 겨울철 손님의 숫자는 기간을 감안해도 차이가 크다. 영업시간을 단축하는 관광시설도 있을 정도다. 따라서 겨울철은 숙박 시설을 예약하기가 쉽다. 나는 K 여관에 이틀, 고즈 온천에서 제일 유서 깊은 여관에 이틀 숙박할 예정이었다. K 여관 말고 다른 여관에 묵는 이유는 후에 이야기하겠지만, 내 취재에 꼭 필요한 일이었다(고즈 온천의 다양한 온천수를 즐기고 싶었던 건 아니다. 혹시나 모르니 밝힌다).

K 여관의 겉모습은 전통식 양조장처럼 생겼다. 여관의 이름을 듣고 거무튀튀한 건물을 상상했지만, 실제로는 기와지붕만 까맣고 벽은 눈부실 만큼 하얀 건물이 숲속의 탁 트인 공간에 서 있다. 아주 비현실적인 분위기가 풍겼다. 주차장은 깔끔하게 포장되어 있었지만 흰색 선은 군데군데 지워졌다. 아직 오후 3시 전이라 그런지 휑뎅그렁했다. 건물 근처에 주차된 승합차는 분명 여관 차량일 것이다. 그것 말고 차체에 'K 여관'이라는 글씨를 붙인 미니버스도 보였다.

나는 괴담을 취재한다는 목적을 숨기고 예약했다. 만약 관계자가 여관에 얽힌 괴담을 부정적으로 여긴다면, 숙박 자체를 거부할 수도 있기 때문이다. 체크인하기에는 조금 일렀지만 안으로 들어가자 로비에 기모노를 입은 여자가 있었다. 얼굴이 둥글둥글하고 피부가 뽀얀 것이 어쩐지 그윽한 분위기의 미인으로, 문득 눈토끼가 연상됐다. 20대 중반으로 보였는데 나중에 알고 보니 불혹에 가까웠다. 이 여자가 바로 M 씨의 친척이자 K 여관의 현재 안주인이다.

"어서 오세요."

안주인은 은 쟁반에 옥구슬이 굴러가는 듯한 목소리로 인사한 후, 군더더기 없는 몸놀림으로 나를 프런트로 안내했다. 로비 한가운데 석유 난로를 틀어놓아서 따뜻했다.

내가 묵을 방은 초승달 방이었다. 그래서 한번 물어보았다.

"예전에 친구가 여기 왔을 때 그믐달 방이라는 곳에 묵었는데, 아주 편해서 좋았다고 하더라고요. 가능하면 그 방을 주실 수는 없을까요?"

그러자 안주인은 가느다란 눈썹을 모으고 난처한 표정을 지었다.

"죄송합니다. 그믐달 방은 사용하지 않은 지 몇 년 됐어요."

그 말에 적잖이 놀랐다. 괴이한 현상이 일어난다고 해서 객실 사용을 중단한다는 이야기는 들어본 적이 별로 없다. 넌지시 이유를 묻자 안주인은 슬쩍 얼버무리고 넘어갔다.

K 여관의 인테리어에는 특징이 있다. 복도에는 일부를 제외하고 기본적으로 포석이 깔려 있다. 그리고 각 객실 입구에

는 기와 차양을 달아놨다. 흡사 한 채의 집처럼 현관을 마련해둔 것이다. 마치 암자가 죽 모여 있는 듯한 분위기라고 하면 이해하기 쉬울까. 그래서 복도에 있는데도 바깥에 있는 듯한 감각에 사로잡히고는 한다. 초승달 방은 2층 동쪽 모서리에 있었다. 객실에는 슬리퍼 대신 셋타*가 준비돼 있었다.

유카타**로 갈아입고 대욕탕으로 가는 길에 식당이 어디 있는지 확인했다. 복도 창문으로 중정에 있는 별채가 보였다. 건물의 뒷면인 듯 벽밖에 보이지 않았다.

널찍한 실내탕과 돌로 만든 노천탕으로 구성된 온천은 뿌연 온천수와 김 때문에 전체적으로 흐릿해 보였다. 물에 몸을 오래 담그는 성격이라서 너무 뜨겁지 않은 노천탕이 마음에 들었다. 시간이 시간인지라 욕탕에 나밖에 없어서 그야말로 전세 낸 기분이었다. 가끔은 이런 취재도 좋지 않나 싶다.

그 사건이 일어나기 직전에 누나는 고즈 온천의 그림자밟기 여관이라는 곳에 묵었다. 전날 집에 왔다가 차를 빌려서 갔으므로 나도 기억한다. 그날 누나는 분명 여관 별채를 무

---

\* 　대나무 껍질로 만든 조리 밑창에 가죽을 댄 일본의 전통 신발.
\*\* 　여름철 혹은 목욕 후에 주로 입는 무명 홑옷.

대로 한 괴담을 취재할 거라고 했다. 여관에서 누나의 발자취를 짚어가면 뭔가 실마리를 찾을 수 있을지도 모른다. 쇠뿔도 단김에 빼라고, 나는 당장 그림자밟기 여관에 연락해 이번 주 토요일 날짜로 방을 예약했다. 예약하면서 내가 우메키 교코의 남동생이라는 사실도 알렸다.

"여관에서 누나가 어떻게 지냈는지 여쭙고 싶은데요……."

내 말에 안주인인 듯한 여자는 시간을 내주기로 했다. 그녀도 뉴스에서 누나 사건을 보고 가슴이 아팠다고 한다.

당일 내 차를 몰고 그림자밟기 여관으로 향했다. 전날 내린 눈이 주변의 잡목림을 흰색으로 살포시 물들였다. 미끄럼 방지용 타이어라 걱정은 없지만, 도로도 군데군데 빙판이었다. 그림자밟기 여관의 주차장은 한산했다. 하지만 부자연스럽게도 한복판에 은색 승용차가 주차돼 있는 것으로 봐서 손님이 전혀 없지는 않은 모양이다. 너무 바쁘면 여관 사람들이 시간을 내기 힘들 테니 여관에는 미안하지만 손님은 최대한 없는 편이 낫다.

체크인할 때 안주인이 "늦은 시간이라 죄송합니다만, 밤 10시쯤이면 시간이 나거든요. 누님에 관한 이야기는 그때" 하고 머리를 숙였다. 나는 미인 안주인에게 상관없다고 말했다. 내게 제공된 방은 누나가 묵었다는 초승달 방이었다.

"저기, 누나가 이곳 별채에 대해 조사한 것 같은데, 별채를 보여주실 수는 없을까요?"

그러자 안주인은 난감한 표정으로 "죄송합니다" 하고 다시 머리를 숙였다. 예쁘게 틀어 올린 머리에, 복수초 무늬 유리 구슬이 달린 비녀가 잘 어울렸다.

"평소에는 직원 휴게실로 사용하지만, 어제부터 손님이 머물고 계셔서 들어가실 수 없어요."

손님이 있다면 어쩔 수 없다. 체크아웃할 때라도 다시 부탁해보도록 하자. 이때는 그렇게 생각했다.

나는 2층 초승달 방에 짐을 놔두고 여관을 조사해보기로 했다. 누나에게 일어난 일의 원인은 대체 어디 있을까. 가장 가능성 높은 곳은 별채이지만, 그 외에도 뭔가 단서가 있을지도 모른다. 만약 영적인 존재가 이 여관에 붙어 있다면, 별채만 영향을 받지는 않을 것이다. 하기야 나는 심령이니 오컬트니 하는 건 잘 모르고, 소위 말하는 영능력도 없다. 그러고 보니 영능력은 누나도 없다.

"직업이 직업이니만큼 신기한 경험은 몇 번 해봤지만, 난 아무것도 안 보이고 느껴지지도 않아."

천연덕스러운 표정으로 누나가 그렇게 말했던 것이 기억났다.

일단 별채 부근부터 살펴보고 싶어서 중정으로 나갔다. 연못에서 헤엄치는 잉어를 바라보고 있는데 누군가 갑자기 말을 걸었다.

"실례합니다만, 혹시 우메키 교코 선생님의 가족이십니까?"

30대 중반으로 보이는 남자였다. 넥타이는 매지 않았지만 거무스름한 양복을 입었다. 온천 여관에는 어울리지 않는 차림새다. 내가 상대의 정체를 확인하고자 침묵을 지키자, 남자는 미즈노 아키라라고 이름을 밝히며 명함을 내밀었다. 직함은 '점술가·심령연구가'였다.

"우메키 선생님에 대해서는 여관 안주인에게 들었습니다."

미즈노의 말에 따르면 안주인은 원래 미즈노에게 자주 점을 치러 오던 단골손님이었다. 결혼 후에는 발길을 끊었지만, 이번에 우메키 교코의 사건을 계기로 연락을 주었다고 한다.

"저는 신관 집안 출신이라 점을 칠 뿐 아니라 심령 상담 같은 것도 하거든요. 그래서 고즈에 씨, 그러니까 이곳 안주인이 오랜만에 연락을 주신 겁니다."

시댁에서 경영하는 여관의 별채에 뭔가 사연이 있는 모양이다. 직접 본 적은 없지만 중정과 본관에도 뭔가 나오는 듯하다. 하지만 남편도 시부모님도 자세한 이야기를 해주지 않아 몹시 불안하다. 안주인은 그렇게 호소했다고 한다.

"이야기를 들어보니 여관의 현 주인인 남편도 자세한 사정은 모르는 모양이고, 은퇴한 시부모님만 사정을 알고 있는 것 같습니다. 고즈에 씨도 내내 찜찜했지만 아무도 진상을 알려주지 않으니 어쩔 수 없다고 여기며 살았고요. 그런데 여관의 괴담을 조사하던 우메키 선생님이 그런 일을 당하니 갑자기 불안해진 모양이에요. 그래서 제가 별채에서 지내며 대체 괴담의 원인이 뭔지 알아보기로 한 겁니다. 정체를 알아내면 액막이를 해달라는 부탁도 받았습니다."

"아, 그럼 별채에 머문다는 손님은……."

"저겠죠."

"그, 갑작스러운 부탁이라 죄송합니다만, 별채 안을 보여주실 수는 없을까요?"

"지금요?"

내가 "가능하면요" 하고 머리를 숙이자 미즈노는 부드럽게 미소 짓더니 "네, 괜찮습니다" 하고 흔쾌히 허락해주었다.

"그럼 짐을 좀 정리할 테니 2, 3분만 기다려주십시오."

미즈노는 그렇게 말하고 별채로 들어갔다.

잠시 후 미즈노의 부름을 받고 별채로 들어갔다. 내부 구조는 객실과 똑같아서, 들어가자마자 왼쪽에 화장실과 세면대가 있고 정면에는 안쪽으로 통하는 맹장지문이 있었다. 다만 안쪽 방으로 들어가자 위화감이 느껴졌다. 왼쪽에 창문, 오른쪽에는 벽장이 있다. 그리고 정면은 벽이다. 벽 앞에는 텔레비전과 전화기, 금고 등 여관 객실에 마땅히 있을 법한 물건들이 놓여 있다. 하지만 정면 벽에서 묘하게 압박감이 느껴지는 것이, 언뜻 보기에도 부자연스러웠다.

"좁죠?"

미즈노가 쓴웃음을 지으며 말했다. 그렇다. 밖에서 본 별채의 크기와 실내의 넓이가 일치하지 않는다. 분명히 실내가 더 좁다.

"원래는 이 벽 너머에 방이 하나 더 있는 모양이에요. 벽 너머 방은 침실이었던 것 같은데, 무슨 일이 있어서 전대 주인이 막았다고 합니다. 그게 원인인지는 모르겠지만, 별채에서는 이상한 일이 일어나죠."

"이상한 일이라면 어떤?"

"우메키 선생님께는 아무 이야기도 못 들으셨습니까?"

"네. 누나는 가족에게 일 이야기를 안 해서요."

"그렇군요. 늦은 밤에 별채에 있으면 휴대전화에 발신 번호 표시 제한으로 전화가 옵니다. 그것도 꼭 오전 2시 17분에요. 저는 어젯밤부터 별채에 머물고 있는데요, 보시다시피."

미즈노는 스마트폰을 꺼내 통화 기록을 보여주었다. 분명 오전 2시 17분에 발신 번호가 표시되지 않은 전화가 왔다고 기록되어 있었다.

"오늘 밤에는 이 전화를 받아보려고요. 원하시면 우메키 씨도 같이 계시겠어요?"

"그래도 괜찮겠습니까?"

"물론이죠. 어쩌면 누님에게 일어난 사건과 관련이 있는지 알아낼 수 있을지도 모르니까요."

이리하여 나는 오전 2시에 다시 별채를 방문하기로 했다.

저녁을 먹으러 식당에 가보니 나와 미즈노의 식사만 준비되어 있었다. 안주인에게 확인하자 오늘은 손님이 우리뿐이라고 했다. 기왕 둘밖에 없으니 나와 미즈노는 같은 좌탁에서 식사를 하기로 했다. 식사 중에 나눈 대화는 자기소개에 가까웠다. 미즈노는 평소 우쓰노미야에서 점술과 천연석 관련 가게를 운영한다고 한다. 그 후로도 특별할 것 없는 대화가 오갔다.

오후 9시 반이 지났을 무렵, 안주인이 내 방으로 내선 전화를 걸었다. 예정보다 빨리 시간이 난다고 했다. 나는 여관의 현관홀에 놓인 소파에 안주인과 마주 앉아 누나가 이 여관에서 무슨 취재를 했는지 들었다. 누나는 중정과 별채에서 일어나는 괴이 현상에 대해 취재했다고 한다. 안주인은 남편인 가게야마 씨에게 들었다는 괴담도 들려주었다.

"중정에 괴물이요?"

"네. 남편은 그렇게 말했어요."

괴물이라는 단어가 석연치 않았다. 귀신이라면 그럴싸한데. 가게야마 씨에게 직접 이야기를 듣고 싶다는 뜻을 전했지만, 그건 단호하게 거절당했다.

"우메키 선생님도 남편에게 직접 이야기를 듣고 싶어 하셨지만, 남편이 아무래도 직접 이야기하기는 싫다고 해서……."

"뭔가 이유라도 있습니까?"

"무서워서 그럴 거예요. 남편은 그 괴물이 내리는 재앙이랄까, 저주랄까, 그런 걸 믿거든요. 남에게 이야기하면 자기에게도 화가 찾아오지는 않을까 걱정하는 게 아닌가 싶네요."

다 큰 어른이 그렇게까지 무서워하다니 별일이다 싶었지만, 실제로 체험한 사람이 아니면 이해할 수 없는 공포도 있으리라. 안주인은 "죄송합니다" 하고 사과했다. 이렇게 머리를 숙이며 사과하는 건 세 번째다. 박복해 보이는 미인에게 몇 번이나 사과를 받자 어쩐지 죄책감이 들었다.

"아니요, 아니요. 귀중한 이야기를 들려주셨는데 죄송하기는요. 감사합니다."

부랴부랴 그렇게 예의를 갖췄다. 하나 누나에게 일어난 사건의 수수께끼를 풀 실마리는 전혀 찾지 못했다. 그 후, 두세마디 이야기를 더 나누고 나는 내 방으로 돌아왔다.

누나에게 단편적으로 들은 이야기, 그리고 오늘 여관에서 미즈노 아키라와 안주인에게 들은 이야기를 통해 누나가 사건 직전까지 어떤 괴담을 조사했는지 대충 알았다. 이 여관 별채에 머물면 오전 2시 17분에 발신 번호 표시 제한으로 전화가 온다. 원인은 모르지만 별채를 중심으로 중정과 식당에서도 이상한 현상이 일어난다고 한다. 다만 여관 주인 가게야마 씨가 어린 시절에 괴물에게 습격당한 것 말고는 구체적으로 뭔가 해를 입은 사람은 없는 듯하다. 아니면 안주인이 일부러 사실을 숨긴 걸까. 혹시 안주인이 숨겼더라도 미즈노는 액막이를 부탁받은 이상 자세한 이야기를 들었을 테고, 들었다면 내게도 협력해주지 않을까 싶다.

어쩐지 모든 것이 아리송하다. 그림자밟기 여관에 와서 들은 괴담은 생각했던 것보다 시시하다. 여관 주인은 뭔가를 두려워하는 것 같지만, 나로서는 뭐가 그렇게 무서운 건지 모르겠다. 그냥 어린 시절의 경험이 트라우마로 남은 것 아닐까.

이부자리에 누워 이것저것 생각하는 사이에 어느덧 잠들었다. 오전 1시 45분에 맞춰놓은 스마트폰 알람을 듣고 허둥지둥 일어났다. 간단히 채비해서 미즈노가 기다리는 별채로 향했다.

## 우메키 교코의 원고 3

저녁을 먹기까지 시간이 있어서 일단 그믐달 방 앞에 가보았다. 다른 객실과 마찬가지로 차양이 있고, 미닫이문 두 개

가 끼워져 있다. 밀져야 본전이라는 생각으로 당기자 바로 열
렸다. 나는 슬그머니 방으로 들어가서 손을 뒤로 돌려 문을
닫았다. 내가 머무는 초승달 방과 마찬가지로 들어가자마자
왼쪽에 화장실과 세면대가 있었다. 정면의 맹장지문은 열려
있어 넓은 실내가 보였다. 사용하지 않지만 청소는 하는지,
장지문으로 들어온 저녁 햇살이 비치는 다다미에서 청결감
이 느껴졌다. 아무래도 실내로 들어가기는 꺼림칙해서 그대
로 발걸음을 돌렸다.

그 순간, 미닫이문 안쪽을 보고 말문이 막혔다. 부적이다.
좌우 미닫이문에 잡귀를 쫓는 부적을 수없이 붙여놓았다.

역시 여기에는 뭔가 있다. 그렇게 생각하며 조용히 밖으로
나가자 거의 정면에 중정으로 통하는 출입구가 있었다. 여기
서는 별채 앞쪽이 보인다. 출입구부터 별채까지는 징검돌이
약간 비스듬하게 놓여 있었다. 나는 징검돌을 건너 별채 정면
에 섰다. 차양의 모양새와 출입구의 미닫이문은 객실과 완전
히 똑같아 보였다. 이 사실에서도 별채를 당초 객실로서 사용
할 의도가 있었음을 알 수 있다. 입구 옆 기둥에는 '관계자 외
출입 금지'라는 팻말이 붙어 있었다.

D 씨와 M 씨의 이야기로 문이 잠겨 있지 않다는 건 알고
있었으므로, 나는 주변에 사람이 없다는 걸 확인한 후 안에
들어가보았다. 어두침침한 실내는 객실과 거의 같은 구조였

다. 하지만 괴담을 들려준 두 사람 말대로 크기는 부자연스러웠다. 안쪽의 방 하나를 막아버린 게 분명했다. 그런데 왜? D씨와 M 씨에게 걸려 온 전화와 관계가 있는 걸까? 애당초 K여관에서 일어난 괴이 현상의 내력은 뭘까. 별채에 있으면 야심한 시간에 걸려 오는 전화, 전화를 받으면 들리는 예언 같은 말, 그리고 식당과 그믐달 방에 나타나는 아이······. 전화를 받으면 새된 어린애 목소리로 말한다니까, 본관에 나타나는 남자애와 관련이 있는 걸까?

중정을 어슬렁거리며 다시 관찰하자, 그믐달 방, 별채, 식당은 거의 직선상에 위치해 있었다. 그렇다면 괴이 현상의 모태는 별채, 그것도 봉인된 안쪽 방일 가능성이 크다.

나 말고 저녁을 먹으러 온 사람은 중년 부부 한 팀뿐이었다. 밥을 먹으며 여기저기 살펴보았지만, 아이는커녕 이상한 점이라고는 전혀 찾을 수 없었다.

숙박한 지 이틀째 밤, 나는 큰맘 먹고 안주인에게 내가 작가라는 것과 일찍이 여기서 아르바이트를 했던 M 씨에게 괴담을 들었다는 것을 밝혔다. 그리고 뭔가 이상한 경험을 한 적은 없는지 물어보았다. 그러자 안주인은 목소리를 낮추어 이런 이야기를 해주었다.

"그믐달이 뜨는 밤에는 중정에 나가면 안 된다."

시집오자마자 시아버지는 안주인(당시는 수습 안주인)에게

당부했다. "네" 하고 순순히 대답하긴 했지만, 시아버지는 이유를 설명해주지 않았다. 의아했던 안주인은 남편과 단둘이 있을 때 넌지시 물어보았다고 한다.

남편은 약간 곤란한 표정을 지었다. 그리고 "아마 못 믿을 텐데……" 하고 말을 꺼내더니 입을 다물었다. 안주인이 재촉하자 남편은 그제야 말을 이었다.

"괴물이 나와."

"뭐?"

"괴물 말이야, 괴물. 중정에서 어린애 같은 목소리로 떠들어."

"귀신이나 뭐 그런 거야?"

안주인이 묻자 남편은 "몰라" 하고 말했다.

"음, 하지만 귀신은 아니야. 그건 역시 괴물일 거야."

"당신은 본 적 있어?"

그 질문에 남편은 말없이 안주인을 가만히 바라보다가 고개를 끄덕했다.

"어릴 적에. 아버지랑 어머니가 그믐달이 뜨는 밤에는 절대 중정에 나가지 말라고 하길래, 그만 반항심에……."

초등학생이었던 남편은 그믐달이 뜨는 밤에 중정에 나갔다가 그것과 마주쳤다고 한다.

"놈이 소나무 뒤편에서 '놀자' 하고 말했지. 누굴까 싶어 가까이 다가갔는데⋯⋯."

왼팔을 물렸다고 한다.

"살점이 뜯겨 나갈 만큼 세게 물어뜯었어. 난 피가 줄줄 흐
르는 팔을 움켜쥐고 꺼이꺼이 울었지."

현실감이 없는 이야기였다. 하지만 안주인은 남편의 왼팔
에 오래된 흉터가 있다는 걸 알고 있었고, 어릴 적에 왼팔을
다쳤다는 이야기도 들었으므로 묘하게 설득력이 있었다. 다
만 남편은 그게 어떤 괴물인지는 자세하게 알려주지 않았다.

안주인 본인은 특별히 이상한 체험을 한 적이 없다. 하지
만 식당에서 아무도 없는 곳에 말을 거는 노인은 가끔 보았
다. 그들은 하나같이 좌탁 밑을 들여다보며 마치 어린애에게
말을 거는 것처럼 보였다.

남편인 K 씨에게 이야기를 들을 수 없겠느냐고 안주인에
게 부탁해보았지만, 아쉽게도 취재를 거절당했다. 하지만 여
관의 실명과 정확한 위치를 밝히지 않는다는 조건으로 글을
써도 된다는 허락을 받았다.

다음 날 K 여관을 체크아웃하고 고즈 온천에서 제일 오래
됐다는 여관에 묵었다. 이 주변의 역사를 조사하러 왔는데,
향토사에 해박한 사람이 있으면 소개해달라고 프런트에 부
탁해보았다. 그러자 은퇴한 여관 주인 T 씨가 취재에 응했다.
여든 살이 코앞이라고 했지만, 풍성한 은발과 구릿빛 피부에

윤기가 흐르는 것이 훨씬 젊어 보였다.

과거에 K 여관에서 사건이나 사고가 일어나지 않았다는 점은 사전 조사로 파악했다. 그렇다면 K 여관이 세워지기 전에 거기서 무슨 일이 있었던 건 아닐까. 나는 그렇게 추측했다.

"K 여관이 있는 곳에 예전에는 누가 살았나요?"

"거기는 신령님의 집이었지."

"신령님요?"

"그래, 신령님이나 고베 신령님이라고 불렸는데, 음, 무속인이랄까, 점술가랄까, 그런 일을 하는 집이었어. 여우에게 홀리거나, 아이가 갑자기 자취를 감추거나, 영문 모를 병에 걸리거나 하면 그 집에 상담하러 갔지."

T 씨의 이야기에 따르면 신령님이라고 불린 사람은 그 집 할머니로, 아들 부부는 근처 여관에서 직원으로 일했다고 한다. 할머니가 죽자 아들 부부는 떠났고, 빈집은 폐가가 됐다. 그곳을 K 여관 창업자인 전대 주인이 사들여 온천을 파고 여관을 지었다.

"고베 신령님이라고 불렸던 할머니는 고베 사람이었나요?"

"음, 고베 신령님이라고 불렸으니 그렇지 않으려나. 옛날부터 이 지역에 살았던 건 아닌 모양이니. 뭐, 나도 어렸을 때라 그런 사정은 잘 몰라. 아, 하지만 말씨는 이 지역 사람들과

다르지 않다고 할까, 도호쿠 지방 말씨였던 것 같아. 어쩌면 고베 지역의 신사에서 나누어 받은 신체*를 모시고 있었던 것 아닐까."

T 씨는 그렇게 말했다.

나는 '고베 신령님'이라는 말에 일본 민속학의 시조인 야나기타 구니오의 저서 『산의 인생』에 기록된 '고베 숙모'가 떠올랐다. 이것은 야나기타가 어린애의 가미카쿠시**를 논할 때 기술한 자신의 체험담에 등장하는 말이다. 야나기타는 자신도 가미카쿠시를 당하기 쉬운 기질이었다며 다음과 같은 일화를 소개한다.

어릴 적 누워서 그림책을 보고 있던 야나기타가 어머니에게 자꾸 고베에 숙모가 있느냐고 물었다. 그런 사람은 없었지만 어머니는 다른 일에 정신이 팔려 건성으로 적당히 대답했다. 그러다 야나기타가 낮잠이 들었으므로 어머니는 아들에게서 눈을 뗐다. 그런데 잠시 후 보니 아들이 없었다. 그로부터 서너 시간 후에 근처에 사는 농부가 야나기타를 데리고 돌아왔다. 이웃 사람이 집에서 이십몇 정***이나 떨어진 길을 걷

* 神體, 신을 상징하는 신성한 물체.
** 神隱し, 누군가 이유 없이 갑작스럽게 행방불명된 걸 신적 존재의 소행이라고 믿은 데서 비롯된 말.
*** 거리의 단위. 약 109미터.

고 있던 야나기타를 우연히 발견하고 "어디 가니?" 하고 묻자 "고베 숙모한테"라고 대답했던 모양이다. 야나기타 본인이 기억하는 건 아니고, 훗날 어머니와 이웃 사람에게 들은 이야 기라고 한다.

K여관이 들어서기 전에 살고 있던 고베 신령님의 '고베'에 도 현실의 고베가 아니라 다른 세상의 고베라는 어감이 깃들 어 있는 건 아닐까.

"그 신령님 일가가 살았을 때 거기서 뭔가 특이한 일은 없 었나요?"

내 질문에 T씨는 쓴웃음을 지었다.

"특이한 일이 있었다기보다 할머니 신령님 자체가 신기하 달까 특이했지. 나는 어렸으니까 직접 뭔가 부탁하러 갈 기회 는 없었지만, 소문으로는 할머니가 신단 같은 곳에 경인지 주 문을 외우면 어디선가 어린애 비슷한 목소리가 들려온다더 군. 신은 그 목소리를 듣고 잃어버린 물건을 찾아내거나 앞일 을 점쳤대."

귀중한 증언이다. 일찍이 고베 신령님이라고 불린 민간 종 교인이 존재했을 때도 어린애 목소리가 들렸다. 요컨대 현재 K여관의 별채에서 일어나는 발신 번호 표시 제한 전화를 통 한 예언 관련 괴이 현상은 옛날에 살았던 종교인의 의례와 관 련 있다고 추측할 수 있다. 그렇다면 그 어린애의 목소리는 뭘까?

가설을 세우자면 그것은 고베 신령님이 믿었던 어떤 신불이 아닐까. 그것이 어린애의 목소리나 모습으로 나타난다. K 여관의 전대 주인은 땅을 사면서, 그 신불도 다시 받들어 모신 것 아닐까. 그리고 그 장소가 바로 별채의 봉쇄된 공간 아닐까. 그렇다면 K 여관에서 일어났던 괴이 현상은 흉한 일이 아니다. S 씨가 자시키와라시라고 칭한 것처럼, 꺼리고 피해야 할 존재는 아닐지도 모른다.

아니, 잠깐만. K 여관의 현 주인인 K 씨는 괴이 현상의 주체를 '괴물'이라고 표현했다. 신도 귀신도 아닌 괴물이라고. 게다가 팔을 물리는 실질적인 피해도 입었다. 덧붙여 S 씨가 어린애를 보았던 그믐달 방은 어느 틈엔가 사용을 금하고 부적을 덕지덕지 붙여놓았다. K 여관 사람들은 괴이 현상을 일으키는 존재를 분명 무서운 존재로 받아들이고 있다. 이러한 상황을 고려하면 일찍이 여기에는 재앙을 내리는 어린애 모습의 신이 모셔져 있었거나, 또는 지금도 별채의 봉쇄된 공간에 모셔져 있는 것 아닐까.

이 가설을 뒷받침하는 이야기를 후에 들었다.

예전에 K 여관의 별채에 손님으로 묵었다는 어머니의 지인을 찾아냈는데, 이 사람의 이야기가 실로 흥미롭다.

B 씨는 노년에 들어선 여성으로, 지금은 사별한 남편과 함

께 별채에 묵었다고 한다. 당시 K 여관은 완성된 지 얼마 되지 않아 다다미에서도 풋풋한 냄새가 풍겼다고 한다.

"우리 집은 시아버지 대부터 주류 도매상을 했는데, 단골 고객이 고즈 온천 여기저기에 있었어요. 여관에서 주로 연회용 술을 주문하셨죠. K 여관에서도 주문이 들어와서 기왕 안면을 트는 김에 한번 가보기로 했던 거예요."

특별히 부탁하지는 않았지만 별채를 준비해주었다. B 씨 부부는 K 여관의 배려에 기뻤다고 한다. 두 사람이 쓰기에는 넓은 두 칸짜리 객실로, 앞쪽 방에는 밥상이, 안쪽 방에는 도코노마*가 있었다.

"온천에 몸을 푹 담그고 저녁을 먹은 후 일찍 잠자리에 들었어요."

B 씨 부부가 잠을 청한 곳은 안쪽 방이었다. 지금은 봉인된 그 방이다.

밤중에 남편이 B 씨를 깨웠다.

B 씨가 "왜?" 하고 잠이 덜 깬 눈으로 묻자 남편은 이렇게 말했다.

"방금 어린애 목소리가 났어."

당시 K 여관에는 초등학생 나이의 남자애와 여자애가 살

---

＊  다다미방의 바닥을 한층 높여 족자나 도자기 등을 장식해두는 곳.

왔으니, 그렇게 이상한 일은 아니다(그 남자애가 K 여관의 현 주인이다). 하지만 시간을 보니 오전 2시도 지나 있었다. 이런 시간에 어린애가 별채 근처를 돌아다닐 리는 없다. B 씨도 귀를 기울였지만 결국 아무 소리도 듣지 못했다.

"잘못 들은 거 아니야?"

B 씨의 말에 남편은 미심쩍다는 듯 고개를 기울였다.

"고양이 울음소리랑 착각했다든가?"

"아니, 그건 아니야. 자고 있는데 귓가에서 '여자애'라는 소리가 들렸어."

그로부터 반년 후, B 씨의 딸이 출산했다. 여아였다고 한다. B 씨의 남편은 "K 여관의 자시키와라시인가 뭔가가 가르쳐준 거야" 하고 한층 호들갑을 떨었다. 그 이야기를 듣고 몇몇 사람이 K 여관 별채를 예약하려고 했던 모양이다. 하지만 그 시점에 이미 별채는 숙박이 금지됐다. 어째선지 B 씨의 가게와 거래도 중단했다. 그리고 B 씨는 별채가 개축 공사에 들어갔다는 풍문을 들었다.

"별채에 벽을 만들었다는 건 한참 후에야 알았지만요."

B 씨는 남편이 들은 어린애 목소리가 대체 뭐였는지, 그리고 K 여관이 왜 그 이야기에 예민하게 반응했는지 지금도 궁금하다고 한다.

별채 앞에서 시간을 확인하자 2시 5분 전이었다. 나는 출입문을 살짝 두드리고 작은 목소리로 불렀다. 하지만 아무 대답도 없었다. 안 들린 걸까? 약속은 하고 왔으니 괜찮겠지 생각하며 문을 열고 들어가려는데, 문이 열리지 않았다. 안에서 잠가놓은 듯했다.

"미즈노 씨."

좀 더 크게 불렀지만 역시 반응이 없었다. 나는 묘하게 불길한 기분을 느끼며 별채 왼쪽으로 돌아갔다. 그쪽에 있는 창문으로 실내의 불빛이 새어 나오고 있었다. 창문 너머에 끼워진 장지문은 닫혀 있었다. 하지만 마침 어른의 눈높이쯤에 구멍이 뚫려 있어 안쪽이 보였다. 창문 근처 다다미에 와이셔츠와 검은 바지 차림의 미즈노가 누워 있었다. 이쪽에서는 미즈노의 얼굴이 잘 보였다. 고통으로 일그러진 표정. 그리고 두 눈에서 심상치 않은 양의 피가 흐르고 있었다.

"미즈노 씨!"

역시 반응이 없었다. 유리창에 손을 댔지만 이쪽에도 자물쇠가 단단히 잠겨 있어 열리지 않았다.

나는 부리나케 프런트로 가서 카운터에 있는 벨을 미친 듯이 눌렀다. 바로 주인인 가게야마 씨가 나왔다. 내가 별채의 상황을 횡설수설하다시피 설명하자 가게야마 씨는 "아무튼 확인해보죠" 하고 별채로 향했다. 가게야마 씨가 출입문으로 곧장 가길래 나는 문이 잠겨 있다고 알렸다. 가게야마 씨는 "골치 아프네" 하고 중얼거리며 건물 왼쪽 창문으로 향했다.

"미즈노 님! 미즈노 님!"

가게야마 씨가 크게 소리쳐 불러도 미즈노는 꿈쩍도 하지 않았다.

"어쩔 수 없네요. 창문을 깨야겠습니다."

강경한 수단을 쓰려는 가게야마 씨에게 "출입문의 여벌 열쇠는 없나요?" 하고 물어보았다.

"여벌 열쇠는커녕 별채 열쇠를 잃어버린 지도 몇십 년은 돼서 안쪽에서밖에 문을 못 잠급니다. 평소에는 직원 휴게실로 쓰니까 열쇠가 딱히 필요 없고요."

그렇게 설명하며 가게야마 씨는 중정에서 적당한 크기의 돌을 골라 창문 자물쇠에 가까운 부분의 유리창을 깼다. 그리고 다치지 않도록 조심스레 손을 넣어 자물쇠를 풀고 창문을 열었다. 다음으로 장지문을 열려다가 "어?" 하고 중얼거렸다.

"왜 그러시죠?"

"이거, 만져보세요."

시키는 대로 장지문을 열려고 했지만 뭔가 걸린 것처럼 열리지 않았다.

"이상하죠?"

가게야마 씨의 말에 나도 고개를 끄덕였다. 그리고 둘이 함께 힘을 주자 찌직 소리와 함께 장지문이 열렸다.

방을 들여다본 순간 나는 어안이 벙벙해졌다. 정면 벽장의 맹장지문에 주문 같은 것이 적힌 부적이 수없이 붙어 있었다. 아니, 정면만이 아니다. 방 여기저기에 부적이 잔뜩 붙어 있었다. 마치 뭔가를 봉인이라도 한 것처럼……. 가게야마 씨는 멍해진 나를 내버려두고 미즈노에게 말을 걸며 크록스 샌들을 신은 채 안으로 들어갔다. 그러고는 "돌아가신 것 같습니다" 하고 이쪽에 알렸다. 두 눈에서 피를 흘리는 미즈노의 시체와 두 눈이 꿰매어진 누나의 얼굴이 겹쳤다.

"저도 들어가도 될까요?"

"네? 아, 네. 그럼 출입문을 열겠습니다."

나는 창문에서 물러나 출입문으로 향했다. 그런데 출입문 안쪽에서 가게야마 씨가 "안 되겠네요" 하고 말했다.

"왜요?"

"이쪽 문에도 부적이 마치 봉인지처럼 붙어 있어요. 이런 건 그냥 놔두는 편이 좋겠죠? 현장 보존이니 뭐니 하잖아요."

"아, 그건 그렇네요."

가게야마 씨와 상의한 끝에 나도 창문을 통해 별채에 들어가기로 했다. 깨진 유리가 흩어져 있어서 나도 셋타를 신은 채 신중하게 발을 들여놓았다.

별채 내부는 귀기가 가득한 이질적인 공간으로 변해버렸다. 벽과 맹장지문에 부적이 덕지덕지 붙어 있다. 아까 창문의 장지문이 열리지 않은 것도 장지문과 창틀 사이에 부적 여러 장이 봉인지처럼 붙어 있었기 때문이다. 방과 현관 사이에 있는 맹장지문에도 부적이 붙어 있었지만, 다행히 문짝과 문틀 사이에는 없어서 여닫는 데 문제는 없었다. 만약을 위해 나도 출입문을 확인했는데, 분명 위아래로 빗장식 자물쇠가 잠겨 있었고, 문 좌우에는 부적이 봉인지처럼 네 장씩 붙어 있었다.

"이거, 자살은 아니겠죠?"

나는 확인하는 의미를 담아 가게야마 씨에게 말했다.

"자살로는 안 보이는데요. 왜 그러시죠?"

"그게, 별채는 안쪽에서밖에 자물쇠를 못 잠그잖아요. 더구나 출입문도 창문도 안쪽에 부적이 붙어 있으니 드나들 수 없지 않습니까."

"아아, 그렇군요. 어! 그, 그럼 미즈노 씨를 저런 꼴로 만든 자가 아직⋯⋯?"

안에 있을 가능성이 있다.

그래서 우리는 함께 실내에 누가 숨어 있지 않은지 확인했다. 하지만 화장실에도 벽장에도 수상한 인물은 없었다. 그 직후, 내 스마트폰으로 전화가 왔다. 놀라서 화면을 들여다보자 발신 번호 표시 제한 전화였다. 시각은 2시 17분. 그걸 보고 가게야마 씨가 뭐라 표현할 수 없는 표정을 지었다.

가게야마 씨가 여관의 고정 전화로 경찰에 신고하는 사이에 나는 별채를 감시했다. 하지만 별다른 일은 없었다. 잠시 후 가게야마 씨가 돌아와 "협조해주셔서 감사합니다. 경찰이 도착할 때까지 우메키 님은 방에서 기다려주세요" 하고 말했다. 나는 시키는 대로 초승달 방으로 돌아가 깔아놓은 이부자리에 누웠다.

그 후, 경찰이 출동해 현장검증을 했고 나도 누마오와 히구치라는 두 형사에게 조사를 받았다. 그림자밟기 여관에 묵은 경위를 설명할 때, 여관의 괴담이 누나의 사건에 관련됐을 가능성에 대해서는 함구했지만, 사건이 발생하기 직전에 누나가 여관에 묵었던 것이 마음에 걸려서라고는 말했다. 나는 두 형사가 묻는 대로 시체를 발견하기까지 한 일들을 설명했다. 미즈노와 저녁을 먹었다는 것, 9시 반부터 10시 무렵까지 누나의 취재와 관련해 안주인과 이야기를 나누었다는 것, 방으로 돌아가 1시 45분까지 잤다는 것, 그리고 2시에 만나기로 한 약속에 따라 별채에 갔다가 미즈노의 시체를 발견했다는 것을 진술했다. 하지만 괴이 현상이 일어났다고 해도 어차피 믿어주지 않으리라는 생각에, 2시 17분의 발신 번호 표시 제한 전화에 대해서는 아무 언급도 하지 않았다. 그런 가운데 누마오가 여러 번 궁금해했던 것이 바로 시체를 발견했을 때 별채 상황이 어땠는가였다.

별채 출입문과 창문은 안쪽에서 잠겨 있었다는 것, 나와 가게야마 씨 둘 다 그 점을 확인했다는 것, 더구나 창문 안쪽 장지문과 출입문에는 부적이 봉인지처럼 붙어 있었다는 것, 그러한 사실을 일일이 몇 번이나 설명해야 했다.

"시신을 발견했을 때 별채에는 아무도 없었다는 거죠?"

"네. 그건 확실합니다. 저도, 여관 사장님도 미즈노 씨가 자살한 것처럼은 보이지 않아서 같이 방을 살펴봤어요. 하지만 화장실에도 벽장에도 사람은 없었습니다."

"그렇군요. 으음."

형사들은 명백히 난감해 보이는 표정으로 앓는 소리를 냈지만, 이번 일을 어떻게 생각하는지는 말해주지 않았다. 일단은 사실관계 확인이 목적인 듯했다.

미즈노가 얼마나 희한한 상황에서 죽었는지 나도 봤으므로, 형사들이 난감해하는 것도 이해는 갔다. 하지만 나 혼자만이 아니라 가게야마 씨와 함께 실내에 아무도 없다는 걸 확인한 터라, 이건 특이한 자살 아닐까 하는 생각이 들기 시작했다. 만약 살인이라면 이른바 밀실 살인, 그것도 출입구 전체를 봉인지로 막은 완벽한 밀실에서 살인이 벌어진 셈이다.

그보다는 별채에서 일어나는 괴이 현상 때문에 미즈노가 죽었을 가능성이 더 높지 않을까 싶었다. 미즈노는 별채에서 일어나는 괴이 현상의 수수께끼를 규명했다. 그 때문에 괴이 현상의 주체인 영적 존재에게 조종당해 자살한 것 아닐까? 그리고 누나도 같은 이유로 그런 꼴을 당한 것 아닐까?

그 후, 나는 초승달 방에서 대기하라는 지시를 받고 방에 있다가 어느덧 잠들었다.

오전 6시쯤에 깨어난 직후, 누마오 형사와 히구치 형사가 방으로 찾아왔다.

"미즈노 씨는 목을 압박당해 질식사한 것으로 판명됐습니다. 사망 추정 시각은 어젯밤 11시 반부터 새벽 1시 반 사이. 목을 조르기 전에 둔기로 머리를 맞았는지, 뒤통수에 출혈이 있었고요. 즉, 미즈노 씨는 범인에게 머리를 맞아 기절한 후, 끈 같은 물건에 목을 졸려 살해당한 것으로 추정됩니다. 실내에서 몸싸움을 벌인 흔적도 발견됐으니, 살해 현장은 별채가 틀림없겠죠."

미즈노가 살해당했다? 그것도 머리를 맞고 목을 졸려서? 분명 재앙이나 저주를 받아 죽었으리라 생각했으므로, 예상과 달리 현실미 넘치는 상황에 당황했다. 그럼 정말로 밀실 살인 사건인가?

"덧붙여 미즈노 씨의 두 눈에서 안구가 사라졌다는 것도 확인됐습니다."

누마오가 내 표정을 찬찬히 살피는 듯한 시선을 던졌다.

나도 모르게 "어?" 하고 얼빠진 목소리를 흘렸다. 충격이 너무 커서 정신이 얼떨떨했다.

"미즈노 씨의 두 눈은 현장에서 발견되지 않았습니다. 화장실이나 세면대에서 처리한 흔적도 없었고요."

"잠깐만요. 어, 그러니까, 범인이 미즈노 씨를 죽이고 눈알을 파내서 달아났다는 말입니까? 하지만 별채 출입문은 잠겨 있었고 안쪽에 부적도 붙어 있었는데요."

내 말에 두 형사 중 더 젊은 히구치가 "압니다" 하고 약간 언성을 높였다. 그러자 선배로 보이는 누마오가 타일렀다. 그리고 나를 보며 "그래서 시신을 발견했을 당시의 상황을 한 번 더 자세하게 말씀해주셨으면 합니다" 하고 요청했다.

나는 합쳐서 네 번째인가 다섯 번째로 같은 설명을 되풀이했다. 진술이 끝나자 두 형사는 뭐라고 소곤소곤 상의했다. 나도 형사들의 기분은 안다. 나와 가게야마 씨의 증언이 사실이라면, 살인범은 대체 어떻게 별채에서 미즈노의 눈알을 가지고 사라졌느냐는 수수께끼가 생기는 셈이다. 그런 귀신 같은 범인이 존재한다고 보기보다, 나나 가게야마 씨의 증언에 오류가 있다고 간주하는 편이 이치에 맞으리라. 히구치가 객실 밖으로 소리치자 감식과 소속으로 보이는 작업복 차림의 사람들이 들어왔다.

"죄송합니다만, 만약을 위해 이 방과 우메키 씨의 짐을 조사하겠습니다."

그렇게 말한 누마오의 눈빛이 낯익었다. 누나를 발견한 직후에 수사를 맡았던 형사와 같은 눈빛이다. 아무래도 또 경찰이 날 의심하는 모양이다. 작업복 차림 사람들은 뭔가를 찾아 방을 뒤엎었다. 분명 미즈노의 눈알을 찾는 것이리라.

결국 나는 오후 1시가 지나서야 형사들에게서 풀려났다.

"나중에 또 뵐 일이 있겠죠."

의심으로 가득한 누마오와 히구치의 시선을 받으며 집으로 향했다.

집에 돌아온 후로도 폭풍우가 치는 것처럼 머릿속이 혼란스러웠다. 미즈노 아키라 살해 사건은 누나가 다친 일과 관련이 있는 걸까? 얼핏 보기에는 둘 다 눈에 피해를 입었지만, 눈꺼풀을 꿰매는 것과 눈알을 파내는 건 미묘하게 의미가 다른 것 같다. 다만 누나 사건이나 미즈노 사건이나 정황만 따지면 초자연적인 힘이 관여한 게 아닐까 의심이 절로 들 만큼 기묘하다. 무엇보다 그림자밟기 여관에서 벌어진 밀실 살인 사건은 과연 살아 있는 인간이 저지를 수 있는 일일까? 별채는 출입문도 창문도 안쪽에서 잠겨 있었던 데다 부적까지 봉인지처럼 붙어 있는 상태였다. 출입문 열쇠는 오래전에 분실되고 없으니까 밖에서는 문을 잠글 수 없다. 창문도 창틀에 빈틈없이 단단하게 끼워져 있었으므로 밖에서 자물쇠를 조작하기란 불가능하다. 아니, 백번 양보해서 무슨 방법으로 출입문을 잠근다 치더라도, 별채 밖에서 부적을 그 위치에 붙일 수는 없으리라.

게다가 살아 있는 사람이 범인이라면 왜 번거롭게 현장을 밀실로 만들어야 했단 말인가? 예를 들어 별채를 밀실로 만들면 혐의를 벗을 수 있나? 아니다, 실제로 나도 가게야마 부부도 사건 현장이 밀실이라는 이유로 용의선상에서 제외되지는 않았다. 미즈노의 시체가 예를 들어 목매달고 자살한 것 같은 모습이었다면 밀실로 만들어야 할 이유도 이해가 가지만, 그는 누가 봐도 타살임을 알 수 있는 모습으로 죽었다. 눈알까지 가져갔으니 범인에게서 사건을 자살로 위장할 의도는 찾아볼 수 없다. 그렇다, 미즈노의 시체는 필요 이상으로 타살 시체였다. 그런데도 사건 현장인 별채는 밀실이었다. 이건 모순이다. 그렇다면 역시 거기에 존재하는 영적 존재가 미즈노를 죽이고 눈알을 파낸 걸까? 하지만 그런 것치고는 뒤통수를 때리거나 끈 같은 물건으로 목을 조르는 등 범행 방법에서 묘하게 인간미가 풍긴다. 이 또한 이해가 가지 않는 점이다. 인간의 범행이라고 하기에는 불가능성과 불가해성이 앞을 가로막는다. 그렇다고 초자연적인 존재의 소행이라고

하기에는 범행 방법이 너무 현실적이다.

거기까지 생각하다 어떤 가능성이 떠올랐다. 그 별채는 현재 방이 하나뿐이지만, 실제로는 안쪽에 방이 하나 더 있다. 벽으로 막아놨지만, 혹시 그쪽에 드나들 수 있는 비밀 통로가 있는 것 아닐까. 그렇다면 범인은 범행을 저지르고 안쪽 방에 숨어 있다가, 나와 가게야마 씨가 시체를 발견한 후 빈틈을 노려 별채에서 달아날 수 있지 않았을까.

아니, 무리인가. 그때 별채를 드나들 방법은 창문밖에 없었다. 하지만 처음에는 내가 별채를 감시했고, 경찰이 오기까지는 가게야마 씨가 감시했다. 범인이 밖으로 나왔다면 반드시 알아차릴 것이다.

"만약 가게야마 씨가 공범이라면?"

그렇다면 범인은 밖으로 도망칠 수 있다. 다만 범인이 왜 그렇게까지 해서 별채를 밀실로 만들어야 했는지는 여전히 설명이 안 된다.

또 한 가지 가능성은 경찰이 별채를 떠날 때까지 범인이 내내 숨어서 기다리는 것이다. 현장검증에 시간이 얼마나 걸리는지는 모르지만, 오늘 중에는 대충 끝나리라. 범인은 안쪽 방에서 현장검증이 끝나기만을 가만히 기다리고 있는 것이다. 비현실적인 추리이기는 하다. 하지만 그렇게라도 생각하지 않으면 이 살인 사건의 기묘한 상황을 설명할 수 없을 것 같았다.

## 우메키 교코의 원고 4

2주 가까이 지난 12월 중순, 나는 다시 K 여관을 방문했다. 그리고 교섭 끝에 여관 주인 K 씨로부터 밤중에 별채를 조사해도 좋다는 허가를 받았다.

나는 오전 2시에 별채로 가서 불을 끈 채 2시 17분이 되기를 기다렸다. 예상대로 딱 그 시간에 휴대전화가 울렸다. 화면에 발신 번호 표시 제한이라고 떴다. "여보세요" 하고 전화를 받은 내 말에 약간 겹쳐서 "마나구후타기"라는 말소리가 들리더니 전화가 뚝 끊겼다. 괴담을 들려준 사람들의 말대로 분명 어린애 같은 목소리였다. 다만 '마나구후타기'라는 말이 무슨 뜻인지는 모르겠다. '마나구'는 도호쿠 지방에서 눈을 가리키는 말이다. '후타기'는 막는다는 뜻일까.

아오모리에서 규슈에 이르는 넓은 지역에 '귀 막기' 또는 '귀 닫기'라고 불리는 풍습이 있다. 이는 죽은 사람과 동갑인 사람에게 죽음이 미치는 걸 막기 위해 떡 등을 귀에 대어 흉한 소식을 듣지 못하도록 하는 주술적인 의식이다. 하지만 '눈 막기'라는 풍습은 들어보지 못했다. 그 말이 예언이라면 앞으로 나는 눈을 막아야 하는 상황에 처하는 걸까?

🐟

경시청에서 누나의 노트북과 USB 메모리를 돌려주었다. 나는 즉시 그림자밟기 여관에 관한 취재 메모나 원고가 없는지 확인했다. 'K 여관의 괴담'이라는 문서 파일에 지금까지 누나가 조사한 내용이 원고 형태로 기록되어 있었다. 드디어 그림자밟기 여관에서 발생하는 괴이 현상을 전부 파악했다. 문서 파일에는 별채에 있다가 발신 번호 표시 제한 전화를 받으면 들려오는 예언, 식당과 그믐달 방에 나타나는 아이, 그리고 나도 안주인을 통해 들었던 가게야마 씨의 체험담 등이 적혀 있었다. 덧붙여 별채 안쪽 방을 막기 전의 일화와, 그림자밟기 여관을 짓기 전 그곳에 살았던 종교인에 대해 조사한 내용도 있었다. 그중에서도 누나가 들었다는 '마나구후타기'라는 예언에는 놀랐다. '마나구후타기', 이는 눈꺼풀이 꿰매어진 채 발견된 누나의 모습 그 자체다.

한편으로 석연치 않은 점도 있었다. 그림자밟기 여관에서 들은 예언은 분명 누나에게 현실로 나타났다. 하지만 그건 어디까지나 예언의 성취이지, 그림자밟기 여관의 어린애 같은 영적 존재가 직접 불러일으킨 결과는 아닌 듯하다. 오히려 여관 별채에서 전화를 받으면 들려오는 예언은 이후에 일어날 사건을 경고하는 것이라고도 볼 수 있다. 그렇다면 누나의 두 눈이 막힌 것과 그림자밟기 여관의 괴이 현상은 무관하다는 뜻이다. 그렇다면 왜 미즈노는 두 눈을 뽑힌 걸까. 만약 그림자밟기 여관의 괴이 현상이 눈알과 무관하다면, 미즈노 아키라의 시체가 그렇게 된 데는 다른 이유가 있다고 볼 수밖에 없다. 좀 더 구체적으로 말하면 미즈노의 눈알을 가져간 건 괴이 현상을 일으키는 어린애가 아니라는 뜻이다.

아무래도 미즈노 살해 사건은 인간이 의도적으로 일으킨 밀실 살인 사건이라고 간주해야 할 듯하다. 게다가 그날 밤에 그림자밟기 여관에 있었던 사람은 나를 제외하면 가게야마 씨 부부뿐이다. 즉, 가게야마 씨나 안주인이, 또는 둘이 합세해 미즈노를 살해한 것이다. 동기는 확실치 않지만 미즈노와 안주인은 원래 아는 사이였으니까, 거기에 뭔가 원인이 있었는지도 모른다.

밀실 수수께끼는 어떨까. 사건의 첫 번째 발견자는 나다. 나는 경찰보다 먼저 범행 현장을 확인했다. 그때 뭔가 밀실 수수께끼를 풀어낼 힌트를 얻지는 못했을까? 만약 가게야마 씨가 범인 또는 공범이라면, 현장에 발을 들여놓았을 때 뭔가 수작을 부리지 않았을까? 하지만 돌이켜봐도 딱히 수상쩍은 행동은 하지 않았다. 그가 뭘 하는지 창문으로 유심히 지켜보았으니까, 이상한 행동을 했다면 금방 알아차렸을 것이다. 아니, 그건 그렇고 이미 여러 번 제기했던 의문을 또 꺼내는 셈이지만, 타살이 명백한 상황에서 현장을 밀실로 만든 목적은 뭘까? 아무래도 의문만 자꾸 생긴다.

그림자밟기 여관에 다시 가봐야겠다. 이번에는 누나 사건을 조사하기 위해서가 아니라, 미즈노 살해 사건을 조사하기 위해서.

꽃

나는 동생의 장례식을 마친 2월 중순에야 의식을 되찾았다.

동생의 시체는 본가 근처를 흐르는 기누가와강 하류에서 발견됐다. 사고인지, 자살인지, 아니면 누가 떠밀었는지는 알 수 없다. 시체는 물에 떠내려가면서 바위에 수없이 부딪혀 상당히 참혹한 상태였다고 한다. 얼굴도 못 알아볼 정도였지만, 소지품과 지문 조회로 동생임이 밝혀졌다. 만약을 위해 DNA 감정도 했다고 들었다.

의식을 되찾은 직후에는 지금 내가 어디 있고, 무슨 상황인 건지 전혀 이해가 가지 않았다. 의식이 몽롱한 가운데서도 '아아, 곧 마감이니까 그림자밟기 여관 관련 원고를 마무리해야지' 그런 생각을 했다. 내 기억은 집에서 컴퓨터 앞에 앉아 글을 쓰던 시점에서 뚝 끊겼다. 의사와 경찰 관계자가 이것저것 물어보았지만, 집 책상에서 병원 침대에 오기까지의 경위가 완전히 공백이라 내가 제일 당황스러웠다. 몇 가지 검사를 받은 후 내가 어떤 일을 당했는지 들었다. 사건이 실린 신문도 읽었다. 경찰이 몇 번 진술을 청취하러 왔고, 매스컴 관계자가 병실에 숨어든 적도 있었다. 하지만 내 입장에서는 죄다 괴리감이 느껴지는 일이었고, 당연히 도움이 될 만한 진술도 할 수 없었다.

일주일쯤 지나 퇴원했다. 아버지가 모는 차를 타고 본가로 향하는 도중에, 어머니에게서 동생의 사망 소식을 들었다. 반사적으로 "왜?" 하고 물었지만, 부모님도 잘 모르겠다고 했다. 다만 동생은 내게 일어난 사건을 조사하기 위해, 내 발자취를 더듬어 그림자밟기 여관에 갔었다고 한다. 그리고 거기서 기묘한 살인 사건에 휘말렸다.

본가로 돌아와 동생의 불단에 향을 피우고 나자, 어머니가 노트 한 권을 가져왔다. 동생이 죽기 직전까지 쓴 수기였다. 수기에는 의식을 잃은 나를 발견한 일부터, 그림자밟기 여관을 방문한 일까지 동생의 행적이 자세하게 적혀 있었다. 그러나 나는 수기의 내용을 바로는 믿을 수 없었다. 동생이 맞닥뜨렸다는 밀실 살인이 너무 황당무계했던 데다, 내가 알고 있는 가게야마 씨 부부는 범죄와 거리가 먼 사람들이었기 때문이다. 하지만 몇 번이고 노트를 반복해서 읽다 보니, 미즈노가 밀실에서 살해당한 사건의 진상이 보였다.

그즈음 도치기 현경의 누마오 경감과 히구치 형사가 찾아왔다. 주로 누마오가 형식적인 질문을 던졌다. 내게 일어난 일이 그림자밟기 여관에서 벌어진 사건과 관련이 없는지 조사하는 모양이다. 질문이 끊긴 틈을 노려 나도 "밀실 수수께끼는 푸셨어요?" 하고 물어보았다.

"그 별채요? 옆방을 막은 벽도 일부 부수고 조사해봤지만, 결국 이상한 점은 발견하지 못했습니다."

"어! 그 벽 너머에 들어가셨다고요?"

한순간 사건보다도 그게 더 신경 쓰였다. 약간 흥분해서 벽 너머에 뭐가 있었는지 묻는 나와는 대조적으로 형사들은 시큰둥한 반응을 보였다.

"특별한 건 없었습니다. 세 평 크기 방이었는데, 가구 하나 없더라고요. 다다미에 쌓인 먼지로 보건대 오랫동안 아무도 드나들지 않은 건 확실합니다."

내가 낙담하자 히구치가 "그 방이 왜요?" 하고 물었다.

"그게, 그 방에 관련된 원고를 쓰고 있었거든요……."

그러자 누마오는 "그러셨군요" 하고 쓴웃음을 지었다. 무시당한 기분에 나는 목소리에 불쾌함을 담아 "그나저나 결국 밀실 수수께끼는 풀어내셨나요?" 하고 재차 물었다.

"아니요, 현재 수사 중입니다."

"저는 알아냈는데요."

그 말에 두 형사는 공기가 빠져나가는 듯한 소리를 냈다. 목소리로 표현하자면 '허'나 '하'에 가깝다.

"별채를 어떻게 밀실로 만들었는지 알아냈다고요."

"꼭 들어보고 싶군요."

입으로는 그렇게 말했지만, 누마오의 눈에는 웃음기가 가득했다. 어차피 아마추어의 얕은 생각에 불과하다고 여기는 거겠지. 한편 히구치는 눈을 깜박이며 "정말입니까?" 하고 몸을 내밀었다.

"네. 밀실을 만든 방법만이 아니에요. 범인이 왜 미즈노 씨의 안구를 가져갔는지도 알아냈어요."

"한번 들어보죠."

"제가 사건의 진상을 알아차린 건, 취재를 위해 그림자밟기 여관을 찬찬히 둘러보며 다녔기 때문이에요."

"저희도 여관에는 여러 번 갔었는데요."

"형사님들이 진상을 눈치채지 못한 건 분명 여관에 여러 번 갔기 때문일 거예요. 그래서 그 건물의 특이한 점에 익숙해지고 만 거죠."

"특이한 점이라뇨?"

누마오가 물었다.

"그림자밟기 여관의 객실은 출입구가 마치 독립된 암자 같은 구조예요. 방 앞에 차양이 달린 것이, 흡사 건물 현관처럼 그럴싸해 보이죠. 그리고 본채 객실 출입문과 별채 출입문은 구조가 완전히 동일해요."

"그 정도는 저희도 압니다."

"그러시겠죠. 제 말은 별채 출입문과 객실 출입문은 교환할 수 있다는 거예요."

"그건…… 확실히 가능하겠지만……."

누마오는 그 사실이 뭘 의미하는지 생각하는 듯했다.

"사건이 일어난 날, 아니, 그 이전부터 별채 출입문은 그믐달 방 출입문과 바뀌어 있었던 거예요. 별채의 열쇠는 오래전에 분실됐죠. 하지만 손님인 미즈노 씨에게 열쇠가 없는 방을 줄 수는 없잖아요. 아무리 아는 사이이고, 기이한 현상을 조사하러 왔다고는 해도 손님은 손님이니까요. 귀중품과 개인 물품도 관리해야 할 테고요. 그래서 별채에 제일 가까운 그믐달 방의 출입문과 바꿔 달아서 문을 잠글 수 있게 한 거죠. 미즈노 씨는 제 동생을 별채에 맞아들일 때 방을 정리하겠다며 먼저 들어갔어요. 만약 아무나 들어갈 수 있는 개방적인 곳을 사용했다면, 애초에 정리 정돈을 잘해놨겠죠."

"그렇군요. 그건 알겠습니다. 하지만 저희가 현장에 갔을 때 별채 출입문은 틀림없이 별채 것이었어요. 밖에서 다른 방

열쇠로 문을 여는 실험을 해봤으니 확실합니다."

누마오의 말에 히구치도 동의했다.

"그때는 이미 별채와 그믐달 방의 출입문을 다시 바꿔 단 거예요. 범인은 미즈노 씨를 살해한 후 온 방에 부적을 붙이고, 창문의 장지문에도 부적을 봉인지처럼 붙이고, 밖에서 안이 보이도록 장지 일부를 찢는 등 이런저런 술수를 부린 후 출입문으로 나갔어요. 그리고 그믐달 방의 열쇠로 밖에서 문을 잠갔죠. 범인은 분명 제 동생과 미즈노 씨가 오전 2시에 만나기로 약속한 걸 알고 있었을 거예요. 동생은 밀실의 목격자로 이용당한 거라고요."

"잠깐만요. 별채 출입문 안쪽에도 부적이 봉인지처럼 붙어 있었는데요. 가령 열쇠를 가지고 있었더라도, 밖에서 그런 식으로 부적을 붙일 수는 없습니다."

"범인은 미리 문 한쪽에만 부적을 봉인지처럼 붙여놨겠죠. 분명 다른 쪽에도 부적을 붙여놨겠지만, 문틀 부분에는 아직 붙이지 않은 상태였을 거고요. 아시겠어요? 동생은 미즈노 씨의 시체를 발견하고 가게야마 씨를 불렀어요. 일단 가게야마 씨가 창문을 깨고 안으로 들어갑니다. 그리고 유리 때문에 다치지 않도록 동생을 출입문으로 보냈죠. 하지만 부적이 단단히 붙어 있어서 동생은 결국 창문으로 들어갔고요. 하지만 이때 출입문 한쪽은 아직 봉인되지 않았습니다. 문을 사이에

두고 동생 바로 앞에서 가게야마 씨가 부적을 문틀에 단단히
붙여 봉인을 완성한 거예요."

"그럼 가게야마 씨가 범인이라는 말씀입니까?"

"그 부분은 잠시 기다려주세요. 지금은 밀실 수수께끼를
해명하는 데만 초점을 맞출게요. 가게야마 씨가 완성한 봉인
지는 동생도 확인했어요. 그 후, 동생이 남아서 감시하고 가
게야마 씨는 경찰에 신고하러 갔죠. 신고하고 돌아와서 동생
과 교대하면서 동생에게 객실에 가 있으라고 지시했고요. 동
생이 사라지자 가게야마 씨는 서둘러 별채와 그믐달 방의 출
입문을 바꾸고, 다시 부적을 붙여 문을 봉인합니다. 예전에
기묘한 현상이 일어났던 터라 그믐달 방에는 원래부터 출입
문에 부적이 잔뜩 붙어 있었죠. 그러니 부적을 붙인 흔적이
있어도 부자연스럽지 않아요."

"으음, 선생님 말씀대로라면 밀실 수수께끼는 풀립니다
만⋯⋯."

누마오가 사용하는 호칭이 어느 틈엔가 '선생님'으로 바뀌
었다. 조금은 인정해준 걸까. 다만 누마오는 여전히 석연치
않다는 기색으로 팔짱을 꼈다.

"그런데요?"

"가게야마가 왜 그렇게까지 해서 밀실을 만들었는지 이유
를 모르겠습니다."

"그건 가게야마 씨 일당의 계획에 문제가 생겼기 때문이에요. 원래는 미즈노 씨의 목을 매달거나 손목을 그어서 자살로 위장하려 했겠죠. 그런데 미즈노 씨가 범인과 몸싸움을 벌이면서 예상 이상으로 완강하게 저항한 거예요. 당황한 범인은 결국 가까이 있던 물건으로 미즈노 씨를 때리고, 쓰러진 미즈노 씨의 목을 졸라 살해한 겁니다."

"범행에 사용된 흉기는 분명 별채에 있었던 유리 재떨이와 유카타 띠였습니다."

누마오 경감의 보충 설명에 나는 고개를 끄덕이고 말을 이었다.

"돌발적인 사태가 발생해 혼란에 빠진 범인은, 그래도 계획대로 부적을 붙이는 등 방을 밀실로 만들 준비를 했습니다. 어떻게 계획을 변경해야 좋을지 몰라서 원래 계획대로 행동한 거겠죠. 다만 자신이 범인임을 가리키는 결정적 증거를 가지고 가는 것은 잊어버리지 않았어요. 바로 미즈노 씨의 눈알입니다."

"미즈노의 눈알이 범인을 가리키는 증거라고요?"

"네. 범인은 미즈노 씨와 몸싸움을 하다가 특징적인 물건으로 그의 눈을 찌른 거예요. 눈을 그대로 놔두면 부검을 통해 무엇으로 찔렀는지 밝혀질 테고, 자신이 범인이라는 사실도 드러나겠죠."

"그 특징적인 물건이란 건 혹시⋯⋯."

아무래도 누마오도 알아차린 듯했다.

"네, 비녀예요. 즉, 미즈노 씨를 살해한 건 안주인입니다. 가게야마 씨는 범행을 은폐하기 위한 공범이었던 걸로 추정되고요."

그 후, 내 추리를 뒷받침하듯 안주인의 복수초 무늬 유리 구슬이 달린 비녀에서 혈액 반응이 나왔다. 검사 결과 미즈노의 혈액과 일치했다고 한다. 증거인 비녀를 처분하지 않은 건, 시어머니에게 물려받은 귀중한 물건이기 때문이라고 한다. 임의동행을 해서 취조하자 안주인은 범행을 인정했다. 결혼하기 전부터 안주인과 미즈노는 손님과 점술가 사이를 넘어 남녀 관계를 맺고 있던 모양이다. 안주인은 젊은 시절, 미즈노의 점괘에 크게 의존하며 살았다고 한다. 이번에 별채에서 일어나는 괴이 현상을 상담하느라 다시 만났을 때, 미즈노는 재결합을 강요했다. 안주인은 머리로는 거부해야 한다는 걸 알고 있었지만, 결국 미즈노에게 거역할 수 없었다.

"이제 죽이는 수밖에 없겠다 싶었어요."

나로서는 이해할 수 없는 심정이지만, 어쨌든 안주인은 미즈노가 죽기를 바랐다. 작심하고 남편과 상의해 자살로 위장해서 살해할 계획을 세웠다. 미즈노의 눈알은 어쨌느냐고 묻자 "꺼내자마자 삼켰어요"라고 진술했다고 한다. 아름답게 미소 지으며 그렇게 대답했다니까, 안주인은 미즈노에게 상당히 복잡한 감정을 품었던 게 아닐까 싶다. 한편 안주인은 내 동생의 죽음에 대해서도 진술했다. 아무래도 동생 역시 진상에 바싹 다가섰던 듯하다.

"우메키 선생님의 동생이 다시 찾아와서 별채를 보여달라고 청하셨죠. 거절하면 부자연스러울 것 같아서 승낙했는데요. 몰래 살펴보러 갔더니 출입문의 길이와 그믐달 방 출입문의 길이를 줄자로 재고 계셔서……."

들켰다 싶어서 안주인은 불안감을 억누를 수 없었다. 남편에게 알리자 그가 동생을 불러내 기누가와강에 빠뜨렸다고 한다.

한편 남편 가게야마 씨는 범행을 부인했다. 자기는 아무것도 모른다, 전부 아내가 저지른 짓이다, 라는 진술로 일관하는 모양이다. 하지만 내 본가 주변 편의점 등의 CCTV 카메라에 가게야마 씨의 차가 찍혔고, 밀실도 안주인 혼자서는 만들 수 없으므로 상황증거를 잘 활용해 어떻게든 입건하겠다고 누마오는 말했다.

사건 말고, 그림자밟기 여관에서 발생하는 괴이 현상의 근원으로 추정되는 고베 신령님에 대한 내 생각도 써두겠다. 나는 취재를 하면서 '고베'를 효고현에 있는 고베시라고 생각했고, 취재에 응한 T 씨도 고베시라고 인식한 것 같지만, 그

건 틀렸다. '고베'는 분명 '머리 두頭'나 '머리 수首'라는 한자를 쓸 것이다. 즉, 머리 신령님이다. 이는 거기 살았던 할머니가 인간의 해골을 신으로 모셨음을 나타낸다. 그것도 어린애의 해골을. 종교인이 인간의 해골을 주술에 사용하는 건 드문 일이 아니다. 『증경增鏡』*에는 태정대신** 사이온지 긴스케의 두개골이 특이하여 히가시야마의 고승이 무덤을 파헤쳤다는 이야기가 있고, 기타무라 노부요의 수필인 『희유소람嬉遊笑覧』 8권 '방술'에 인용된 『용궁선』에는 무녀의 소지품 중에 인간의 해골이 있었다고 기록돼 있다. 그림자밟기 여관과 관련된 괴담에서 식당 좌탁 밑에 아이가 나타나거나, 가위에 눌린 S 씨가 어린애의 얼굴밖에 못 보거나, 가게야마 씨가 어린 시절 자신을 습격한 뭔가를 괴물이라고 칭한 건, 어린애의 혼령이 머리밖에 없는 모습으로 나타났기 때문 아닐까.

그건 그렇고 동생의 죽음은 너무나 안타깝다. 동생이 내게 일어난 일을 오해하지 않았다면 살해당하지 않았을지도 모르는데.

내 집에서 일어난 사건과 그림자밟기 여관은 아무 상관도 없다. 동생도 수기에다 내 수입으로 어떻게 역에서 가까운 큰 집에 사는지 신기하다고 적었는데, 그건 아주 당연한 의문이

---

\*    14세기 일본 남북조시대에 지어진 역사 문학.
\*\*   국가 최고 기관인 태정관의 수장.

다. 보통 나처럼 인기 없는 작가는 맨션 집세를 감당할 수 없다. 하지만 내가 빌린 집의 집세는 아주 저렴하다. 그 이유는 여기가 사고 물건*이기 때문이다. 예전에 이 집에는 40대 어머니와 20대 딸이 살았다. 그런데 딸이 불행하게도 살해당했고, 어머니도 뒤따르듯이 이 집에서 자살했다. 그 후로 이 집에 사는 사람은 크든 작든 이상한 일을 경험했다고 한다.

나는 소재도 수집할 겸 나 자신을 실험 대상 삼아 이 맨션을 빌렸지만, 이렇다 할 괴이 현상은 경험하지 못했다. 기껏해야 누군가의 시선을 느낀 정도다. 그러다 이번에 느닷없이 의식을 잃고 말도 안 되는 모습으로 발견됐다. 나도 아무 예비지식이 없었다면 재앙이나 저주라고 생각했으리라. 하지만 맨션에 붙은 혼령이 딸을 잃은 어머니이고, 그림자밟기 여관에서 들은 예언이 '마나구후타기'였다는 점에서 나는 내게 왜 이런 일이 일어났는지 알았다. 이 집에 붙은 혼령은 내가 동생의 죽음을 보지 않길 바란 것이다. 그래서 동생의 장례식이 끝날 때까지 눈을 막고 의식을 빼앗았다. 일종의 모성이라고 볼 수 있겠다. 뭐, 결과적으로는 그 모성이 동생의 죽음을 초래한 것 같기도 하지만, 어쩌면 그림자밟기 여관에 가지 않았더라도 동생에게 죽음이 찾아왔을지 모른다.

---

\*    과거 사람이 사건, 사고 등으로 사망한 적 있는 건물을 가리킨다.

나는 지금도 이 원고를 집에서 쓰고 있다. 마침 '마나구후 타기'의 진상을 썼을 때 천장 부근에서 탁탁, 하고 이상한 소리, 이른바 랩음*이 들렸으니 분명 내 추리가 들어맞은 것이 겠지.

---

\* 심령현상 중 하나. 아무도 없는 방이나 공간에서 발생하는 기이한 소리를 가리킨다.

오보로 터널의 괴담

朧 ト ン ネ ル の 怪 談

"우리 부모님 집 근처에 심령 스폿*이 있어."

에다노 유아가 그렇게 말했다.

간직해둔 보물을 보여주듯 수줍어하는 표정이었다. 앞머리가 부자연스러울 정도로 짧은 쇼트커트에, 옅은 눈썹과 덧니가 특징적이라 꼬마 도깨비 같은 인상이다.

와키사카 고헤이는 그때 한 조각 남은 참치 회에 슬쩍 손을 뻗으려던 걸 아주 선명하게 기억한다. 생맥주에 이어 잘 마시지도 못하는 하이볼을 마신 탓에 평소보다 술기운이 빨리 돌았다. 그걸 알면서도 쉬지 않고 또 맥주를 입에 댔으니 꽤 취했으리라. 도수 높은 안경 너머로 보이는 풍경이 어쩐지

---

* 귀신이 출몰하는 등 기괴한 현상이 자주 목격되는 장소.

흐릿하니 현실미가 몹시 희박했다.

우쓰노미야 시내의 대학교 근처 술집이었다.

3월 마지막 주 밤, 와키사카는 교육학부 동기인 에다노, 다카다 유이치, 후지노 다케루, 헨미 사아야와 함께 술을 마시고 있었다. 봄방학이 끝나고 4월이 되면 다섯 명 모두 3학년이다.

술잔을 들고 건배하는 소리, 다른 테이블에서 떠드는 소리, 종업원들의 힘찬 목소리, 그러한 소음과 소음이 부딪쳐 터지면서 생긴 소리의 알갱이가 와키사카의 귓속으로 줄줄 흘러들었다. 그 모래알 같은 잡음에 겹치듯이 에다노의 목소리가 들렸다.

"우리 집에서 차로 5분, 자전거로는 15분쯤 걸리려나, 산속에 오보로 터널이라는 오래된 터널이 있어. 동네 사람들은 구닥다리 터널이라고 부를 만큼 오래됐지."

다섯 명 가운데 이 지방 출신은 에다노와 다카다 두 명이다. 에다노의 본가는 닛코시에 가까운 작은 동네라고 한다. 너무 불편한 곳이라 지금은 본가를 떠나 대학교 근처 연립주택에서 자취하고 있다. 이웃 현의 항구도시 출신인 와키사카는 지리적인 위치 관계를 이해하기 힘들었지만, 논과 산밖에 없다는 표현으로 어떤 곳일지 대강 상상이 갔다.

"와, 흥미로운걸."

제일 먼저 반응을 보인 사람은 헨미 사아야였다. 웨이브를 넣은 긴 머리를 손으로 쓱 쓸어내리더니, 눈을 가늘게 뜨며 도톰한 입술로 미소를 지었다. 그러고 보니 헨미는 혼령을 보거나 느낄 수 있는 모양이라는 이야기를 에다노에게 들었다. 사실인지는 알 수 없지만, 원래부터 심령에 관련된 화제를 좋아하는 건 확실한 듯하다.

와키사카가 잔에 남은 맥주를 마시는 사이에 분위기가 더욱 달아올라 "이번 주 토요일 밤에 다 함께 오보로 터널에 가자!"라는 쪽으로 이야기가 흘러갔다.

"미안해. 나는 토요일에 아르바이트해야 해서."

후지노 다케루가 그렇게 말하며 거절했다. 요즘 매주 토요일과 일요일에 편의점 야간 아르바이트를 한다고 한다. 가죽 재킷이 잘 어울리는 후지노는 후리후리한 체형이다. 눈매가 날카롭고 말투도 퉁명스러워서 첫인상은 별로지만, 가까이 지내다 보면 인간성이 좋다는 걸 알 수 있다.

이 그룹에서는 와키사카가 후지노와 제일 친하다. 그래서 안다. 실은 후지노도 같이 가고 싶을 것이다. 왜냐하면 후지노는 헨미에게 호감을 품고 있기 때문이다. 본인에게 직접 들은 건 아니지만, 옆에서 보면 쉽게 알 수 있다.

뭐, 그러는 와키사카도 헨미에게 마음이 있기는 했지만.

늦은 밤에 여자 두 명과 심령 스폿 체험……. 나쁘지 않은 전개다.

스타디움 점퍼 차림의 다카다 유이치도 같은 생각인 듯했다. 애당초 오보로 터널에 가보자는 에다노의 제안에 앞장서서 동의한 것도 다카다다. 더구나 헨미에게 "재미있겠다. 같이 가자" 하고 자꾸 부추겼으니, 속이 뻔히 들여다보인다. 머리를 탈색하고 귀에 피어스를 여러 개 달고 다니는 다카다는 어떻게 봐도 잘 노는 사람 같지만, 소극적인 성격이라 이 그룹 말고 다른 친구와 함께 있는 모습은 본 적이 없다. 다카다는 평소보다 더 가벼운 말투로 "시간은 언제가 좋아?"라는 둥 "누구 차로 갈까?"라는 둥 떠들며 헨미에게 힐끔힐끔 시선을 주었다.

결국 후지노를 제외한 네 명이 이번 주 토요일 밤에 모여서, 에다노의 차로 그 구닥다리 터널에 가기로 했다. 약속 장소는 후지노가 아르바이트를 하는 학교 근처 편의점이다. 집에서 통학하는 다카다가 "꼭 학교까지 와야 하나" 하고 투덜거리길래 "오늘 밤도 굳이 전철과 버스를 갈아타고 학교까지 와서 술자리에 참석했잖아" 하고 핀잔을 주고 싶었다. 그러지 않은 건 술기운 때문에 혀가 제대로 돌아가지 않는 것 같았기 때문이다.

3월 마지막 토요일 밤, 정확하게는 이미 날짜가 바뀌어 일요일이지만, 와키사카 고헤이를 비롯한 네 명은 편의점에 모였다.

오전 12시 30분이 조금 지난 시각이었다.

초봄이지만 도치기는 생각한 것 이상으로 추워서, 와키사카 고헤이는 회색 라이트 다운재킷을 입었다.

"조심해서 다녀와."

편의점 유니폼을 입은 후지노 다케루의 배웅을 받으며 와키사카 일행은 에다노 유아의 본가가 있는 쓰키쿠마정으로 출발했다.

에다노의 애차는 아버지에게 물려받은 은색 알렉스다. 운전대는 에다노가 잡았고, 차멀미가 심한 와키사카가 조수석, 헨미 사아야와 다카다 유이치는 뒷좌석에 앉았다.

우쓰노미야 중심부에서 쓰키쿠마정까지는 차로 약 한 시간 걸린다. 중심부보다 약간 외곽에서 만났으므로, 터널에 도착하기까지 한 시간 반은 걸릴 것으로 예상됐다.

"저기, 유아. 그 터널에서는 어떤 일이 일어나는 거야?"

헨미가 몸을 내밀고 에다노에게 물었다.

그러고 보니 지난번 술자리에서 심령 스폿이 있다고는 했지만, 구체적인 괴담 같은 건 못 들었다. 에다노는 "그게 말이야" 하고 묘하게 흥미진진한 말투로 입을 열었다.

"나도 자세한 이야기는 최근에 알았는데, 머리 없는 여자 귀신이 나오나 봐. 그것도 둘인가 셋인가, 아무튼 여럿이 나오는 모양이야."

'모양'이라는 표현으로 보아 추측에 지나지 않는 정보인데도 불구하고, 에다노는 어쩐지 의기양양한 표정을 지었다. 뭐, 확실히 머리 없는 귀신이 여럿 나타난다면 아주 무시무시한 심령 스폿이다. 그런 곳이 자기 동네에 있다는 걸 자랑하고 싶은 기분은 모르는 바도 아니다.

"어, 전에 거기서 무슨 사고라도 난 거야?"

와키사카는 소박한 의문을 꺼냈다.

하지만 에다노는 "나지 않았을까" 하고 애매모호하게 대답했다.

"엥? 몰라?"

"응, 몰라. 적어도 내가 태어나고 지금까지 그 터널에서 사고가 난 적은 없었을걸. 아, 그러고 보니 옛날에 초등학생이 오토바이에 치였었나? 어쩌면 내가 잊어버렸을 뿐일 수도 있겠네."

"그러니까, 왜 귀신이 나타나는지는 모른다는 거지?"

헨미가 확인하자 에다노는 "그렇습니다!" 하고 기운차게 대답했다. 분명 들떴다. 어쩐지 차도 속도가 좀 빨라진 것 같았지만, 부디 기분 탓이기를 바랐다.

"아, 뭐가 어떻게 된 건지 난 알 것 같아."

다카다가 끼어들어서 말했다.

"내가 다닌 중학교에는 소위 학교 괴담이라는 게 전혀 없었거든. 그런데 내가 졸업한 후에 입학한 여동생이 제2관 건물 계단 밑에 있는 거울에 죽은 학생의 모습이 비친다는 괴담이 있다는 거야. 동생이 '오빠, 그거 정말이야? 옛날에 거기서 사람이 죽었어?' 하고 물었지만 나야 어리둥절할 뿐이었지. 그런 괴담은 들어보지 못했고, 학생이 계단 밑에서 죽었다는 것도 금시초문이었거든."

"그래서 뭐가 어쨌다는 건데?"

"실제로 사고가 나서 죽은 사람이 있는지 없는지와는 상관없이 괴담만 탄생할 때도 있다는 뜻. 지금 우리가 가는 터널도 그런 유형 아닐까? 뭐, 그렇다면……."

"그렇다면?"

"심령현상은 크게 기대할 수 없을지도 모르겠어."

다카다의 말에 에다노가 입을 삐죽 내밀었다.

"가기도 전에 초 치는 소리 좀 하지 마. 어쩌면 자기장이 이상해져서 떠돌아다니는 유령을 쭉쭉 빨아들이는 건지도 모르잖아."

아주 엉뚱한 발상이지만, 바퀴벌레 소굴 같은 그런 터널은 딱 질색이다. 이렇게 하잘것없는 이야기를 하며 가까이에서 보고 있으니, 표정이 이리저리 변하는 에다노가 귀엽게 느껴졌다.

그 후 네 사람은 담력 시험 분위기를 최대한 살리기 위해 저마다 알고 있는 괴담을 이야기하기로 했다. 그중에서도 영적인 현상을 자주 목격한다는 헨미 사아야가 들려준 괴담은 대부분 본인의 체험담이라 묘하게 긴장감이 있었다. 처음에는 촐랑거리던 다카다가 헨미 차례가 되면 "헨미 이야기는 무서우니까 그만 됐어"하고 어린애처럼 징징댈 정도였다.

마주 오는 차가 거의 없는 길을 한 시간 남짓 달리다가, 화장실도 갈 겸 편의점에 들러 휴식을 취한 후 제법 큰 철교를 건넜다. 그리고 산을 따라 난 좁은 길로 나아갔다. 10분쯤 길을 따라가다 에다노가 속력을 줄였다.

"저기가 우리 부모님 집."

현도 도로에서 옆으로 뻗은 비포장도로 저편에 2층짜리 가정집 같은 것이 있었다. 다만 주변에 가로등이 없고 방풍림을 등지고 있는 탓에 거무스름한 덩어리가 논밭 가운데 웅크리고 있는 것처럼 보일 뿐이었다. 그래서 일행은 "이야"라거나 "아아" 하고 맞장구라고도 감탄이라고도 할 수 없는 반응을 보이는 것이 고작이었다.

삼거리에서 우회전하자 주변이 숲으로 둘러싸인 구불구불하고 좁은 길이 나왔다. 여기서 오보로 터널까지 금방이라는 말대로, 어느덧 눈앞에 작은 터널이 입을 벌리고 있었다.

무시무시할 것이라는 상상과는 달리 오렌지색 불빛이 새

어 나오는 오보로 터널은 어디에나 있는 평범한 터널로 보였다. 낡기는 했지만 어중간하게 낡아서 덩굴이 얽혀 있거나 물이 새는 부분도 전혀 없었다. 김이 확 샜다.

에다노는 터널 앞의 넓은 보행자 구역에 차를 댔다.

차를 오래 타서 약간 멀미를 느낀 와키사카는 뛰쳐나가다시피 차에서 내려 차가운 밤공기를 들이마셨다. 뿌연 입김 때문에 안경알이 살짝 흐려졌다. 조금씩이기는 했지만 토할 것 같은 기분이 서서히 가라앉았다.

약간 안심하며 돌아보자 나머지 세 사람은 아직 차 안에 있었다.

무슨 일인가 싶어 조수석 문을 열려는데 뒷좌석 문을 열고 다카다 유이치가 나왔다.

"헨미가 몸이 안 좋대."

"뭐? 차멀미야?"

그렇다면 자신과 똑같다. 하지만 다카다는 "그게 아니고" 하며 고개를 저었다.

"어, 영적인 것과 관련이 있달까. 아무래도 여기와는 안 맞는 모양이야. 뭐, 잘은 모르겠지만. 아무튼 터널에는 절대로 안 들어가겠대. 그래서 어떻게 할지 에다노랑 이야기하는 중이야."

얼마 안 가 에다노 유아와 헨미 사아야도 차에서 내렸다.

확실히 헨미의 안색은 아주 안 좋았다. 차멀미 기운이 남은 와키사카보다 몸 상태가 별로인 듯했다.

"괜찮아?"

와키사카가 묻자 헨미는 "응" 하고 대답했다. 애써 밝은 목소리를 내는 것 같았다.

"좀 쉬면 나아질 거야. 뭐랄까, 편두통 같은 거니까 신경 쓸 것 없어."

결국 헨미는 터널 밖에서 기다리기로 했다.

"혹시 괜찮으면 말인데, 우리가 터널에 들어간 후에 차나 오토바이가 지나가면 안에 친구가 있다고 좀 알려주지 않을래? 터널이 좁아서 차가 쌩쌩 달리면 피하기가 쉽지 않거든."

에다노의 말에 헨미는 고개를 끄덕였다.

"알았어. 정말 미안해. 내 걱정은 말고 실컷 탐험하고 와. 나도 여기서 무슨 일이 없는지 지켜보고 있을게."

"문 안 잠갔으니까 힘들면 차에서 자도 돼. 무슨 일 있으면 바로 연락하고. 잘 거면 문 꼭 잠가야 해."

에다노는 그렇게 말하고 손전등을 헨미에게 주었다.

"고마워."

힘겨워 보이는 얼굴로 미소 짓는 헨미는 소름 끼칠 만큼 예뻤다.

"자, 남정네들은 준비 다 됐나."

에다노가 덧니를 보이며 웃었다.

와키사카와 다카다는 애써 밝게 대답했다.

"계획은 이래. 일단 셋이서 터널 저쪽으로 가. 그리고 한 명만 이쪽으로 돌아오면서 터널 내부를 촬영하는 거지. 그럼 빨리 가자! 얼른, 얼른!"

와키사카와 다카다는 에다노를 따라 터널로 향했다.

에다노가 스마트폰을 꺼내 동영상 촬영에 들어갔다. 터널 외관을 찍고 그럴싸한 설명을 덧붙이며 안으로 들어갔다.

"촬영은 나중에 하는 거 아니었어?"

다카다가 의문을 꺼냈다.

"응. 하지만 만약 저쪽으로 가는 사이에 귀신이 나타나면 영상을 찍을 여유가 없지 않을까?"

"뭐, 그건 그래."

"너희도 촬영해. 뭔가 찍힐지도 모르잖아."

생각했던 것 이상으로 본격적이다. 심령 스폿 탐험도 담력 시험의 일종일 테니 비명을 지르며 서로 바짝 붙어 다니는 걸 기대했던 만큼 와키사카는 당황스럽기 짝이 없었다. 그리고 그런 상상을 했던 것이 약간 창피했다.

터널 내부는 예상보다 밝게 느껴졌다. 지금까지 어둠에 익숙해져 있었기 때문이리라. 약간 왼쪽으로 굽은 형태라 출구는 아직 보이지 않는다.

에다노는 상황을 설명하며 안쪽으로 쭉쭉 나아갔다. 에다노의 목소리가 터널에 울려서 묘하게 떠들썩한 분위기가 형성됐다. 아무래도 무섭지가 않다. 이건…… 여러 의미에서 그른 게 아닐까. 촬영하는 본인들도 무서워하지 않는데, 이런 영상을 보여준들 누가 무서워하겠는가. 만에 하나 진짜 귀신이라도 찍히지 않는 한 동영상을 인터넷에 올려도 헛수고다.

애당초 여기가 숲에 둘러싸인 고갯길이라고는 하지만 첩첩산중은 아니다. 차로 얼마 걸리지 않는 곳에 에다노의 본가도 있다. 그렇게 생각하자 어쩐지 시시해졌다. 와키사카는 스마트폰을 적당히 벽으로 향한 채 에다노를 쫓아갔다. 한편 다카다는 생각보다 진지한 표정이었지만, 얼핏 보기에 열심히 촬영하는 건 아닌 듯했다. 설마 진짜로 무서워하는 건 아니겠지만, 기운 넘치는 에다노와 대조적인 건 확실했다.

아니나 다를까 세 사람은 별일 없이 터널 반대편으로 나왔다. 시간으로 따지면 5분쯤 걸렸을까.

다만 와키사카 고헤이는 터널에서 나온 순간 묘한 한기를 느꼈다. 체감상 터널 속보다 밖이 더 추운 탓이기도 했겠지만, 눈앞에 펼쳐진 어둠과 그 안쪽으로 뻗은 좁은 길이 어쩐지 불길해 보였기 때문이다. 거대한 어둠에 붙들린 듯 막연한 불안이 몰려와서 와키사카는 "그런데 누가 돌아가면서 촬영할래?" 하고 일부러 밝게 말했다.

그러자 에다노가 "역시 남자가 가야지!" 하고 와키사카와 다카다를 보았다.

와키사카도 자신이나 다카다 중 한 명이 터널을 되돌아가야 하지 않을까 생각했다.

"어쩔래?"

와키사카가 묻자 다카다는 애매한 표정을 지었다.

그 표정은 가기 싫다는 거야?

와키사카는 혼자 가도 딱히 상관없었다. 다만 촬영에는 전혀 자신이 없었다. 단언컨대 와키사카는 동영상은커녕 사진조차 거의 찍어본 적이 없다. 그런데 인터넷에 올릴 수준의 동영상을 찍을 수 있을지 걱정됐다. 그래서 가겠다고 자청할 기분은 아니었다.

"그럼 가위바위보로 정하자."

다카다의 제안에 와키사카도 찬성했다.

그런데 "가위" 하고 말을 꺼냈을 때 에다노 유아가 "됐어. 그럼 내가 갈게" 하고 나섰으므로 심령 터널을 앞에 두고 다른 의미에서 미묘한 분위기가 흘렀다.

남자 둘이서 에다노를 보낸 후에도 역시 뭐라고도 하기 힘든 분위기는 지워지지 않았다.

동영상을 찍으며 상황을 설명하는 에다노의 목소리가 터널 속에서 잠시 들렸지만, 그것도 서서히 멀어졌다.

"헨미, 괜찮으려나."

다카다가 불쑥 말했다.

"생각해보면 오밤중에 여자를 혼자 남겨둔 거잖아."

"뭐, 그건 그렇지만 헨미도 무서우면 차에 들어가겠지. 문도 안에서 잠글 수 있으니 우리보다 안전하지 않을까?"

"음, 하지만 상대가 귀신이라면 문 같은 건 상관없을 텐데."

"터널 괴담을 믿지도 않았으면서 무슨 소리야."

"아니, 처음에는 그랬는데, 헨미가 뭔가 느꼈다는 건 귀신이 있다는 뜻이잖아? 그게 정말로 터널 속에만 있는 걸까 어쩐지 걱정스럽달까, 혼자 놔두길 잘한 건가 싶어서."

다카다의 기분은 이해가 간다. 하지만 이제 와서 그런 소리를 해봤자 소용없다.

다시 묘한 침묵이 흘렀다.

잠자코 있으니 칠흑 같은 어둠이 몸도 마음도 잠식할 것만 같아서 와키사카는 "뭔가 찍힐 것 같아?" 하고 무난한 화제를 꺼냈다.

"글쎄. 원래 인터넷에 올라오는 심령 영상은 대부분 가짜인가 보더라고."

어색한 대화를 나누고 있자니 어쩐지 시간이 느릿느릿하게 흐르는 것 같았다. 그리고 오밤중에 이런 인적 없는 곳에서 자신들이 여자인 헨미와 에다노를 각각 혼자 놔뒀다는 걸

새삼스레 인식했다.

죄책감이 왈칵 솟구친 순간, 여자 목소리가 들려서 와키사카는 몹시 놀랐다.

에다노가 출발한 지 10분 가까이 지났다.

"방금 그거 들었어?"

다카다에게 묻자 그도 고개를 끄덕였다.

"에다노 목소리……인가?"

그러고 나서 와키사카의 스마트폰으로 에다노의 전화가 왔다.

"어, 응."

"사아야가 없어."

"뭐? 그게 무슨 소리야?"

"터널에서 나왔는데 차 있는 곳에 사아야가 없어. 차 안에도. 불러도 대답도 없고."

그럼 아까 들린 여자 목소리는 헨미를 부르는 에다노의 목소리였나.

"당장 갈게."

와키사카는 그렇게 말하고 전화를 끊었다.

다카다에게 사정을 설명하고 함께 터널을 뛰어갔다.

오렌지색 불빛이 비치는 터널에는 와키사카와 다카다 말고는 아무도 없었다.

이거 몰래카메라인가?

한심한 남자들을 놀래주려고 에다노가 꾸민 장난 아닐까?

그런 의혹이 머리를 스쳤다.

하지만 터널 밖에 서 있는 에다노의 안절부절못하는 표정을 보고 와키사카는 정말로 최악의 사태가 일어났음을 깨달았다.

그날 밤, 헨미 사아야는 친구들 앞에서 홀연히 자취를 감추었다.


## 우메키 교코의 원고 1


도치기현 북부, 닛코시와 쓰키쿠마정의 경계에 해당하는 고갯길에 O 터널이라는 곳이 있다. 길이는 약 300미터, 폭은 중형차 한 대가 겨우 지나갈 정도다. 도저히 승용차끼리 마주 지나갈 수 있는 터널은 아니다. 다만 주변의 교통량이 적어서 이용자가 불편을 느끼지는 않는 듯하다.

원래는 두 마을을 잇는 생활도로였지만, 기누가와강에 커다란 다리가 생기고 도로가 정비된 후로 O 터널이 있는 구도로를 이용하는 사람은 별로 없다. 무엇보다 이 부근의 인구 자체가 얼마 안 된다. 과소화와 저출산 고령화가 진행된 시골 마을의, 더구나 가정집도 드문드문한 산속이다. 불편하게 그런 곳을 지나다니는 사람은 아무도 없다.

울창한 숲에 둘러싸인 O 터널은 낮에도 어두침침하고, 밤에는 칠흑 같은 어둠에 잠겨서 한층 음산해 보인다. 암흑 속에서 입을 떡 벌린 채 희미한 오렌지색 불빛을 뿜어내는 O 터널은 마치 다른 세상으로 통할 것만 같은 으스스함을 자아낸다.

S 씨는 사회보험 사무소에서 일하는 60대 남성이다. 정년 퇴직 후, 지금의 직장에 취직했다고 한다. 사무소에서 일한다지만 근처 고용센터에 가거나 국민연금에 가입하지 않는 사람의 집을 돌아다니는 등 일주일의 절반 넘게 외근을 한다.

그날도 미가입자에게 필요한 절차를 밟도록 독려하기 위해 담당 구역 내 집들을 돌아다니는 중이었다.

사회보험 사무소의 업무용 경차에는 내비게이션이 없다. 그래서 S 씨는 사전에 주택 지도로 방문지의 위치를 확인한다. 개인 정보 보호를 위해 사무소의 컴퓨터는 외부 인터넷에 접속이 안 되므로 구글 지도를 사용할 수 없는 데다, S 씨는 기계 조작이 서툴러서 휴대전화도 고령자용 폴더폰을 쓴다. 스마트폰이나 태블릿 PC는 사용할 엄두도 내지 못한다. 무엇보다 일에 개인 물품을 사용하고 통신비까지 지불해야 한다면 일할 맛이 나지 않으리라.

그런 이유로 방문지를 찾아갈 때마다 고생이 이만저만이 아니다. 공영주택이나 연립주택, 맨션도 있지만, 시골이라 산속에 단독주택이 외따로 있는가 하면 복잡하게 뒤얽힌 농도 안쪽에 자리한 마을도 있다.

"그날은 동네에서 멀리 떨어진 곳에 있는 집을 방문할 예정이었어요. 거품경제 시기에는 별장 지대였지만, 지금은 대부분 빈집이죠. 다만 도시에서 이사 온 사람이 오래된 집을 구입해 수리해서 살고 있는 모양이더라고요. 지도를 확인하니 사무소에서 거기에 가려면 신도로로 가기보다 구도로로 가서 O 터널을 통과하는 게 빠를 것 같더군요."

S 씨가 고개에 접어든 건 오후 1시 반 무렵이었다.

인적 없는 좁은 길을 달리다 O 터널에 들어섰을 때였다.

반대쪽에서 차가 와도 마주 지나갈 수 없다는 걸 알고 있었으므로 아주 천천히 운전하고 있었는데, 전조등 불빛에 사람이 비쳤다.

"분명 여자였을 거예요. 치마를 입고 있었거든요. 이렇게 두 팔을 앞으로 축 늘어뜨린 채 몸을 흔들흔들하며 터널 한복판에 서 있었어요. 차가 오든지 말든지 상관없다는 식으로요."

의아하게 생각하면서도 S 씨는 차를 멈춰 세우고 경적을 울렸다.

하지만 상대는 아무 반응도 없었다.

S 씨는 창문을 열고 "이봐요, 거기!" 하고 소리쳤다고 한다.

"그런데 창문을 열고 얼굴을 내밀었더니 여자가 없지 뭡니까."

어느 틈에 가버린 걸까?

S 씨는 고개를 갸웃했지만, 일단 가기로 하고 창문을 닫았다.

그러고는 운전대를 고쳐 잡고 백미러를 들여다봤다가 몸이 굳어버렸다.

머리 없는 여자가 뒷좌석에 앉아 있는 모습이 백미러에 비쳤기 때문이다.

깜짝 놀란 S 씨가 돌아보았지만 뒷좌석에는 아무도 없었다. 백미러를 다시 들여다보아도 마찬가지였다.

S 씨는 도망치듯 차를 출발시켰다.

"아내에게 이야기해도 믿어주질 않더라고요. 하지만 그때 백미러에 비친 건 환각 같은 게 아니었습니다. 지금도 잘려 나간 그 여자의 목 부분이 어땠는지 똑똑히 생각나는걸요."

그 처참한 광경이 자꾸 떠올라서 S 씨는 구이류, 특히 내장 요리를 못 먹게 됐다고 한다.


로드바이크가 취미인 30대 남성 U 씨도 O 터널에서 괴이한 체험을 했다.

도치기현은 로드바이크가 번성하는 지역이다. 자전거 로드 레이스 프로 팀인 우쓰노미야 블리첸과 나스 블라젠의 본거지이며, 휴일이면 개인 혹은 팀이 로드바이크로 도로 이곳저곳을 달린다. 나도 도치기의 본가에 귀성해 차를 몰고 나가면, 반드시라고 해도 될 만큼 로드바이크를 자주 본다.

우쓰노미야의 인쇄 회사에 다니는 U 씨도 운동 부족 해소와 스트레스 발산을 위해 휴일에는 로드바이크를 탄다.

"뭐, 부모님은 자전거 타고 쏘다니지 말고 결혼이나 하라고 성화지만요. 요즘은 소개팅도 지역 단위로 여기저기서 열리잖아요. 어머니가 저 몰래 팸플릿을 받아 오고 그러세요."

본가에서 생활하는 U 씨는 그렇게 말하며 쓴웃음을 지었다.

O 터널은 U 씨의 사이클링 코스에서 빼놓을 수 없는 장소였다. 주변 고갯길은 교통량이 적고 오르막과 내리막, 커브가 많아서 연습에 안성맞춤이다. 그래서 그날도 별생각 없이 O 터널에 들어섰다. 서늘한 공기를 느끼며 터널 중간쯤을 지나가다가 U 씨는 허겁지겁 브레이크를 잡았다.

"거기를 지날 때까지는 분명 아무것도 없었는데요."

하지만 터널을 통과하다 분명 시야 가장자리로 뭔가가 보였다고 한다.

"벽 앞에 네 사람이 서 있었어요. 여자가 세 명이고 어린애가 한 명이었을 겁니다."

터널 벽을 등지고 여자 세 명이 나란히 서 있었다.

그리고 그 옆에는 소녀가 한 명.

마치 지장보살처럼 우두커니 서 있는 여자들은 전부 머리가 없었다고 한다.

겁이 나서 벌벌 떨면서도 U 씨는 방금 자신이 여자를 본 곳을 돌아보았다.

하지만 낡은 콘크리트 벽면에 오렌지색 불빛이 비치고 있을 뿐, 여자들은 없었다.

터널을 빠져나온 U 씨는 그날 바로 집에 돌아갔다고 한다.

U 씨가 머리 없는 여자들을 목격한 건 일순간이었으므로 처음에는 착각이라 생각한 모양이다. 하지만 나중에 SNS를 하다가 O 터널에서 머리 없는 여자 귀신을 봤다는 글을 발견했다.

"뭐랄까, 귀신을 실제로 봤을 때보다 그 글을 봤을 때가 더 오싹하더라고요. 역시 위험한 걸 본 게 맞는구나 싶어서요. 네, 그 후로는 O 터널에 안 갑니다."

U 씨는 딱 잘라 그렇게 말했다.


50대 여성 K 씨는 그날 술을 마신 남편을 데리러 가기 위해 운전대를 잡았다. 오후 10시에 닛코시의 자택을 출발하고 15분쯤 지나서 O 터널에 접어들었다고 한다.

"토요일이었어요. 남편은 친구와 함께 낮에 골프를 치고, G 씨라는 분의 집에 가서 술을 마셨죠."

술자리를 가진 G 씨의 집은 O 터널을 빠져나오면 금방이다. 이전에도 친구들끼리 골프를 치면 G 씨의 집에서 술을 마시고는 했으므로, K 씨도 남편을 데리러 간 적이 여러 번이었다. 게다가 평소 G 씨네와 가족 단위로 어울렸기에 O 터널을 종종 이용했다고 한다.

그날 밤도 평소처럼 터널에 진입한 K 씨는 출구 부근에서 작은 사람 형체를 보고 브레이크를 밟았다.

"어린애가 있더라고요."

전조등 불빛에 비친 것은 초등학생 정도 되어 보이는, 치마를 입은 소녀였다. 이쪽에 등을 돌린 채 무릎을 끌어안은 자세로 바닥에 앉아 있었다. 이른바 체육 수업을 받을 때 취하는 자세다.

이런 시간에 어째서?

K 씨가 어떻게 할까 망설이고 있는데, 소녀가 일어서서 몸을 돌렸다.

소녀에게는 머리가 없었다.

끔찍하게 잘려 나간 목 부분을 보고 K 씨는 곧장 도망치려 했다고 한다. 어쨌거나 차를 후진시키려고 백미러로 뒤쪽을 확인했다.

"그 순간 온몸이 굳어버렸죠."

뒤쪽에서 머리 없는 여자 두 명이 다가오고 있었던 것이다. 결코 빠르지는 않았다. 하지만 분명 K 씨의 차를 향해 비틀비틀 걸어왔다.

그 후의 기억은 모호하다고 한다. K 씨는 가속페달을 밟아 O 터널에서 탈출한 모양이다. 정신을 차려보니 목적지인 G 씨의 집이었다.

자동차 소리를 들었는지 현관에서 남편과 G 씨 부부가 나왔다. 세 사람의 얼굴을 보고 K 씨는 진심 어린 안도의 한숨을 내쉬며 차에서 내렸다.

하지만 그때 더 큰 공포가 K 씨를 덮쳤다.

현관 불빛에 비친 K 씨의 차에는 검붉은 손자국이 가득 찍혀 있었다.

"마치 말라붙은 피 같았어요."

다음 날 손자국을 전부 씻어내는 데 상당한 시간이 걸렸다고 한다.

그 후로도 K 씨는 O 터널을 이용했지만, 더는 이상한 걸 본 적이 없다고 한다.


대학생 E 씨는 친구들과 함께 도무지 이해할 수 없는 일을 경험했다.

E 씨는 O 터널과 가까운 곳에서 태어나고 자랐다. 고등학생 때까지 18년을 부모님과 함께 살다가 대학 진학과 동시에 우쓰노미야에서 자취를 시작했다고 한다.

그날 밤, E 씨는 같은 학부 동기 세 명과 함께 O 터널에 갔다. 오전 2시가 조금 지났을 무렵이었다고 한다.

"담력 시험이랄까, 심령 스폿을 구경하러 갔었어요. 그리고 심령현상을 촬영해서 동영상 사이트에 올리려는 생각이었죠."

그렇다고 진심으로 심령현상을 촬영하려던 건 아니다. 요컨대 놀기 위한 구실이다. 다만 그냥 O 터널에 가기보다는 동영상을 촬영한다는 명확한 목적이 있어야 더 재미있지 않을까 싶었다. E 씨는 정말 가벼운 기분으로 친구들과 O 터널로 향한 것이다.

그중 한 명인 H라는 여학생은 영능력이 있는지 심령현상을 몇 번 체험했다. 또한 심령 스폿에도 깊은 관심이 있어서 남학생들보다 먼저 이야기에 흥미를 보였다.

인근 지리에 밝은 E 씨가 차를 운전해 친구들을 O 터널에 데려갔다. 터널 앞쪽 좌우에는 자갈이 깔린 보행자 구역이 있다. E 씨는 일단 거기에 차를 댔다.

터널을 앞두고 H 씨가 "아, 여기 안 되겠는데" 하고 중얼거렸다.

"안 되다니? 위험하다는 뜻이야?"

"위험한 게 아니라, 두통도 나는 게, 뭐랄까, 나랑 잘 안 맞는 것 같아."

사실 E 씨는 혼령이 보인다는 H 씨가 앞장서서 터널에 들어가기를 바랐다.

"터널에 못 들어가겠다길래 처음에는 얘가 영능력도 없으면서 거짓말을 해서 그러는구나 했어요. 그런데 정말로 안색이 안 좋더라고요. 당장이라도 토할 것 같길래 진짜구나 싶었죠."

결국 H 씨는 터널 앞에서 기다리기로 했다. E 씨와 친구들이 터널에 들어간 후 차가 오면 안에 사람이 있다고 알리고 주의하게끔 하는 역할을 맡았다고 한다.

확실히 O 터널같이 좁은 공간에서 촬영하는 도중에 차가 빨리 달려오면 위험하다. 그래도 오전 2시경에 폭이 좁은 고갯길을 빠르게 달리는 차는 드물 것이다.

H 씨는 "내 걱정은 말고 실컷 탐험하고 와. 나도 여기서 무슨 일이 없는지 지켜보고 있을게"라며 세 사람을 배웅했다.

E 씨는 H 씨에게 "힘들면 차에서 자도 돼" 하고 차 문을 잠그지 않았다고 한다.

H 씨에게 손전등을 하나 주고 E 씨와 두 남학생은 터널로 들어갔다.

그들의 계획은 이랬다. 일단 셋이서 반대편 출구까지 이동한다. 그사이에도 스마트폰으로 동영상은 촬영하지만 정식 촬영은 아니다. 반대편 출구에 도착한 후 두 명이 남아 자동차가 왔을 때 사정을 설명하는 역할을 맡는다. 나머지 한 명이 스마트폰으로 동영상을 촬영하며 H 씨가 기다리는 곳으로 돌아간다. 마지막으로 H 씨와 함께 차를 타고 터널로 들어가 반대편에 남은 두 사람을 태워서 돌아간다.

"터널에 가자고 제안한 제가 촬영하기로 했죠."

원래는 남학생 두 명 중 한 명에게 촬영을 맡기려 했지만, 차를 몰고 돌아갈 때를 고려하면 E 씨 본인이 촬영해야 일이 매끄럽게 진행되리라는 걸 깨달았다. 그리고 심령 스폿을 앞에 두고 가위바위보를 하는 두 사람을 보자 어쩐지 미덥지 못했다고 한다.

"네? 혼자서 무섭지 않았냐고요? 으음, 전혀 무섭지 않았던 건 아니지만, 예전부터 알던 곳인걸요. 어린 시절에는 뭔가 나온다는 소문도 없어서 어두워진 후에도 혼자 자전거를 타고 지나다녔고요."

두 남자의 어색한 배웅을 받으며 E 씨는 스마트폰을 들고 터널로 들어갔다. 아주 밝지는 않지만 터널에는 일정한 간격으로 불이 켜져 있다. 약하지만 찰싹 달라붙는 듯한 불빛 속에서 E 씨는 동영상을 촬영하며 H 씨가 기다리는 곳으로 향했다.

"터널 중간쯤 왔을 때였나, 갑자기 한기가 느껴졌어요. 네, 뭐, 기분 탓일지도 모르지만요."

그때 E 씨는 비로소 '무서움'을 느꼈다. 어릴 적부터 잘 아는 곳인데도, 왠지 다른 장소에 있는 듯한 위화감이 들었다. 왜 그런지는 모르겠고, 그저 공포감이 뒤늦게 찾아온 것뿐인지도 모른다 싶어 깊이 생각하지 않고 걸음을 조금 서둘렀다.

그리고 아무 일도 없이 터널에서 나왔지만…….

"H가 없더라고요."

역시 상태가 안 좋아졌나 싶어 차를 들여다보았지만 차에도 없었다.

설마 서프라이즈인가 하는 생각에 이름을 불러보았지만 아무 반응도 없었다.

당황한 E 씨는 터널 반대편에 있는 친구들에게 전화를 걸어 H 씨가 사라졌다고 알렸다. 다음으로 H 씨의 스마트폰에 전화를 걸어보았지만, 전원이 꺼졌는지 연결되지 않았다.

친구들은 금방 합류했다. 하지만 그들도 터널을 통과하는 도중에 H 씨를 보지 못했다고 한다.

E 씨와 친구들은 H 씨의 이름을 부르며 주변 길을 차로 몇 번이나 왕복했다.

하지만 결국 찾지 못했다고 한다.

E 씨와 두 친구는 근처 주재소*에 가서 사정을 설명했다.

다음 날 아침부터 경찰도 움직였지만 H 씨의 행방은 여전히 묘연했다.

그 후 E 씨와 두 친구는 터널 내부를 촬영한 동영상을 다시 확인해보았다. 그런데 동영상에 묘한 것이 찍혀 있었다.

E 씨가 위화감을 느낀 터널 중간쯤이다. 오른쪽에서 왼쪽으로 스마트폰을 움직인 순간, 분명 사람 형체 같은 것이 지나갔다.

E 씨가 내게도 그 동영상을 보여주었는데, 일시 정지해서 자세히 들여다보자 윤곽이 아무래도 여자 같아 보였다. 어디까지나 잠깐 지나간 형체라 머리가 있는지 없는지는 분명치 않지만, 고개를 숙이고 있었다든가 머리가 없다고 하면 그렇게 보이지 않는 것도 아니다.

가족들이 실종 신고를 했지만, 현재도 H 씨는 행방불명 상태다.

헨미 사아야가 실종된 지 일주일이 지났다.

---

* 교외 지역이나 낙도 등 교대 근무가 어려운 곳에 경찰관과 그 가족이 거주하는 시설.

그날 밤, 와키사카 고헤이, 에다노 유아, 다카다 유이치는 사라진 헨미를 찾아서 오보로 터널 주변 길을 차로 수없이 오갔다.

세 사람이 헨미와 떨어져 있던 시간은 약 15분 정도이리라. 그사이에 뛰어서 이동하면 현 도로로 나가기도 불가능하지는 않을 것이다. 다만 헨미가 왜 그렇게까지 해서 거기를 떠나야 했는지 모르겠고, 그 후에 어디로 갔는지도 불확실하니까 현실적인 추측은 아니다. 그래도 컴컴한 숲에 혼자 들어갔다는 것보다는 훨씬 그럴듯한 상상이기는 하지만.

결국 세 사람의 힘으로는 어찌할 도리가 없어서 경찰에 신고하기로 했다.

주재소의 경찰관은 에다노의 부모님을 잘 아는 듯, 비교적 친절하게 응해주었다. 다음 날 아침, 관할 경찰서와 소방서에서 지원 인력이 출동해 한나절 정도 인근 숲속을 수색했지만 역시 헨미는 발견하지 못했다.

그 후, 세 사람은 자신들이 촬영한 동영상에 뭔가 단서가 없는지 확인해보았다. 하지만 에다노의 동영상에 찍힌 기묘한 사람 형체 같은 것 외에, 헨미의 행방과 관련 있어 보이는 단서는 발견하지 못했다.

"저주일지도 몰라."

에다노가 창백한 얼굴로 그렇게 말했다.

다카다도 "그럴지도" 하고 동의했지만, 와키사카는 그렇게 쉽사리 저주나 재앙의 탓으로 돌릴 수 없었다.

당일 같이 가지 않았던 후지노 다케루도 헨미가 많이 걱정됐는지, 로드바이크를 타고 터널에 몇 번 다녀왔다고 한다.

요 일주일 내내 와키사카를 비롯한 친구들 사이에는 긴장된 분위기가 흘렀다. 헨미 사아야는 대체 어디로 사라졌을까? 무슨 사건에라도 휘말린 걸까? 아니면 사고? 그리고 헨미가 사라진 건 우리가 혼자 내버려둔 탓일까? 그런 의문과 죄책감과 걱정이 하나로 뭉쳐서 와키사카, 에다노, 다카다, 그리고 후지노를 괴롭혔다.

봄방학 기간이라 상황이 더 안 좋다. 학교에서 수업을 들으면 어찌어찌 다른 쪽으로 정신을 돌릴 수 있을 텐데, 지금은 혼자 있을 시간이 상대적으로 많은 탓에 자꾸 헨미 사아야 생각이 난다.

신고한 후로 경찰 관계자가 와키사카를 찾아온 적은 없었다. 덧붙여 경찰서와 소방서에서 새로이 수색에 나선 낌새도 없다. 어쩌면 경찰은 헨미의 실종을 그렇게 큰일로 여기지 않는지도 모른다. 좀 더 성의껏 찾아주면 좋을 텐데…….

마음이 답답했다.

경찰이 아무것도 해주지 않아 분노가 치밀었고, 아무것도 할 수 없는 한심한 자신에게도 화가 났다. 그리고 그러한 정신적 스트레스 때문인지 와키사카는 매일같이 기묘한 꿈을 꾸었다.

어느덧 와키사카는 터널 속에 있다.

어중간하게 낡은 벽과 칙칙한 오렌지색 조명으로 여기가 오보로 터널임을 깨닫는다.

실제 오보로 터널은 5분 만에 빠져나갈 수 있지만, 꿈속의 터널은 길다.

터널만 한없이 계속될 뿐 도무지 출구가 보이지 않는다. 그렇다고 발걸음을 돌려도 역시 무진장 긴 터널이 펼쳐진다.

꿈속에서 와키사카는 뭔가를 찾고 있다.

여기저기 시선을 돌리며 뭔가를 찾으려고 애쓴다.

아주 중요한 것을 찾는 듯한데, 잠에서 깨면 대체 자신이 뭘 찾고 있었는지 잊어버린다. 그래서 구체적으로 뭘 찾는지는 모르겠다. 하지만 와키사카는 어쩐지 헨미 사야야의 시체를 찾고 있는 게 아닐까 짐작한다.

결국 와키사카는 아무것도 찾지 못한다. 그런데도 몇 시간이나 터널 속을 헤맨다. 그렇게 피곤한 내용의 꿈이다.

정신적으로 거의 한계에 다다른 일요일 오후, 후지노 다케루가 와키사카가 사는 연립주택에 찾아왔다.

평소처럼 가볍게 한잔하자는 듯 캔 맥주와 캔 주하이[*]를 들고 왔지만, 후지노가 어쩐지 불안한 분위기를 풍겨서 와키사카도 마음이 뒤숭숭했다.

세 평 크기 방에 놓아둔 좌탁에 마주 앉아 와키사카는 주하이, 후지노는 맥주를 마시며 한동안 잡담을 나누었다. 하지만 어느 틈엔가 헨미 사아야의 실종으로 화제가 옮겨 갔다.

"일주일 전 밤에 있었던 일을 다시 들려줘."

후지노가 그렇게 요청했다.

와키사카는 취기로 둔해진 정신을 가다듬으며 그날 밤 일을 후지노에게 말해주었다. 생각해보면 후지노에게 이 이야기를 하는 건 두 번째니까, 취했는데도 의외로 조리 있게 이야기할 수 있었던 것 아닐까.

맥주를 마시며 잠자코 듣고 있던 후지노는 와키사카가 이야기를 마치자 빈 캔을 움켜쥐어 찌그러뜨렸다.

"나도 오보로 터널에는 가봤어. 네 말처럼 주변에 정말 아무것도 없더라."

"응. 완전히 산이랄까 숲이랄까, 인적이라고는 전혀 없는 곳이지."

"그래서 내 나름대로 헨미 실종 사건에 대해 생각해봤는

---

[*] 소주에 탄산과 과일 향을 첨가한 일본의 술.

데, 크게 두 가지 가능성이 있다고 봐."

후지노는 냉정했다.

아무것도 못 하고, 저주나 재앙이라는 의견에도 반신반의하는 자신과 달리 아무래도 뭔가 생각이 있는 모양이다. 와키사카가 "두 가지?" 하고 말을 재촉하자 후지노는 설명에 들어갔다.

"헨미가 스스로 자취를 감춘 경우와 누군가가 헨미를 끌고 갔을 경우."

"아아, 응."

뭐, 그거야 당연한 얘기 아닌가. 새삼 말할 필요도 없을 만큼 뻔한 말 같다. 하지만 와키사카는 지금껏 상황을 정리할 생각조차 해보지 않았으므로, 후지노의 말에 핀잔을 줄 입장은 아니다.

"일단 헨미가 제 발로 사라졌을 가능성이야. 이 경우에 헨미는 처음부터 그날 밤 행방을 감출 계획을 세운 셈이지."

"왜 그런 짓을 하지?"

"이유야 얼마든지 추측해볼 수 있겠지? 사랑하는 남자와 함께하기 위해, 인간관계가 거추장스러워서, 스토커에게서 달아나려고, 그냥 모든 것이 싫어져서 그랬을 수도 있겠지. 동기를 따져본들 헨미의 행방을 찾을 단서는 나오지 않을 거야. 일단 헨미가 어떻게 자취를 감추었을지 생각해보자."

"알았어."

"너희는 헨미가 사라지고 나서 곧장 차로 주변을 찾아봤다고 했지?"

"응. 에다노의 차로 터널 주변을 몇 번이나 왔다 갔다 했어."

"구체적으로는 에다노가 터널에서 나와서 헨미가 없다는 걸 확인한 후, 어느 정도 시간이 지나서 찾아 나선 거야?"

"에다노의 전화를 받고 나랑 다카다가 합류했지. 그리고 주변 숲속에 헨미가 없는지 흩어져서 들여다보고 그랬으니까…… 음, 10분쯤 후에?"

"그렇다면 헨미가 혼자 남은 후, 너희가 터널을 떠나서 찾아다니기까지 30분 가까이 시간이 있었던 셈이야."

와키사카는 자신들과 헨미가 약 15분간 떨어져 있었다고 생각했지만, 후지노 말처럼 거기서 찾던 시간을 더하면 약 25분이었다고 봐야 정확할 것이다.

"25분이면 걸어서도 제법 멀리 가겠는걸."

와키사카의 말에 후지노는 고개를 갸우뚱했다.

"아니, 오밤중에 걸어서 이동했다고 보기는 힘들지 않겠어? 아무 계획 없이 뭔가를 피해서 달아났다면 모를까, 헨미가 자취를 감출 계획을 세웠다면 좀 더 쓸 만한 방법을 택하겠지."

"예를 들면?"

"미리 차를 준비해놓는 거야. 헨미는 면허가 없으니까 그러려면 조력자가 필요하겠지만."

확실히 조력자가 있으면 헨미가 사라진 건 수수께끼고 뭐고 아무것도 아니다.

"물론 너희가 떠날 때까지 숲속에 숨어 있다가 나중에 이동했을 가능성도 있겠지만, 추운 밤에 오랜 시간 숲속에 몸을 숨기고 있는 건 역시 부자연스러워. 게다가 숨어 있었다 한들 거기서 이동해야 하는 건 마찬가지니까 결국 뭔가 이동 수단이 필요하지."

후지노 말마따나 조력자 없이는 거기서 이동하기 어려우리라. 계획적인 실종이었다면 더더욱 이동 수단을 마련해놨을 것이다.

"다음으로 누군가가 헨미를 끌고 갔을 가능성."

"한밤중에 그런 곳에 납치범이 나올까?"

와키사카는 의문을 솔직하게 꺼냈다.

"가능성이 없지는 않겠지. 밤중에 젊은 여자가 혼자 있는 상황이잖아. 우연히 그걸 본 놈이 돌발적으로 끌고 갔다. 뭐, 속이 뒤집히는 이야기지만 그럴 수도 있을 거야. 다만 난 다른 가능성이 있다고 봐."

"다른 가능성이라니, 가미카쿠시 말이야?"

"가미카쿠시라니, 뭔 헛소리야? 내가 하고 싶은 말은 헨미가 계획적으로 납치된 게 아니겠느냐는 거야."

"응? 그건 무슨 말이야?"

"그날 밤 너희가 거기 간다는 걸 알고 있던 사람이 에다노의 차를 쫓아 몰래 현장까지 가서 빈틈을 노려 헨미를 납치했다든가."

"하지만 헨미가 혼자 남은 건 어디까지나 헨미가 원해서였어. 걔가 몸이 안 좋다고 하지 않았으면 따로 행동하지는 않았을 거야."

"그것도 그런가. 아니, 잠깐만."

후지노 다케루는 험악한 표정으로 갑자기 입을 다물었다. 말을 걸려는 와키사카를 손으로 제지하고 맥주를 마셨다. 아무래도 집중해서 뭔가 생각하는 듯했다.

"알았다."

후지노는 그렇게 말하며 와키사카에게 날카로운 시선을 던졌다.

"헨미를 감춘 건 에다노야."

"뭐? 무슨 소리야?"

"잘 들어, 헨미가 사라진 걸 제일 먼저 발견한 사람은 에다노야. 하지만 사실 헨미는 사라지지 않았어. 에다노가 자동차 트렁크에 감춘 거야."

"트렁크라고!"

확실히 그때 설마 그런 곳에 헨미가 있으리라고는 생각도
해보지 않았다.

"헨미가 자의로 사라진 거라면, 혼자 터널 밖에 남은 건 계
획의 일부고 에다노는 헨미에게 협력한 셈이야. 반면 헨미가
타의로 사라진 거라면 에다노가 어떤 방법으로 헨미를 제압
해서 트렁크에 감춘 거겠지."

후지노는 명확한 표현을 피했지만, 에다노가 헨미를 제압
했다는 건 어떤 방법으로 의식을 빼앗았거나 최악의 경우에
는 목숨을 빼앗았다는 뜻이리라.

하지만 와키사카에게는 후지노의 말이 전혀 현실적으로
다가오지 않았다. 확신에 찬 친구의 얼굴을 보고 무심코 웃음
을 터뜨렸을 정도다.

"아하하. 아주 대단한 추리지만 틀렸어. 에다노는 내내 스
마트폰으로 동영상을 찍었거든. 터널에서 나왔을 때의 영상
도 남아 있다고. 걔가 터널에서 나온 직후부터 헨미의 모습은
보이지 않았어."

와키사카의 반론을 듣고도 후지노는 기가 꺾이지 않았다.
변함없이 무서운 표정으로 노려보았다.

"그 동영상, 정말로 그날 밤에 촬영한 거 확실해?"

"뭐?"

"너랑 다카다가 동영상을 확인한 거, 헨미가 사라진 직후

였어?"

"아니, 그건……."

분명 다음 날이었던가.

"헨미가 사라진 직후가 아니라면 영상을 얼마든지 편집할수 있겠지. 아니, 직후라도 그럴싸한 영상을 준비할 수 있어.사전에 혼자 촬영한 동영상을 그날 밤에 찍은 거라며 너희에게 보여주면 그만이니까."

후지노는 에다노 범인설이 진상이라고 믿는 듯했다.

정말로 그럴까?

그때 에다노가 혼자 터널에 들어간 건 남자 둘이 우물쭈물했기 때문이 아니라 처음부터 그렇게 계획한 것이었다?

에다노의 차 트렁크에 헨미의 흔적—예를 들어 머리카락이나 핏자국이 남아 있는 걸까?

와키사카의 머릿속에서 에다노 유아가 꼬마 도깨비처럼웃었다. 그 얼굴에 의혹 한 방울이 뚝 떨어졌다. 에다노의 얼굴에 생긴 검은 얼룩이 순식간에 번져서 와키사카가 모르는얼굴로 변한다. 정말로 무서운 광경이었다.

와키사카는 불안을 씻어내고 싶어서 억지로 다른 화제를꺼냈다.

"실은 말이야, 헨미가 없어진 날부터 이상한 꿈을 꿔."

"어떤 꿈?"

상대해주지 않을 줄 알았는데 후지노는 뜻밖에도 진지한 표정이었다.

그래서 와키사카는 터널에서 뭔가 찾는 꿈 이야기를 했다. 이야기하는 동안 후지노의 표정이 딱딱하게 굳었다. 그리고 와키사카가 이야기를 끝내기도 전에 이렇게 말했다.

"그 꿈, 나도 꿔."

## 우메키 교코의 원고 2

내가 알기로 O 터널에 관련된 괴담이 인터넷 게시판에 처음 올라온 건, 지금으로부터 약 20년 전인 2000년 2월이다. '밤에 터널을 지나가는데 머리 없는 여자아이가 서 있었다'라는 간단한 내용이었다. 위치가 너무 지방인 데다 흔해빠진 소재여서인지 해당 사이트에서는 반응이 시큰둥했다. 뭐, 인근의 야이타시에 지역 명물인 귀신 터널이 있으니까 짝퉁 느낌을 지울 수 없는 건 확실하다.

그 후에도 몇몇 오컬트 사이트 게시판에 산발적으로 O 터널에 대한 글이 올라왔다. 괴담으로서는 진부한 내용이지만, 머리 없는 소녀가 아니라 머리 없는 여자, 나타나는 숫자도 한 명이 아니라 두세 명으로 글에 따라 귀신의 나이와 숫자에 차이가 생긴다.

그리고 SNS가 보급된 2010년대부터는 주로 도치기현에 사는 사람들을 중심으로 O 터널에 대한 괴담이 다시 퍼져나가기 시작했으며, 귀신의 수도 머리 없는 소녀 하나에 머리 없는 성인 여성 셋, 총 네 명으로 늘어났다. 덧붙여 내가 직접 이야기 나눈 사람들이 O 터널에서 괴이 현상을 겪은 건 요 몇 년 사이였다.

O 터널의 괴담은 평범하고, 전국적으로 유행하고 있다고는 하기 힘들다.

머리 없는 여자들의 목격담은 있지만, 귀신의 기원에 대한 정보가 일절 없어서 괴담으로 소비하기가 어중간하다는 걸 원인으로 들 수 있겠다.

과거의 일을 검색해보았지만, O 터널에서 소녀나 여자의 목이 잘리는 사고 및 사건은 발생한 적이 없다. 터널은 아무 문제 없이 완공됐고, 완공 후에 일어난 교통사고도 고작 한 건이다. 초등학생이 오토바이에 치인 사고인데, 피해자는 중상을 입었지만 생명에 지장은 없었다고 한다.

즉, O 터널에서는 아무도 죽지 않았다.

그런데도 머리 없는 여자 귀신이 수차례 목격된 것이다.

어차피 괴담이니까 사실과 달라도 큰 문제는 없을지 모른다. 하지만 그런 경우에도 귀신이 나타나게 된 원인은 전해져야(또는 꾸며내야) 마땅하다. 그게 없다니, 아무래도 부자연스럽다.

더구나 직접 취재해보니, O 터널의 괴담은 단순한 소문이 아니라 개개인의 체험담이 바탕이었다. 어디까지나 소문의 범주라면 귀신이 어떤 상황에서 나타나도 문제가 아니다. 하지만 실제로 괴이 현상이 발생한다면 뭔가 원인이 있을 것이다.

사실 내가 O 터널의 괴담에 흥미를 품은 건 이 때문이다.

아무 사연도 없는 곳에 과연 머리 없는 귀신이 넷이나 나타날까?

『학교 괴담—구전 문예의 전개와 형태』로 널리 알려진 민속학자 쓰네미쓰 도오루는 「터널 괴담」이라는 논문에서 터널에서 괴이 현상이 발생하는 원인을 여섯 가지로 분류한다. 간단히 설명하면 ①공사 중에 낙반 사고 등으로 죽은 사람의 귀신이 남아 있어서 터널 개통 후에 괴이 현상이 일어난다. ②는 ①에 가까운데, 공사 중에 제물로 생매장당했다. ③터널 근처에 화장장이나 무덤이 있다. ④도 ③과 비슷한데, 절이나 신사 밑으로 터널을 파서 괴이 현상이 일어난다. ⑤터널이 생긴 후에 발생한 교통사고의 희생자가 귀신으로 나타난다. ⑥터널 속에서 누군가 자살한 후로 괴이 현상이 일어난다. 쓰네미쓰는 이 중에서 ⑤의 사례가 제일 많다고 기술했다.

앞서 말한 대로 O 터널에서는 공사 중에도, 완공 후에도 죽은 사람이 없다. 덧붙여 터널 부근에는 화장장, 묘지, 신사, 절 등의 종교 시설(작은 사당도 포함)도 존재하지 않는다. 따라서 쓰네미쓰가 제시한 분류법에 해당하지 않는 특수한 사례일 가능성이 높다. 다만 ②의 생매장된 제물이 있었는지 없었는지는 명확하게 확인하지 못했음을 밝힌다.

또 다른 측면에서도 O 터널의 괴담을 고찰해보자.

O 터널의 괴담을 살펴보면, 어느 이야기든 체험자는 터널 속에서만 귀신을 목격했다. 그 후에 귀신에 씌었다든가, 귀신이 집에 따라왔다든가 하는 사례는 없다. 그렇다면 O 터널의 머리 없는 귀신은 이른바 지박령*이라고 볼 수 있겠다.

세상에는 희귀한 주제를 연구하는 사람이 많다. 인문사회과학 관점에서 지박령에 접근한 논문도 존재한다. 요괴 연구가 오시마 기요아키가 석사 논문 전반부를 가필하고 수정해서 간행한 『현대 유령론—요괴·유령·지박령』이다. 구체적인 사례를 검토한 결과, 귀신이 어떤 장소에 붙박이는 조건은 다음 세 가지로 볼 수 있다고 오시마는 기술했다. ①시체가 존재했던 장소, ②목숨을 잃은 장소, ③생전에 깊이 연관된 장소다.

* 자신이 죽은 곳을 떠나지 못하고 죽은 장소를 계속 맴도는 영혼.

O 터널의 경우, 이 세 가지 조건 중 일단 ②는 제외할 수 있다. 검토할 여지가 있는 건 ①과 ③이다. ①은 사람들에게 알려지지 않았더라도 일찍이 거기에 일시적이나마 시체가 있었다면 귀신이 나타나도 이상하지는 않다. 다만 일시적이라고 해도 터널 속에 머리 없는 시체가 존재할 수 있을까? 그것도 하나가 아니라 최대 넷이다. 그런 상황이 금방은 상상되지 않는다.

그럼 ③은 어떨까. 오시마는 스포츠를 좋아했던 아이가 죽은 후 운동장이나 체육관에 귀신으로 나타나는 사례와, 사망 후 생전에 살았던 집이나 직장에 귀신으로 나타나는 사례를 예로 들었다. 즉, 혼령이 그 장소에 뭔가 집착을 품는 것이 조건이다. 그렇다면 O 터널의 사례에서는 위화감밖에 느껴지지 않는다. 터널에 심하게 집착할 이유가 뭘까? 거기서 목숨을 잃은 것도 아닌데, 네 명, 그것도 모두 머리가 없는 사람들이 특정한 터널에 집착하는 이유를 모르겠다.

예를 들어 그 여성들이 O 터널을 통학로나 통근로로 사용했을 가능성도 고려해볼 수 있겠지만, 생활권을 공유한 소녀한 명과 여자 세 명이 전부 머리를 잃는 방식으로 사망한다면인근에서 적지 않게 화제가 될 것이다. 이 지역 도서관에서옛날 신문 기사를 찾아보았지만, 이렇다 할 사건이나 사고는발생하지 않았다.

역시 터널 괴담이라는 관점에서 보면 O 터널의 괴담은 상당히 부자연스럽다. 그리고 그 부자연스러움이 바로 괴이 현상이 발생하는 원인과 직결되어 있지 않을까 싶다.

🎣

그날 와키사카 고헤이는 에다노 유아에게 불려 나갔다.

새 학기도 시작돼 수강 신청 때문에 바빴지만, '오보로 터널 일로 만나줬으면 하는 사람이 있어'라는 메시지를 받고 바로 승낙했다.

에다노가 헨미 사아야의 실종에 관여했다는 추리를 후지노 다케루에게 들은 뒤로 어쩐지 에다노를 만나기가 무서웠다. 에다노 범인설을 덮어놓고 믿는 건 아니다. 하지만 어느 정도 설득력이 있는 건 사실이다. 다만 그 의혹을 에다노에게 직접 제기할 배짱은 와키사카에게 없었다.

후지노는 후지노대로 상황을 살피는 중인지, 에다노에게 자신의 추리를 들려줄 생각은 없는 듯했다. 뭐, 헨미가 스스로 자취를 감추었을 가능성도 남아 있으니까 공연히 난리를 쳤다가 자칫 헨미에게 피해를 줄지도 모른다는 생각에 조심하는 것이리라.

다만 다카다 유이치를 포함한 네 명은 같은 강의를 많이 듣는다. 필연적으로 마주칠 기회도 많지만, 그날 이후로 묘하게 분위기가 어색해진 느낌이다. 서로 피하는 듯하면서도 서로가 상의하고 싶어 하는 듯한, 미묘한 거리감이 생겼다.

약속 장소인 학교 근처 패밀리 레스토랑 앞에 에다노와 함께 처음 보는 여자가 서 있었다.

20대 후반에서 30대 초반쯤일까. 어깨에 닿을 정도의 검은 머리, 청바지에 라이트 다운재킷을 걸친 털털한 차림새다. 와키사카가 다가가자 그 여자는 괴담 작가 우메키 교코라고 자신을 소개하며 명함을 내밀었다.

"유이치도 불렀는데, 강의가 있어서 안 된대."

그렇게 말한 에다노는 미심쩍어하는 표정이었다. 와키사카 생각에도 다카다가 적당한 핑계를 대고 거절한 것 같았다.

어중간한 시간대라 패밀리 레스토랑은 한산했다.

세 사람은 안쪽 테이블석에 앉아 드링크 바*를 주문했다. 각자 마실 것을 가져온 후, 와키사카와 우메키는 다시 간단하게 자기소개를 했다.

솔직히 와키사카는 우메키 교코라는 작가를 모른다. 에다노 말로는 아는 사람은 아는 실화 괴담 작가라고 한다.

"나도 사아야도 우메키 선생님의 책을 전부 가지고 있어.

---

* 취향에 따라 이용할 수 있는 셀프서비스 방식의 음료 코너.

게다가 도치기현 출신이셔!"

에다노는 어쩐지 자랑스럽게 말했다.

에다노와 헨미는 이 작가의 책을 즐겨 읽나 보다. 하지만 우메키와 에다노는 단순히 작가와 팬 사이가 아닌 듯했다. 에다노가 얼른 보충 설명을 해주었다.

에다노는 '요괴로 세상을 구하는 모임'이라는 독특한 이름의 연구회 소속이다. 두 달에 한 번꼴로 주로 도쿄에서 모임을 여는데, 괴상한 이름과 달리 아주 진지하고 학술적인 연구회라고 한다.

에다노는 출석률이 그다지 좋지 않지만, 마침 연초 모임에 나갔다가 우연히 우메키 교코와 만났다. 우메키도 예전부터 회원이었지만, 모임에 참석하는 날이 서로 어긋나서 에다노와는 초면이었다. 모임이 끝난 후 술자리에서 에다노는 우메키에게 오보로 터널에서 겪은 일을 이야기했다. 우메키는 자기 본가와 가깝다는 이유로 몹시 흥미를 보였고, 오보로 터널의 괴담을 조사하기 시작했다고 한다. 우메키는 조사의 계기가 된 헨미 사아야의 실종에 대해 와키사카와 다카다의 이야기도 듣고 싶어 했던 모양이다.

"이건 제 취재 스타일이랄까, 작풍이기도 한데요. 괴이 현상을 체험한 분이 여러 명이면, 되도록 모두에게 이야기를 들으려고 해요. 사람에 따라 느낌이나 관점이 다르잖아요. 셋이

같이 있다가 한 명만 이상한 체험을 할 때도 있고, 모두 똑같은 체험을 할 때도 있죠. 그러한 상황의 특징을 일일이 파악해서 괴이 현상의 원인에 조금이라도 더 다가가려는 거예요."

와키사카는 우메키의 요청에 따라 그날 밤 자신이 경험한 일을 이야기했다.

우메키는 허락을 받고 녹음기로 녹음을 하면서 묵묵히 와키사카의 이야기에 귀를 기울였다.

"헨미가 사라진 것도 괴담인가요? 그냥 헨미가 행방불명된 것뿐이잖아요?"

이야기를 마친 와키사카가 묻자 우메키는 "그럴지도 모르죠" 하고 고개를 끄덕였다.

"다만 그렇다고 쳐도 헨미 씨가 실종된 경위에는 이해가 안 되는 점이 남아요."

"맞아. 왜 그런 곳에서 사아야가 사라졌는지 짚이는 점이 전혀 없잖아. 귀신의 저주일지도 몰라."

에다노가 진지한 표정으로 말했지만, 와키사카는 그게 진심인지 위장인지 판단이 서지 않았다. 사실 에다노는 헨미가 실종된 일의 진상을 알고 있는 것 아닐까? 그런 의심이 고개를 쳐들었다. 그래서 와키사카는 "역시 헨미가 스스로 사라졌을 가능성이 높지 않을까요?" 하고 간접적으로 에다노의 속을 떠보았다.

"무슨 소리야?"

예상보다 더 재빠르게 에다노가 반응했다. 역시 본심인지 속이는 건지 판단이 안 된다.

"왜 사아야가 스스로 사라져야 하는 건데?"

"이유는 이것저것 추측해볼 수 있겠지."

와키사카는 후지노 다케루에게 들은 사랑의 도피설, 스토커설, 인간관계로부터 탈출설 등을 마치 자기 생각인 양 그럴싸하게 이야기했다. 에다노는 석연치 않은 표정을 지었지만, 우메키 교코는 흥미를 느낀 듯했다.

"와키사카 씨 말씀에도 일리가 있네요. 터널에 가기 전에 실제로 그런 낌새가 있었나요?"

"제가 보기에는 없었어요."

에다노가 대답했다.

와키사카는 "잘은 모르겠지만" 하고 서론을 깔고 나서 이렇게 말했다.

"오보로 터널에 갔을 때, 마침 봄방학이라 저희끼리 만날 기회가 별로 없었거든요. 그래서 헨미에게 무슨 일이 있었어도 금방은 눈치채기 힘들다고 할까요. 고향에도 갔을 테니, 거기서 무슨 일이 있었던 건지도 모르죠."

"그렇군요. 다만 설령 이유가 있었다고 해도 그런 곳에서 스스로 실종되는 건 좀 부자연스럽게 느껴지네요. 장난을 치는 게 목적이라면 그럴 수도 있겠지만, 진심으로 증발할 거라면 여러분이 없는 편이 더 쉬울 테니까요."

"맞아요! 그거예요!"

에다노는 덧니를 보이며 우메키에게 동의를 표했다.

"그럼 누가 헨미를 끌고 갔다는 말씀입니까?"

와키사카는 손끝으로 안경을 밀어 올리며 말했다. 물론 에다노의 표정에 변화가 없는지 주시하면서.

"글쎄요. 현시점에서는 뭐라 말할 수가 없네요. 어쩌면 헨미 씨 말고도 거기서 사라진 사람이 더 있을지도 모르고요."

"네?"

갑자기 섬뜩한 기운이 와키사카의 등골을 스치고 지나갔다.

헨미 말고도 거기서 실종된 사람이 있다? 지금까지 그런 생각은 해보지 않았다.

그 터널은 그렇게도 불길한 곳일까? 그냥 촌 동네의 흔한 터널로밖에 보이지 않았는데.

느닷없이 와키사카의 머릿속에 머리 없는 귀신의 모습이 떠올랐다.

혹시 그 터널에 나타난다는 귀신들은 예전에 거기서 실종된 여자들 아닐까? 누군가에게 납치당해 목이 잘린 원한으로 귀신이 되어 그 터널을 헤매고 있는 것 아닐까? 그리고 헨미사아야도…….

"어쨌거나 좀 더 조사해봐야 할 것 같네요."

괴담 작가는 그렇게 말하고 미소 지었다.

그 미소가 이 상황에 너무 어울리지 않는 것 같아서 와키사카는 기분이 언짢았다.

"저어, 선생님."

그때 에다노가 오른손을 살짝 들었다.

"네?"

"이거, 사아야가 사라진 일과는 상관없을지도 모르지만, 좀 이상한 일이 있어서요. 오보로 터널에 다녀온 다음 날 무렵부터 같은 꿈을 계속 꿔요."

어? 그건…….

와키사카는 등줄기에 소름이 쫙 끼쳤다.

"어떤 꿈인데요?"

우메키의 재촉에 에다노는 꿈의 내용을 설명했다.

와키사카의 꿈과 완전히 똑같은 꿈이었다.


### 우메키 교코의 원고 3


대학생 E 씨의 친구가 O 터널에서 실종된 일이 O 터널에서 일어나는 괴이 현상의 수수께끼를 푸는 열쇠 아닐까. 내 생각은 그랬다. 다른 체험담이 머리 없는 귀신을 목격한 일에 치중되는 반면, E 씨의 체험담에서는 이해할 수 없는 상황에서 H 씨가 실제로 실종됐다. 그 특이성만으로도 주목할 가치가 있을 듯했다.

이렇게 쓰면 'H 씨는 그냥 자의로 사라진 것 아닐까? 그걸 특이하다고 받아들이는 건 섣부른 판단 아닐까?' 하고 의문을 품는 독자도 있을 것이다. 하지만 나는 H 씨가 스스로 자취를 감추었을 가능성은 거의 없다고 본다.

일단 H 씨가 무슨 이유에선가 사라질 생각이었다면, 친구들과 함께 담력 시험을 하는 밤에 계획을 실행하는 건 부자연스럽다. E 씨와 친구들은 H 씨가 없어지고 얼마 지나지 않아 경찰에 신고했다. 이는 아주 당연한 행동이며, H 씨도 그 정도는 예상할 것이다.

따라서 실종 성공률을 높이려면 다른 기회를 노려 사라지는 편이 낫다. 마침 봄방학 기간이라 한동안 학교에 갈 일이 없으므로, 그렇게만 해도 아무런 방해 없이 꽤 멀리까지 이동할 수 있을 것이다. 아무도 모르는 곳에서 아무도 모르게 다시 시작하기도 쉽다.

담력 시험 도중 H 씨가 스스로 자취를 감출 이유를 굳이 생각해보자면, 친구들에게 장난을 치려고 했을 가능성은 있으리라. 하지만 그런 거라면 금방 나타날 테니, 이번 사례에서는 그 가능성도 부정된다.

한 발짝 더 나아가 H 씨의 장난에 편승해 정말로 누군가가 H 씨를 실종시켰을 가능성을 검토해보자. 이때 H 씨의 실종에 제일 관련 있어 보이는 인물은 E 씨다. 예를 들면 H 씨는 E 씨와 함께 장난을 치기로 계획하고 E 씨의 차 트렁크에 숨기로 했다. 처음에는 그럴 계획이었지만 당일 E 씨가 H 씨의 의사와는 달리 H 씨를 재우거나, 기절시키거나, 또는(그다지 생각하고 싶지는 않지만) 살해해서 자유를 빼앗고 트렁크에 숨긴다. 나중에 H 씨를 어딘가로 데려가서 감추면 H 씨가 느닷없이 실종된 것으로 꾸밀 수 있으리라.

하지만 이 정도는 경찰도 염두에 둔 모양이다. H 씨의 가족이 실종 신고를 한 직후 경찰은 E 씨의 진술을 청취했고, 그때 차량도 꼼꼼히 조사했다고 한다.

"한때는 완전히 범인 취급을 하더라니까요."

E 씨는 그렇게 한탄했다.

결국 경찰이 조사했는데도 E 씨의 차에서 이렇다 할 흔적은 발견되지 않았다. 또한 경찰이 그렇게까지 움직인 걸 보면 N 시스템*을 사용해 E 씨의 차를 추적했을 가능성도 있으리라. 가령 H 씨가 죽었더라도 시체를 유기했다면, 어느 정도

---

\* 수상한 차량을 적발하기 위해 사용하는 자동차 번호판 자동 확인 장치.

장소를 예측해 수색할 수 있다. 하지만 현재 E 씨에게서 의혹을 거둔 것으로 보건대 수사는 헛수고로 돌아간 것으로 추정된다.

뭐, E 씨가 실종에 관여했다면 애당초 체험담을 주변에 떠벌리지 않았을 테고, 내 취재에도 응하지 않았으리라. 즉, E 씨는 무고하다고 보는 것이 타당하다.

그럼 관점을 실제 범죄에서 초자연현상으로 바꾸어 살펴보자.

그러면 빙의를 H 씨가 스스로 사라진 이유로 들 수 있다. H 씨가 영적인 존재에게 빙의돼 그 자리를 떠난 것이다. 이때 H 씨는 정상적인 상태가 아니므로, 포장된 길을 따라 이동하는 데 그치지 않고 숲으로 들어갈 수도 있을 것이다.

다만 E 씨의 이야기에 따르면 H 씨가 실종되고 얼마 지나지 않아 경찰이 주변 숲을 수색했다. 만약 누군가 숲속으로 들어간 흔적이 남아 있다면 대번에 알아차렸을 것이다. 실제로는 H 씨가 발견되지 않았으니, 그 가능성도 아주 낮지 않을까.

H 씨가 스스로 사라진 것이 아니라면 어떻게 된 일일까.

당연히 누군가가 관여했다고 볼 수 있다. 물론 그 누군가는 살아 있는 인간일 수도 있고 영적인 존재일 수도 있다.

하지만 결론부터 말하자면 이 방향의 조사는 벽에 부딪혔다. 신문 기사를 찾아보고 현지로 조사도 나갔지만, 과거에 O 터널에서 실종된 사람은 없었다. 터널에서 사람이 사라졌다면 그 자체가 괴담으로 성립하리라. 그런 이야기가 없으니 사건도 일어나지 않았다는 뜻이다. 조사하기 전부터 어렴풋이 깨닫기는 했지만, 직접 조사를 통해 이 가능성도 배제할 수 있었다.

막막하던 차에 E 씨에게 다시 연락이 왔다.

E 씨는 H 씨 실종 당시 상황을 재현해보고 싶다고 했다. 그리고 내게 참관인으로 현장에 입회해달라고 부탁했다. 괴이 현상이 일어난 밤의 상황을 당사자들이 재현해준다는데 거절할 이유는 없다. 게다가 재현해봄으로써 H 씨 실종이라는 수수께끼에 뭔가 빛이 비칠 가능성도 있다.

이번 주 일요일 오전 2시에 O 터널에 모이기로 약속을 잡았다.


당일 나는 본가에서 빌린 차를 몰고 O 터널로 향했다.

약속 시간보다 15분 일찍 도착했지만, E 씨 일행은 이미 터널 앞 보행자 구역에 차를 대고 내가 오기를 기다리고 있었다.

O 터널에는 E 씨, W 씨, 그리고 T 씨가 있었다. 이 세 명이 H 씨가 실종된 당일 여기 왔던 멤버다. 초면인 T 씨와 간단히 인사를 나눈 후, 바로 그날 밤 상황을 재현하기로 했다.

과정은 다음과 같다. 터널 앞에 E 씨가 선다. 그날 밤 H 씨 역할이다. 남학생 두 명은 터널 반대편으로 간다. W 씨는 거기서 대기하고 T 씨가 터널을 지나 이쪽으로 돌아온다. 나는 터널 앞에서 조금 떨어진 곳에서 E 씨에게 이변이 일어나지 않는지 지켜보는 역할을 부탁받았다.

"실은 E 말고 저희 중 한 명이 H 역할을 맡는 게 좋겠지만, 어쩌면 여자여야 할 이유가 있을지도 몰라서요."

W 씨는 안경을 밀어 올리며 그렇게 말했다.

확실히 O 터널에 출몰하는 머리 없는 귀신은 여자이고, H 씨도 여자니까 실험한다면 E 씨가 터널 앞에 서 있어야 할 것이다. 설마 E 씨까지 행방불명되지는 않겠지만, 어느 정도의 위험성은 있을지도 모른다. 나는 집중해서 E 씨를 지켜보기로 했다.

또한 나를 포함해 모두가 재현하는 내내 동영상을 촬영하기로 했다. 대학생 세 명은 스마트폰이고, 나는 디지털 캠코더다(가끔 내 작품에서 언급하듯이, 나는 기계를 잘 다루는 편이 아니라서 사용하는 휴대전화도 스마트폰이 아니다. 캠코더도 세세한 설정은 못 하고, 전부 자동 설정으로 촬영한다).

"그럼 시작하겠습니다."

W 씨는 그렇게 말하고 T 씨와 함께 오렌지색 불빛이 새어 나오는 터널로 들어갔다. 시간은 오전 2시 5분. 그 모습을 E

씨가 촬영하고, 내가 E 씨를 촬영한다.

두 사람이 가고 나자 갑자기 부근에 정적이 찾아왔고, 어둠이 한층 짙어진 것 같았다. 터널에서 좀 떨어진 곳에 있어서 그런지 내게는 어둠이 특히 더 깊게 느껴졌다. 여기가 심령 스폿이 아니더라도 불안할 지경이었다.

E 씨는 무료한 듯 은색 자동차 주변을 돌아다니며 터널과 주변 숲을 촬영했다.

그로부터 30분 후인 오전 2시 35분, 나는 이상함을 느꼈다.

무슨 일이 일어난 건 아니다.

반대로 아무 일도 일어나지 않아서 문제다.

T 씨가 이쪽으로 돌아오는 기척조차 느껴지지 않는다. 이미 30분이 지났는데 T 씨가 터널에서 나오지 않는다니, 분명이상하다. 느긋하게 촬영한다고 쳐도 15분이면 충분할 것이다. 게다가 오늘 모인 목적은 촬영이 아니라, H 씨가 실종된당일 밤의 상황을 재현하는 것이다.

나는 E 씨에게 다가가 "T 씨가 너무 늦지 않나요?" 하고 말을 걸었다.

"그러게요. 저도 걱정되던 참이었어요."

E 씨는 불안한 표정으로 이쪽을 보았다.

일단 둘이서 10분 더 기다려보았지만, 역시 아무도 터널에서 나오지 않았다.

"T 씨에게 연락해볼래요?"

내가 그렇게 말한 직후에 E 씨의 스마트폰으로 W 씨의 전화가 왔다. 새어 나오는 목소리로 W 씨의 감정이 몹시 격해졌다는 걸 알 수 있었다. 이야기를 듣는 E 씨도 절박한 표정이었다.

스마트폰을 귀에 댄 채 E 씨가 나를 보았다.

"T가 죽었대요. 터널 속에서."

"빨리 가보죠."

우리는 부리나케 터널로 들어갔다. 나와 E 씨의 발소리가 낡은 터널에 울려 퍼져 으스스한 긴장감을 불러일으켰다. E 씨는 달리면서도 W 씨와 뭐라고 통화하는 것 같았다. 나는 터널을 빠르게 나아가면서 주변에 이상한 점이 없는지 확인했다. 하지만 수상한 사람도, 수상한 물체도 없었다.

터널 중간쯤에 W 씨가 있었다.

그리고 그의 발치에는 T 씨처럼 스타디움 점퍼를 입은 사람이 쓰러져 있었다. 'T 씨처럼'이라고 표현한 건 시체에 머리가 없었기 때문이다.

우리가 합류하자 W 씨는 전화를 끊었다.

E 씨는 바닥에 쓰러진 시체를 보고 말문이 막힌 듯했다.

나는 의외로 담담한 기분이었다.

머리 없는 시체는 얼굴이 없는 만큼 모조품 느낌이 난다.

그리고 이렇게 말하면 차갑게 들릴지도 모르지만, T 씨와는 아까 처음 만난 터라 생판 남이라는 기분이었다.

내 쪽에서 시체를 보면 오른쪽이 하체고, 왼쪽이 상체다. 시체는 위를 보는 자세로 터널 바닥을 가로지르듯이 쓰러져 있었다. 목 부근에 잔뜩 튄 피가 오렌지색 불빛을 받고 번들 번들 빛났다. 줄줄 흐른 피로 만들어진 커다란 웅덩이에는 T 씨의 것으로 추정되는 스마트폰이 떨어져 있었다. 하지만 정작 T 씨의 머리는 어디에도 없었다.

"머리는요?"

내가 묻자 W 씨는 말없이 고개를 저었다.

"밖에서 여기로 오는 길에 머리는 못 봤나요?"

다시 확인했다.

"아, 네."

W 씨는 당황한 기색으로 안경을 밀어 올렸다.

나와 E 씨가 W 씨와 합류하러 오는 길에도 사람 머리 같은 것은 떨어져 있지 않았다.

"반대편에서 기다리는데 30분이 지나도 아무 연락이 없길래 이상하다 싶어서 터널에 들어왔어요. 이쪽으로 오다가 T 를 발견했죠."

"잠깐만요. 어, 그럼 W 씨가 시체를 발견할 때까지는 아무 도 터널에 들어가지 않았다는 말인가요?"

"네. 동영상도 찍어놨어요. T 말고 터널에 들어간 사람은 없습니다."

"나도 계속 터널을 보고 있었는데 아무도 안 들어갔어."

E 씨는 그렇게 말하고 나서 나를 보며 "그렇죠?" 하고 확인했다.

나는 고개를 끄덕였지만 복잡한 표정이었을 것이다.

터널 양쪽 출입구에는 각각 E 씨와 W 씨가 있었다. T 씨가 혼자 터널에 들어가고 W 씨가 시체를 발견할 때까지 아무도 터널에 들어가지 않았다고 한다. 게다가 그 상황을 E 씨와 W 씨가 스마트폰으로 촬영했다. 물론 나도 증인 중 하나다.

즉, 밀실 상태인 터널에서 T 씨의 목이 잘리고 머리가 사라진 셈이다. 밀실 살인이라는 비현실적인 단어를 떠올리며 나는 내 휴대전화로 경찰에 신고했다.

경찰에 신고하고 약 한 시간 반 후, 와키사카 고헤이, 에다노 유아, 그리고 우메키 교코는 에다노의 본가에 있었다.

오보로 터널에서는 지금도 현장검증이 진행 중인 모양이다.

신고한 지 15분쯤 지나 관할 경찰서 형사들이 현장에 도착했다. 터널 앞에서 형사들의 진술 청취에 응해, 와키사카 일행은 한밤중에 오보로 터널에 온 경위부터 다카다 유이치의 시체를 발견하기까지의 상황을 몇 차례 설명했다. 와키사카와 에다노의 스마트폰, 우메키의 캠코더는 경찰이 일시적으로 압수했다. 녹화한 영상과 통화 기록을 조사한 후 돌려주겠다고 했지만, 그게 정확히 언제인지는 듣지 못했다.

나중에 도치기 현경에서 출동한 형사도 도착했다. 누마오와 히구치라는 두 형사는 우메키와 안면이 있는 듯했다. 중년의 누마오 경감이 우메키를 보고 "어, 선생님" 하며 눈을 크게 떴다. 젊은 히구치 형사도 "오랜만입니다" 하고 인사했다.

"경찰에도 아는 분이 있다니 발이 참 넓으시네요!"

에다노는 우메키에게 동경 어린 눈빛을 보냈다.

"발이 넓다기보다는……."

우메키는 약간 어두운 표정으로 예전에 가족이 휘말린 살인 사건을 담당한 사람이 누마오 경감과 히구치 형사였다고 설명했다. 더 자세한 얘기는 하지 않았지만, 에다노도 신문 기사로 사건에 대해 알고 있었던 듯 끈질기게 묻지는 않았다. 사정을 모르는 와키사카는 스마트폰을 돌려받으면 검색해봐야겠다고 머릿속에 기억해두었다.

우메키가 현경 형사들과 아는 사이여서 다행이었다. 상황이 상황인 만큼 관할 서에서 나온 우가진 경위는 와키사카 일행에게 의심 가득한 시선을 던졌다. 터널이 밀실 상태였던 것도 그리 중요하게 여기지 않는 듯했고, 최초 발견자인 와키사카는 아예 범인에 가깝게 취급했다.

"정말로 아무도 드나들지 않았다면 당신들이 어떻게 했다고 봐야겠지."

우가진 경위는 키는 그리 크지 않지만, 어깨가 넓고 가슴팍도 두툼하다. 수염이 삐죽삐죽한 얼굴이 안 그래도 험상궂은데 핏발 선 눈으로 노려보기까지 해서 와키사카는 바로 쪼그라들었다. 과연 진짜 형사는 압박감이 대단하다. 한때는 "서에서 다시 이야기할까" 하고 임의동행까지 요구하는 지경이었다.

그런데 현경의 누마오 경감이 수사 지휘권을 잡자 상황이 많이 달라졌다. 우메키의 증언을 중요하게 받아들였고, 와키사카와 에다노의 증언도 덮어놓고 무시하지는 않았다.

한술 더 떠서 에다노가 "저희 부모님 집이 근처인데, 거기 있으면 안 될까요?" 하고 치뜬 눈으로 부탁했다. 보통은 거절당했을 테지만, 우메키가 나서서 협의해준 덕분에 허가를 받았다. 그리하여 와키사카 일행은 에다노의 본가에서 대기하다가 필요할 때 다시 조사에 응하기로 했다.

오전 4시가 지났지만 주변은 아직 어두침침하니 밤의 기척이 남아 있었다. 아주 이른 아침인데도 에다노의 가족은 와키사카 일행을 따뜻하게 맞아주었다. 더구나 에다노의 어머니가 아침까지 차려주어서 와키사카, 에다노, 우메키는 거실의 고타쓰*에 둘러앉아 따뜻한 밥과 된장국, 전갱이 구이로 배를 채웠다.

"언제까지 여기 있어야 할까요?"

식사 후에 에다노가 우려준 녹차를 마시며 와키사카는 우메키에게 물었다.

"음, 적어도 현장검증이 끝날 때까지는 기다려야겠죠. 분명 우리한테 몇 번 더 이것저것 물어볼 거예요. 다카다 씨의 머리도 찾아야 할 테고요."

우메키가 누마오 경감에게 슬쩍 물어본 바로는, 피해자의 머리를 찾기 위해 인근 숲속을 수색할 모양이다.

에다노는 평소보다 말수가 적었다. 다카다가 죽은 걸 보고 큰 충격을 받은 듯하다. 와키사카도 마찬가지다. 역시 친구의 죽음은 너무나 무거운 일이라 현실로 받아들이기가 힘들다.

"그 터널에 샛길 같은 건 없었죠."

우메키의 말은 질문이라기보다 확인 같았다.

"샛길은 없어요."

에다노는 양손으로 감싼 찻잔을 가만히 내려다보며 말했다.

"어릴 적부터 수도 없이 다닌 곳이고, 지난번에 시간을 들

---

* 열원을 넣은 틀 위에 이불을 덮은 일본의 난방 기구.

140

여 찬찬히 촬영했으니까 확실해요."

"와키사카 씨와 다카다 씨가 터널 반대쪽으로 갔을 때도 안에 아무도 없었죠?"

"네. 적어도 저는 아무도 못 봤어요. 스마트폰으로 동영상도 찍었으니, 만약 누군가 있었다면 제가 못 봤더라도 제 스마트폰이나 다카다의 스마트폰에 찍혔을 겁니다."

"그렇다면 다카다 씨를 죽인 범인은 어떻게 터널에 드나든 걸까요."

우메키의 말에 에다노가 바로 "저주예요" 하고 대꾸했다.

"저주라."

괴담 작가는 의외로 '저주'라는 말에 관심이 없는 듯했다. 손끝으로 매끄러운 뺨을 쓱 문질렀다.

"그게 초자연현상이라면 다카다 씨는 어떤 미지의 힘에 의해 목이 절단된 거겠죠. 하지만 목의 절단면을 살펴본 바로는 분명 날붙이로 자른 거예요. 비틀려서 끊어진 게 아니고요. 가령 초자연적인 힘을 날붙이처럼 사용할 수 있다고 해도, 목만 뎅겅 잘라내다니 그렇게 정밀하게 작용하는 PK가 과연 있을까 싶네요."

"PK라니, 그게 뭡니까?"

"사이코키네시스psychokinesis요. 우리 말로 하면 염력이겠네요. 보통은 숟가락을 구부리거나 주사위 눈을 자유자재로 바꾸는 등의 작은 힘이죠. 이른바 폴터가이스트 현상의 원인으로 보기도 하는데요. 이 경우는 아주 큰 힘이 작용한다고 추정돼요. 보통은 살아 있는 사람이 지니는 능력이지만, 귀신이 나온다는 집에서 가구가 날아다니거나 하는 사례를 근거로 죽은 사람도 PK를 사용할 수 있다고 생각하는 연구자도 있어요."

"아, 네."

완전히 오컬트 쪽 이야기라 와키사카는 자기가 물어놓고도 어이가 없었다.

"인간의 목을 절단하려면 아주 큰 PK가 필요해요. 그러니 터널 내부에 뭔가 흔적이 남아야 자연스럽겠죠. 예를 들면 조명이 깨지거나 하는 식으로요. 더구나 다카다 씨의 스마트폰은 망가지지 않았어요. 만약 생명을 위협할 만한 영적 존재가 있었다면, 나름대로 전자파도 나왔을 거예요. 그럼 스마트폰에도 이상이 생겼을 테고, 저희 카메라와 휴대전화에도 이상이 생기지 않았을까요? 혹시나 하고 방사선 측정기로 방사선량도 측정해봤는데, 별 이상은 없었어요. 이러한 여러 가지 근거를 바탕으로 다카다 씨의 죽음은 초자연현상이 아니라고 생각해요."

아주 뚱딴지같은 설명이기는 하지만, 어쨌거나 우메키는 다카다의 죽음을 인위적인 현상이라고 생각하는 듯하다. 오컬트에도 오컬트만의 논리가 있다는 걸 와키사카는 처음으로 알았다. 게다가 방사선 측정기까지 가지고 다니다니 놀라울 따름이다.

"이해가 안 되는 점이 하나 더 있어요."

우메키가 검지를 세웠다.

"뭔데요?"

"범인은 왜 다카다 씨의 머리를 가지고 갔을까요?"

"머리 없는 귀신이 머리가 필요했던 것 아닐까요?"

와키사카의 대답에 우메키는 눈썹을 모았다.

"음, 머리 없는 귀신은 전부 여자인데 남자의 머리를 원할까요? 그리고 제가 취재한 분들 가운데 머리에 뭔가 해를 입은 사람은 한 명도 없어요. 귀신이 머리에 흥미가 있는 것 같지는 않네요. 역시 누군가가 의도적으로 가지고 갔다고 봐야 자연스럽겠죠. 하지만 뭣 때문에 그런 짓을 해야 했을까요?"

잠시 침묵이 흘렀다.

한순간 에다노가 중얼거렸다.

"그 사람, 정말 다카다일까?"

"무슨 소리야?"

와키사카가 묻자 에다노는 찻잔에서 시선을 떼지 않고 대답했다.

"옷은 다카다와 똑같았지만, 얼굴이 없는데 본인인지 아닌지 어떻게 알겠어? 왜, 추리소설에도 인물 교환 트릭이 자주 나오잖아."

그렇다면 범인은 다카다인 셈인데, 에다노는 그걸 알고 말하는 걸까? 와키사카는 무심코 에다노를 빤히 바라보았다.

"시신을 부검하면 본인인지 아닌지 확실히 밝혀지겠죠."

우메키가 말했다.

"사아야가 사라진 것도 다카다가 죽은 것도 전부 내 탓일까. 내가 터널에 가자고 하는 바람에 이런 일이 생긴 걸까."

에다노는 도중부터 울먹이는 목소리로 말했다.

우메키가 "너무 자책하지 말아요" 하고 에다노를 달랬다.

와키사카는 그런 두 사람을 보며 현실이 급속도로 멀어져 가는 느낌을 받았다.

헨미 사아야가 실종되고, 다카다 유이치가 죽고, 자신은 에다노 유아의 본가에서 아침을 먹었다. 죄다 몇 주 전까지는 상상조차 못 했던 일이다.

이제 어떻게 되는 걸까. 잃어버린 현실감 대신 막연한 불안감이 부풀어 올랐다.

후지노 다케루가 있었다면 이럴 때 무슨 말을 할까? 혹시 명탐정처럼 자신의 추리를 펼칠까? 와키사카 고헤이는 멀리 있는 친구를 생각하며 눈앞에서 우는 친구를 바라보았다. 어쩐지 몹시 우울했다.

# 우메키 교코의 원고 4

O 터널에서 발견된 머리 없는 시체는 T 씨로 밝혀졌다.

몸통에 두드러진 외상이 없고 현장에 피가 흥건한 것으로 보건대, 사인은 경동맥 절단에 의한 과다 출혈로 추정됐다. 시체의 절단된 목 부분에서 생활반응*이 나타나지 않았으므로 머리는 사망한 후에 잘라냈다는 것도 판명됐다. 절단에 사용된 도구는 톱 같은 것인 듯하다.

부검 결과 T 씨는 오전 2시부터 오전 3시 사이에 사망한 것으로 추정된다. 다만 현장 상황상 사망 추정 시각은 오전 2시 10분에서 오전 2시 45분 사이로 좀 더 좁혀졌다. 이는 W 씨가 T 씨를 마지막으로 보고 나서 시체를 발견하기까지의 시간으로, 주로 W 씨의 증언과 그가 촬영한 동영상에 기반해서 내린 결론이다.

T 씨가 누군가에게 살해당했다면 범인은 35분 사이에 터널에 침입해 범행을 저지른 후, T 씨의 머리를 가지고 간 셈이다. 그것도 누구에게 들키거나 카메라에 찍히지도 않고…….

O 터널이 어느 정도로 밀실이었는지 확인하기 위해 나는 E 씨와 W 씨에게 촬영한 영상을 보내달라고 했다.

---

*    살아 있을 때만 나타나는 신체 반응. 상처가 살아 있을 때 생긴 것인지 아닌지를 판정하는 데 이용한다.

E 씨는 터널뿐만 아니라 주변 숲도 촬영했으므로, 이따금 터널 출입구가 앵글에 잡히지 않았다. 하지만 내가 광각으로 E 씨를 촬영한 영상에는 늘 터널 출입구가 비쳐서 아무도 드나들지 않았음을 확인할 수 있다.

W 씨가 촬영한 영상은 터널 입구에서 시작된다. 처음에 "이제 O 터널에 들어가겠습니다" 하며 셀프 촬영을 하고 나서 카메라를 터널로 돌린다. 그리고 T 씨와 함께 터널로 들어간다. 주변을 촬영하며 반대쪽 출입구로 향하는 동안 터널에 다른 사람은 없다. 두 사람은 5분쯤 후에 터널을 나선다. 터널 바깥 풍경도 찍었는데, 역시 도로 저편에 사람은 없다. 하기야 광량이 모자라서 그렇게 멀리까지 보이는 건 아니지만.

다음으로 화면에 비친 T 씨가 "그럼 다녀올게" 하고 혼자 터널로 들어간다. 그 후로는 터널 출입구의 전체 모습이 내내 비칠 뿐이다. 약 30분간 터널에는 쥐 새끼 한 마리도 드나들지 않는다.

그 후, "T가 늦네요. 한번 가보겠습니다"라는 W 씨의 목소리만 들리고 터널을 나아간다. 그리고 터널 중간쯤에서 피바다 속에 쓰러져 있는 T 씨의 모습이 비친다. 이 시점에서 T 씨의 머리가 없다는 걸 확인할 수 있다. 영상은 거기서 끝나고, W 씨는 E 씨에게 전화를 걸었다.

T 씨가 촬영한 영상은 경찰이 증거로 압수한 후 돌려주지

않아서 직접 보지는 못했다. 하지만 내가 취재한 경찰 관계자의 말로는 W 씨와 함께 터널로 들어가서 반대쪽 출입구로 나온 후, 다시 혼자 터널로 들어가는 모습이 찍혀 있다고 한다. 그리고 터널 한가운데쯤에서 갑자기 습격당한 듯 T 씨의 신음이 들린다. 이때 T 씨 앞쪽에 한순간 수상한 사람 형체가 비치는 모양이다. 위치상 틀림없이 T 씨 아닌 다른 사람이라고 한다. 그 후, 스마트폰은 T 씨의 손에서 떨어지고 화면이 어두워진다. 이건 스마트폰이 떨어질 때 카메라 렌즈가 터널 바닥을 향했기 때문인 듯하다.

소리는 계속 녹음돼서 T 씨의 신음과 누군가의 발소리가 들리다가 느닷없이 영상이 종료된다. 발견 당시 T 씨의 스마트폰은 전원이 꺼져 있었다. 경찰은 범인이 증거를 남기지 않기 위해 스마트폰 전원을 껐을 것으로 추정한다.

경찰은 이 일련의 영상을 철저히 분석했다. 분석 결과, 촬영을 도중에 멈춘 흔적은 전혀 없었다. 기계치인 나는 잘 몰랐지만, 동영상 촬영 중에 카메라를 멈추면 설령 그 직후에 다시 촬영을 시작해도 흔적이 영상 데이터에 남는다고 한다.

이 점에 대해 영상제작 회사에 다니는 친구 와니구치에게 물어보았다. 그녀는 심야방송의 심령 프로그램과 오컬트 관련 다큐멘터리 DVD 등을 주로 촬영한다. 액막이라며 모자나 파카 등 늘 빨간 물건을 가지고 다니고, 필요 이상으로 화장을 두껍게 해서 얼핏 보면 몇 살인지 감이 오지 않지만, 실은 내 대학교 후배다.

"예를 들어 디지털카메라로 촬영해도 카메라를 멈춘 부분은 알 수 있어요. 파이널컷 같은 영상 편집 프로그램을 돌리면 카메라를 멈춘 부분을 탐지해주거든요. 저희는 그 부분을 기준으로 영상을 잘라서 재배열해요. 뭐, 슬레이트 대신인 셈이죠. 특히 영화나 드라마는 몇 컷이나 찍잖아요. 그때마다 카메라를 멈추니까 영상에 라인이 잔뜩 들어가요. 아, 가끔 오류가 나기도 하지만요."

요컨대 영상만 봤을 때는 카메라를 한 번도 멈추지 않은 것처럼 보일지라도, 도중에 카메라를 멈춘 흔적이나 영상을 편집한 흔적은 의외로 간단히 찾아낼 수 있다는 것이다.

E 씨의 영상, W 씨의 영상, T 씨의 영상, 그리고 내 영상에는 카메라를 멈춘 흔적도, 영상을 편집한 흔적도 없었다.

그럼 예를 들어 W 씨가 사전에 가짜 영상을 준비해놓고, 마치 당일 찍은 것처럼 위장했을 가능성은 없을까. 이럴 경우는 W 씨가 범인이고, 자신이 터널에 들어갔다는 사실을 감추기 위해 미리 준비한 동영상을 경찰에 압수당한 것이다. 동영상에는 T 씨도 찍혀 있었으니 분명 몰래카메라를 준비한다는 식의 그럴듯한 거짓말로 협조를 얻은 것이리라.

이 점에 대해서도 와니구치에게 영상을 보여주고 검토를

받았다.

"그건 아니에요. W 씨가 찍은 영상 초반부에 우메키 선배도 찍혀 있으니까요."

"뭐? 어디, 어디?"

"W 씨가 셀프 촬영한 다음에 카메라 방향을 바꾼 부분요. 우메키 선배 얼굴이 아주 잠깐 보여요. 두 사람은 그대로 카메라를 돌리며 터널에 들어갔고, 그 후로도 카메라를 멈추지 않았죠. 선배가 가짜 영상 촬영에 가담하지 않았다면 이런 영상은 못 찍어요."

와니구치가 어이없다는 듯이 웃어서 적잖이 울컥했지만, 100퍼센트 옳은 지적이다. 따라서 T 씨가 터널에 들어간 후, W 씨가 시체를 발견하기까지의 영상은 그날 밤 거기서 촬영한 게 확실하다.

이리하여 사건 당일 밤 O 터널이 밀실 상태였다는 건 확인했다. 그리고 그러한 상황에서 T 씨가 목숨을 잃은 건 O 터널의 머리 없는 귀신이 T 씨를 죽인 것처럼 꾸미려 했기 때문이리라. 적어도 기괴함이 넘치는 사건으로 연출하는 데는 성공했다.

그런데 범인이 밀실 상태인 터널을 어떻게 드나들었는가 하는 문제는 이미 해결됐다. 밀실 수수께끼가 깊어졌음을 확인해 얼마나 불가사의한 상황인지 독자에게 기껏 강조해놓고 김빠지는 전개라 미안하다. 다만 수수께끼를 풀어낸 건 내가 아니라 와니구치다.

촬영한 영상에 대해 상담할 때 사건 내용도 자세하게 들려주었다. 이야기를 들은 와니구치는 밀실 수수께끼를 간단히 풀어냈다. 그리고 와니구치의 추리 덕분에 T 씨의 머리가 현장에서 왜 사라졌는지 어쩐지 알 것 같았다.

🐟

다카다 유이치가 죽은 지 사흘 후, 와키사카 고헤이는 현장인 오보로 터널을 다시 찾았다.

자의는 아니다. 아침 일찍 경찰의 연락을 받고 준비된 차로 여기까지 왔다.

누마오 경감은 "현장을 한 번 더 확인해주셨으면 합니다. 워낙 이상한 점이 많은 상황이라서요" 하고 설명했다. 현장에 도착해보니 누마오 경감, 우가진 경위, 히구치 형사 등 경찰 관계자는 물론 에다노 유아와 우메키 교코, 그리고 후지노 다케루까지 와 있었다.

"어? 경찰이 너도 불렀어?"

와키사카는 안경을 밀어 올리며 후지노에게 물었다.

"아니, 에다노가."

에다노가 후지노를 불렀다고? 뭣 때문에?

와키사카는 어쩐지 찜찜한 예감이 들었다.

작업복을 입은 수사관들이 터널 주변에 드문드문 보였다. 대부분 터널 위쪽 숲에서 뭔가—아마도 다카다의 머리—를 찾고 있는 것 같았다.

"이제 다 모였군요. 주변 도로에 통행금지를 내려두었으니 지나가는 사람은 없을 겁니다."

누마오 경감은 그렇게 말하고 나서 어째선지 우메키에게 "선생님, 그럼 부탁드립니다" 하고 주도권을 넘겼다.

터널을 등지고 선 우메키가 한 발짝 앞으로 나서서 사람들에게 머리를 꾸벅 숙였다.

"자, 오늘 누마오 경감님께 부탁해 여러분을 모신 건 여기 오보로 터널에서 잇달아 일어난 불가사의한 사건을 설명하기 위해서입니다."

와키사카를 비롯한 사람들은 자연스레 우메키 주변에 모여들었다.

"3월 말, 여기서 사라진 헨미 사아야 씨가 그대로 행방불명됐습니다. 그리고 사흘 전에는 터널 속에서 다카다 유이치 씨가 머리 없는 시체로 발견됐고요. 이 두 사건의 진상을 말씀드리겠습니다."

에다노가 "네?" 하고 펄쩍 뛰었다.

"그럼 선생님이 밀실 수수께끼를 해결하신 거예요? 대단해요! 대단해요!"

"기껏 칭찬해줬는데 미안하지만, 밀실 수수께끼를 해결한 사람은 내가 아니에요. 진상을 알아낸 건 영상 업계에서 일하고 있는 제 친구 와니구치예요."

"와, 엄청난 친구를 두셨군요."

에다노는 순수하게 감탄했다.

"이제부터 와니구치가 펼친 추리를 들려드릴게요. 그 전에 다카다 씨가 사망했을 때의 상황을 다시 확인해보죠. 그날 저와 에다노 씨는 내내 터널 이쪽에 있었습니다. 우리가 각각 찍은 영상으로 이쪽에서 터널에 들어간 사람은 아무도 없다는 점이 증명됐죠. 한편 와키사카 씨도 스마트폰으로 영상을 찍었어요. 이쪽에서 터널로 들어가 반대쪽 출입구로 나온 후 시체가 발견되기까지 영상을 멈춘 흔적은 전혀 없고, 다카다 씨 말고 다른 사람도 찍히지 않았습니다. 하지만 다카다 씨의 스마트폰에는 터널에 있던 웬 인물이 찍혔어요. 즉, 밀실 상태라 아무도 드나들 수 없는 터널에 누군가가 있었던 겁니다."

"그 사람이 범인인가요?"

에다노가 묻자 우메키는 "어떤 의미에서는 그렇죠" 하고 묘하게 대답했다.

"어떤 의미라니, 그게 무슨 뜻이에요?"

"뭐, 뜸 들일 것 없이 단도직입적으로 말씀드리면, 다카다 씨는 자살한 것으로 추정됩니다. 정황상 가지고 있던 날붙이로 자신의 경동맥을 그었겠죠."

"자살?"

에다노는 눈을 동그랗게 뜨며 놀랐지만, 경찰 관계자는 다들 굳은 표정을 유지했다. 분명 사전에 이야기를 들었으리라.

"말도 안 돼. 다카다가 자살했다면 머리는 어디로 간 건데요?"

후지노가 팔짱을 낀 채 물었다. 우메키를 향한 시선이 날카로웠다.

"거기 있던 또 한 사람이 다른 곳으로 옮긴 거죠. 바로 다카다 씨의 스마트폰에 찍혀 있던 인물이요. 그 조력자가 다카다 씨의 자살을 타살로 위장한 겁니다."

우메키가 그렇게 말한 직후, 터널에서 바람이 한바탕 불었다.

와키사카는 어쩐지 그게 다카다 유이치의 한숨같이 느껴졌다.

"그럼 차례대로 설명할게요. 터널 반대쪽에는 와키사카 씨와 다카다 씨의 조력자가 미리 대기하고 있었습니다. 그리고 터널 이쪽에서 들어간 와키사카 씨와 다카다 씨가 터널 반대쪽으로 나옵니다. 조력자는 내내 카메라에 비치지 않는 위치, 터널 밖 숲속 같은 데 숨어 있었겠죠. 와키사카 씨와 다카다 씨가 스마트폰으로 터널 저편 도로를 촬영하는 사이에 조력자는 카메라를 피해 터널로 들어갔습니다."

"확실히 그렇게 하면 카메라에 찍히지 않겠네요."

에다노는 이해가 간다는 듯 고개를 끄덕였다.

우메키 교코의 추리가 이어졌다.

"분명 사전에 여기를 찾아와서 여러 번 연습했겠죠. 와니구치 씨 말로는 이 트릭을 실행하려면 각자의 위치와 카메라의 방향, 터널에 들어가는 타이밍 등을 맞추기 위해 아주 면밀한 준비가 필요하대요."

우메키가 이쪽을 힐끗 보았다. 와키사카는 말없이 시선을 받아쳤다.

"조력자가 무사히 터널에 들어가 앵글에 잡히지 않는 위치로 이동한 걸 확인한 후 다카다 씨도 터널로 들어갑니다. 그리고 터널 중간쯤에서 습격당한 척하며 휴대전화를 떨어뜨렸습니다. 이때 조력자의 모습이 살짝 비친 것도 다카다 씨가 자살했다는 사실을 감추기 위해서예요. 그 후, 다카다 씨는 가지고 있던 날붙이로 자살했고, 조력자가 목을 절단했습니다. 다카다 씨의 시체가 발견될 때까지 꽤 오래 걸렸으니, 목을 절단할 시간은 충분했을 거예요."

"그…… 조력자가 다카다를 죽였을 가능성은 없을까요?"

에다노의 질문에 우메키는 "그럴 가능성은 낮을 거예요" 하고 대답했다.

"적어도 다카다 씨가 스스로 죽음을 선택한 건 확실합니다. 아니라면 현장에 저항한 흔적이 좀 더 남아 있을 테고, 가해자에게도 피가 많이 튀겠죠. 다카다 씨가 촬영한 영상에도 도움을 요청하는 목소리는 담겨 있지 않았고요."

"그렇구나……."

에다노는 서글퍼 보이는 표정을 지었다.

"자, 타살로 위장한 후 조력자는 다카다 씨의 머리와 흉기를 비닐봉지에든 어디든 챙기고 일단 시체 곁을 떠납니다. 터널이 완만하게 구부러지는 곳까지 물러났겠죠."

"왜요?"

에다노가 물었다.

"와키사카 씨가 스마트폰으로 촬영하면서 터널로 들어올 테니까요. 그대로 시체 근처에 있으면 앵글에 잡힐 가능성이 있어요. 협의한 시간이 되자 와키사카 씨는 터널로 들어가서 예정대로 시체를 발견합니다. 그리고 와키사카 씨가 에다노 씨에게 연락해 저희가 합류하는 사이에 조력자는 다카다 씨의 머리와 흉기를 가지고 서둘러 그 자리를 떠납니다. 자전거, 그것도 로드바이크라면 소리 없이 아주 빠른 속도로 현장에서 달아날 수 있겠죠."

"자, 잠깐만요!"

와키사카가 목소리를 높였다.

"우메키 선생님의 추리대로라면······."

"제 추리가 아니고 와니구치의 추리예요."

그런 건 상관없다! 와키사카는 말을 이었다.

"그 추리대로라면 제가 꼭 범인 같지 않습니까!"

"자살이니까 범인이라는 표현이 적확한지는 모르겠지만, 당신과 거기 있는 후지노 씨가 이번 사건에 관여한 건 틀림없다고 봐요."

와키사카는 후지노를 보았다. 후지노는 시선에 반응하지 않고 우메키만 노려보았다.

우메키가 설명을 계속했다.

"여기서부터는 제 생각인데요, 다카다 씨의 머리를 가져간 건 일단 자살임을 감추기 위해서겠죠. 그리고 아주 중요한 이유가 하나 더 있었을 겁니다."

"중요한 이유요?"

누마오 경감이 흥미를 보였다.

"네. 그리고 바로 그게 이번 사건을 일으킨 동기이기도 해요."

아아, 이 괴담 작가는 전부 다 알아차렸다.

그 사실을 깨닫자 와키사카는 온몸에서 힘이 쭉 빠지는 느낌이었다.

"실종된 헨미 사아야 씨를 찾아내는 것이 그들의 목적 아니었을까 싶습니다. 세 사람은 헨미 씨 본인이나 실종에 관련된 단서가 오보로 터널 부근 숲속에 있지 않을까 생각했겠죠. 경찰이 한 번은 수색했지만 그렇게 시간을 많이 들이지는 않았잖아요. 경찰이 지난번 수색 때 뭔가 놓쳤을지도 모르니까 다시 한번 대규모 수색에 나서도록 이번 사건을 계획했을 겁니다. 다카다 씨의 머리가 현장에서 사라지면 경찰은 어떻게든 그걸 찾아내야 할 테니까요."

"그런 이유로 다카다 유이치가 자살했다고?"

우가진 경위는 믿기지 않는다는 눈으로 와키사카와 후지노를 보았다.

와키사카는 아무 말도 할 수 없었다.

그런 이유……

듣고 보니 확실히 그렇다. 헨미 사아야를 찾기 위해 자살하고 조력자가 머리를 가져간다. 남이 지적하자 과연 아주 이상한, 그렇다기보다 어처구니없는 동기로 느껴진다. 하지만 조금 전까지만 해도 와키사카는 다카다가 자살한 이유에 전혀 의문을 품지 않았다.

다카다 본인이 그랬다. 헨미를 찾기 위해서라면 무슨 짓이든 하겠다고. 그리고 그 계획을 와키사카와 후지노에게 털어놓았다. 다카다의 결심에 찬 표정을 보자 와키사카는 어째선지 그렇게 해야 마땅하다는 생각이 들었다. 후지노도 말리지 않았으니 자신과 비슷한 심정 아니었을까.

하지만 돌이켜보니 그때 왜 그런 생각이 들었는지 도무지 모르겠다. 왜 아무 의문도 품지 않고 다카다의 계획을 도와주었을까. 자기 자신을 이해할 수가 없었다.

와키사카는 불안해졌다. 마음속에 자기가 모르는 또 하나의 자신이 있는 듯한 위화감이 들었다.

후지노를 보니 그도 창백한 얼굴로 이쪽을 보고 있었다. 분명 후지노도 모르는 것이다. 자기가 왜 그런 짓을 했는지.

그런 후지노에게 누마오 경감이 물었다.

"후지노 씨, 로드바이크를 가지고 계시죠?"

후지노는 아무 대답도 하지 않았다.

"만약 우메키 선생님이 말씀하신 일이 일어났다면, 후지노 씨의 로드바이크에 다카다 씨의 혈액이 묻었을 가능성이 있습니다. 감식과에서 혈액 반응을 조사하면 바로 알 수 있어요. 그리고 집도 조사하겠습니다."

후지노는 누마오 경감의 이야기가 전혀 귀에 들어오지 않는 듯했다. 입을 꾹 다문 채 몸을 바들바들 떨 뿐이었다.

"와키사카 씨, 당신 집도요."

어차피 집에는 아무 증거도 없다. 하지만 와키사카는 누마오 경감의 말투로 더는 빠져나갈 수 없다는 걸 깨달았다.

그때였다.

터널 위쪽에서 "찾았습니다!" 하고 큰 소리가 들렸다.

뭘 찾았다는 거지?

다카다 유이치가 사용한 칼도, 녀석의 목을 자른 톱도, 녀석의 머리도 여기에는 없다. 다카다가 지정한 곳에 후지노가 감추었을 것이다. 저런 숲속에 뭔가 있을 리 없다.

누마오 경감이 지시하자 히구치 형사가 즉시 경사면을 올라 터널 위쪽으로 달려갔다.

"찾아낸 모양입니다."

누마오 경감의 말에 우메키가 고개를 끄덕였다.

"그럼 다음으로 헨미 사아야 씨가 실종된 일에 대해 말씀 드릴게요. 일단 제가 왜 이 터널의 괴담에 흥미를 품었는지부터 간단히 설명해야겠네요."

우메키는 머리 없는 귀신이 넷이나 나타나는데도 과거에 오보로 터널에서 사고나 사건으로 죽은 사람이 없다는 걸 부자연스럽게 느꼈다고 한다. 그리고 여기서 실제로 괴이 현상을 체험한 사람이 있는 이상, 머리 없는 귀신이 나타날 만한 사정이 분명 있을 것이라고 생각한 모양이다. 아주 비현실적인 화제였지만, 누마오 경감을 비롯한 경찰 관계자도 진지한 표정으로 이야기를 들었다.

"귀신이 어떤 장소에 붙박이는 조건은 세 가지라고 해요. 첫째는 시체가 존재했던 장소, 둘째는 목숨을 잃은 장소, 셋째는 생전에 깊이 연관된 장소, 이렇게 세 가지죠. 그리고 이 중에서 가장 전형적인 건 묘지로 대표되듯 시체가 존재했던 장소고요. 터널에서 사고나 사건이 일어나지 않았으니 이 조건에 들어맞지 않는다고 생각했는데, 만약 아직 아무도 모르는 시체가 이 부근에 있다면 이야기는 달라지죠. 뭐, 역발상이랄까요. 그래서 다카다 씨의 머리를 찾으면서 다른 시체가 묻혀 있지 않은지 같이 찾아봐달라고 누마오 경감님께 부탁드렸어요."

"그게 발견됐다는 건가요?"

에다노가 물었다.

"네."

그때 누마오 경감의 휴대전화가 울렸다. 아무래도 통화 상대는 히구치 형사인 듯했다. 전화를 끊은 누마오 경감은 모두에게 "머리 없는 백골 시체가 발견됐습니다. 죽은 지 꽤 지난 것으로 추정됩니다" 하고 보고했다.

"그런데 그것과 헨미 실종이 무슨 상관인데요?"

그렇게 질문한 후지노는 여전히 안색이 좋지 않았다.

"이 터널에는 머리 없는 소녀 귀신 하나와 여자 귀신 셋이 나타난다고 해요. 즉, 지박령의 조건에 비추어보면 앞으로 시체가 세 구 더 발견될 겁니다. 이건 여기에 머리 없는 시체가 여러 차례 유기됐다는 뜻이죠."

와키사카는 오보로 터널의 모습이 꺼림칙하게 느껴졌다.

어디에라도 있을 법한 이 낡은 터널 근처에 머리 없는 백골 시체가 네 구나 있을 줄은 꿈에도 몰랐다.

"담력 시험을 했던 밤, 우연하게도 시체 유기범이 여기 왔겠죠. 여기 왔으니 물론 차에는 시체가 실려 있었을 테고요. 다섯 번째 피해자가 말이죠. 그런 상황에서 헨미 씨는 범인과 마주치고 말았어요. 시체를 옮기던 중이니 범인은 다른 사람에게 자기 모습도, 차도 들켜서는 안 돼요. 벌써 몇 년, 어쩌면 몇십 년이나 숨겨왔는데 헨미 씨 눈에 띄면 과거의 범행도 발각될지 몰라요. 그래서 범인은 다섯 번째 시체를 유기하는 걸 포기하고, 헨미 씨를 끌고 가기로 순간적인 판단을 내렸을 거예요."

"그럴 수가."

에다노가 울먹이는 목소리로 말했다.

"범인은 이 부근 지리에 밝은 사람일까요?"

우가진 경위의 질문에 우메키는 "글쎄요" 하고 고개를 갸우뚱했다.

"저희 부모님 집 근처도 그렇지만, 도치기현 북부는 현민

보다 수도권 사람이 시체를 유기하러 올 만한 곳처럼 느껴지는데요."

그 말에 누마오 경감이 동의했다.

"뭐, 그런 경향은 있죠. 하지만 그러면 수사 범위가 꽤 넓어지겠는걸요."

누마오 경감도 우가진 경위도 막막한 듯했다.

와키사카 고헤이는 너무 커져버린 사건의 양상에 몹시 당황하면서도 온몸에 소름이 돋는 걸 느꼈다.


## 우메키 교코의 원고 5


내 예측대로 O 터널 부근에서는 머리 없는 백골 시체가 총 네 구 발견됐다. 가장 오래된 건 아직 어린 소녀의 시체로, 사망하고 꽤 오랜 세월이 흐른 모양이다. 그 밖에 세 구는 전부 젊은 여성의 시체라고 한다.

도치기 현경에서 시체 유기 사건으로 수사본부를 설치했고, 실종된 H 씨의 행방도 전보다 수사 인력을 증원해서 찾고 있다고 들었다. 다만 터널에서 처음으로 귀신이 목격된 지 20년쯤 지난 걸 고려하면, 사건을 해결하기는 꽤나 어렵지 않을까 싶다.

O 터널에서 T 씨가 사망한 사건의 진상이 밝혀진 후, 사건에 관여한 F 씨는 철저한 조사를 받았다. 그 결과 F 씨의 진술대로 T 씨의 머리는 현에 있는 댐의 바닥에서 발견됐다. 무거운 돌과 함께 상자에 넣어 가라앉혔다고 한다. T 씨가 자살에 사용한 칼과 목을 절단하는 데 사용한 톱도 같은 장소에서 발견됐다. 머리와 도구를 어디에 처분할지는 T 씨가 생전에 지시했다고 한다.

F 씨와 W 씨는 순순히 조사에 응하고 있다. 하지만 기묘하게도 사건에 관여한 두 사람 모두, 왜 T 씨의 자살 계획에 아무 반대 없이 적극적으로 가담했는지는 잘 모르겠다고 한다. 아니, 애당초 T 씨가 왜 그런 터무니없는 계획을 세웠는지도 확실히는 모르는 모양이다.

다만 취조 중에 F 씨와 W 씨 모두 같은 꿈을 꾸었다고 진술했다. 그리고 두 사람은 사망한 T 씨 역시 같은 꿈을 꾸었다고 주장했다. 경찰에서는 그렇게 귀담아듣지 않았지만, 내 생각에는 이 꿈이 T 씨를 포함한 세 사람을 이상한 사건으로 몰아간 원인 아닐까 싶다. 두 사람이 진술한 꿈과 완전히 똑같은 꿈을 E 씨도 꾸었기 때문이다.

그건 터널에서 뭔가를 찾는 꿈이라고 한다. 하지만 꿈속에서 구체적으로 뭘 찾고 있었는지는 깨어나면 잊어버린다고 한다. 네 명의 대학생은 사라진 H 씨를 찾고 있던 것 아니겠냐고 생각한 듯하다.

하지만 내 생각은 다르다.

꿈속에서 그들이 찾고 있던 것은 O 터널 부근에서 발견된 백골 시체 아니었을까. H 씨가 사라지자 그들은 그 주변을 수없이 찾아다녔다. 거듭 찾아다니는 행위가 시체를 발견해 주기를 바라는 죽은 자의 혼령과 감응해 그런 불가사의한 꿈을 꾼 것 아닐까 싶다. 그렇다면 T 씨가 사건을 계획한 건 그 터널에 머무는 혼령들의 의사였을지도 모른다.

자, 그 O 터널 말인데, H 씨의 실종과 T 씨 자살 사건, 그리고 백골 시체가 발견된 일 때문에 지금은 전국적으로 유명한 심령 스폿이 됐다. 머리 없는 귀신을 목격하는 사례가 늘어난 건 아니지만, O 터널을 방문한 사람들의 동영상이 인터넷에 많이 올라온다.

"난리가 난 모양이에요. 저희 부모님 집 근처 길도 한밤중에 차가 지나다녀서 시끄럽대요."

전화로 E 씨가 그런 소식을 전했다.

나도 그 후로 몇 번 더 O 터널을 찾았다. 낮에 갔으므로 담력 시험을 하는 사람들은 없었지만, 터널 입구와 터널 안에 놓인 꽃과 음료수가 눈에 띄었다. 지금까지는 아는 사람만 아는 심령 스폿이었지만, 이제는 확실하게 귀신이 나올 법한 사연이 있는 장소로 변모한 듯하다.

그리고 적으나마 새로운 괴이 현상도 발생하고 있다.


닛코시에 사는 A 씨가 차로 O 터널을 지나갔을 때의 일이다.

그날 A 씨는 연인을 조수석에 태우고 우쓰노미야 방면으로 드라이브를 하러 갔다. 온종일 놀다가 돌아오는 길에 가벼운 호기심이 발동해 길을 돌아 O 터널을 지나가기로 했다.

"O 터널이면 요전에 시체가 발견된 곳 아니야? 위험하지 않을까?"

연인은 말로만 그럴 뿐 전혀 무서워하는 기색이 아니었다. 오히려 흥미가 생겼는지 "영상 찍어야겠다" 하고 스마트폰을 만지작거렸다.

O 터널 앞에 도착하자 A 씨는 담력 시험 분위기를 살리려고 속도를 늦춘 채 천천히 터널에 진입했다. 연인은 창문을 열고 영상을 촬영했다.

차가 터널 중간쯤 왔을 때였다.

갑자기 카오디오가 켜졌다.

A 씨는 놀라서 브레이크를 밟았다.

연인도 "뭐야? 왜 이래?" 하고 당황했다.

다음 순간, 차 바로 옆에 머리 없는 사람이 나타났다.

A 씨는 비명을 지르며 가속페달을 밟아 그 자리에서 달아났다고 한다.

"스타디움 점퍼를 입은 남자였어요. 목에서 피가 흐르는 것까지 똑똑히 봤어요."

그 후로 A 씨는 O 터널에 얼씬도 하지 않는다.

아무래도 T 씨는 아직 그 터널을 헤매고 있는 모양이다.

한편 터널 밖에서 새로운 여자 귀신을 목격했다는 이야기는 아직 들은 바 없다.

H 씨가 무사하기를 거듭 바랄 뿐이다.

# 도로도로 언덕의 괴담

ド ロ ド ロ 坂 の 怪 談

13년 만에 보는 도로도로 언덕 앞에서 나는 엄청나게 불길한 예감을 느꼈다.

논으로 둘러싸인 풍경도, 그 너머에 떡 버티고 있는 높직한 산도, 드문드문 자리한 가정집도, 무엇 하나 변한 게 없다. 이 깊고 무겁게 고인 듯한 공기마저도. 동일본대지진 때는 이 근처에서도 가옥이 파손되고 도로가 일부 끊겼다고 들었다. 하지만 지금 눈앞에 있는 도로도로 언덕에서는 그러한 상흔을 전혀 찾아볼 수 없다. 시간이 멈춰버린 곳에 있는 듯해서 기분이 묘하게 가라앉았다.

생각해보면 일찍이 여기를 찾은 나는 괴담 작가 우메키 교코가 아니라 민속학을 전공하는 대학생 우메키 교코였다. 그 무렵 내 목표는 대학원에 들어가 연구자가 되는 것이었다. 그런데 설마 작가가 될 줄은 꿈에도 몰랐다.

이미 황혼에 물들 시간이라, 언덕 곳곳이 희미한 어둠에 잠기고 있었다. 장마가 잠시 걷힌 6월 하순의 석양이 의외로 눈부시게 녹색 벼가 정연하게 늘어선 논의 수면에 반사됐다. 까마귀의 울음소리와 개구리 울음소리, 그리고 저 멀리 방재 경고 방송용 스피커에서 흘러나오는 시보時報 음악이 들려왔다.

도로도로 언덕이라는 이름은 지도에 표기되는 정식 명칭이 아니다. 여기 후쿠시마현 구로가와정의 후치쿠보라는 마을에서 주민들이 대대로 사용해온 속칭이다.

그 유래는 두 가지라고 한다. 하나는 이 언덕에 '요괴'가 나타난다고 전해지고 있기 때문이다. 즉, 요괴의 등장을 나타내는 대표적인 의성어 '휴우도로도로'*의 '도로도로'다. 도로도로 언덕의 전승은 대부분 구전이지만, 요괴가 나타난다는 이야기는 메이지시대의 문헌에도 드물게나마 실려 있다.

또 하나의 유래도 요괴와 관련이 있는데, 언덕에 나타난다는 요괴(주민들 대부분은 단순히 '요괴'라고 부르지만 죽은 사람이 모습을 나타낸 것이므로 정확하게는 귀신의 일종으로 추정된다)는 온몸이 마치 진흙 범벅이 된 것처럼 새카맣다고 한다. 진흙으

---

\* 에도시대 때 연극이나 가부키에서 요괴나 귀신이 등장할 때 피리와 북으로 낸 효과음이 유래다.

로 더러워진 요괴가 나오니까 도로도로 언덕이라는 것이다.[*]
어느 쪽이든 주민이 기피할 만한 곳이기는 하다.

그리고 이 언덕 위에는 내 친구 모치즈키 호코가 태어나고
자랐으며, 지금도 살고 있는 집이 있다.

모치즈키 호코는 내가 이바라키현에서 대학을 다닐 때 인
문학부 동기였다. 나는 민속학, 호코는 언어학으로 전공은 달
랐지만 아주 친하게 지냈다. '우메 짱', '못찌' 하고 서로 애칭
으로 부르며 대학원 석사과정을 마칠 때까지 거의 붙어 다녔
다. 도로도로 언덕의 괴담도 호코가 알려주었다.

나는 대학교 3학년 여름방학 기간에 도로도로 언덕에 얽
힌 괴담을 청취 조사하기 시작했다. 그리고 대학교 4학년 여
름방학 때까지 띄엄띄엄 현지를 오가며 조사를 계속한 끝에
무사히 졸업 논문을 완성했다. 게다가 조사하러 와 있는 동안
호코 부모님이 자기 집에 머물도록 호의를 베풀어주었다. 돈
에 쪼들리는 학생이었던 터라 그 호의가 정말 고마웠다.

덧붙여 실화괴담문학상 단편 부문을 수상한 내 데뷔작 「D
언덕의 괴담」도 이 도로도로 언덕을 조사해서 얻은 성과를
바탕으로 쓴 작품이다. 그러니 여기가 내게 특별한 장소임은
틀림없다.

---

[*]   일본어로 '도로도로とろとろ'에는 진흙으로 더럽혀진 모양이라는 뜻이 있다.

호코가 결혼하고 내가 상경한 뒤로는 거리가 너무 멀어서 만날 기회가 많이 줄었다. 메일도 한 달에 몇 번, 그것도 근황을 보고하듯 별 내용 없는 메일을 주고받는 게 고작이었다.

그런데 오늘 아침, 오랜만에 모치즈키 호코에게서 전화가 왔다.

전날까지 에히메현에서 취재를 하고 왔는지라 피로가 가시지 않아 전화가 왔을 때도 누워 있었다. 잠에 취해 눈도 제대로 못 뜬 채 "여보세요" 하고 전화를 받자 호코가 떨리는 목소리로 말했다.

우리 애가 가미카쿠시를 당했어. 도와줘.

보통은 웃어넘길 말일지도 모른다. 하지만 도로도로 언덕이 얼마나 특수한 곳인지 알고 있었던 나는 "바로 갈게"라고 대답하고 서둘러 여행 준비를 한 다음 집을 뛰쳐나왔다. 그리고 민영 철도, JR, 신칸센, 다시 민영 철도를 갈아타고 마침내 구로가와정에 도착했다.

실제로 가미카쿠시가 일어났는지, 현재로서는 판단을 내릴 수 없다. 하지만 도로도로 언덕에는 그렇듯 불가사의한 현상이 발생해도 이상할 것 없다고 여기게끔 하는 마력이 있다.

모치즈키네 집을 향해 언덕을 올라가며 나는 여기에 처음 왔을 때를 떠올렸다.

## 우메키 교코 「D 언덕의 괴담」 1

5월 초순의 어느 무더운 오후, 나는 D 언덕의 중간쯤에 서서 정면에 붕긋하게 솟은 울창한 산을 올려다보았다.

후쿠시마현 남부에 F라는 마을이 있다. F 마을의 북쪽에 위치한 D 언덕은 논을 양쪽에 끼고 있는 좁은 농도다. 길 폭은 차가 간신히 마주 지나갈 수 있을 정도일까. 금 간 아스팔트 위에서 말라비틀어진 지렁이가 눈에 들어왔다.

이미 모내기가 끝난 논에서는 새잎 빛깔의 키 작은 벼가 흔들리고 있었다. 약한 바람이 불자 희미한 황록색으로 보이는 논에 물결이 비늘 같은 파문을 그렸다. 개구리 울음소리가 시끄럽게 울려 퍼졌다.

F 마을은 사방이 산에 둘러싸여 폐쇄된 느낌이 강하게 드는 곳이다. 초록빛 산이 눈앞을 가로막고 있어서 그런지 D 언덕에 있으면 하늘이 더 작게 느껴진다.

산을 향해 나아가자 길가에 서로 충분한 거리를 두고 서 있는 집 세 채가 보였다(각각 100미터는 떨어져 있을 것이다). 언덕은 전체적으로 경사가 완만하지만, 산자락에 다다를 즈음에 갑자기 경사가 급해진다. 그 언저리부터는 비포장 자갈길로, 차가 지나다닌 듯한 바큇자국이 남아 있었다.

나무가 우거진 좁은 길을 다 오르면 약간 트인 공간이 나온다. 마을의 공동묘지다. 묘지는 총 여덟 구획으로 나뉘어 있는데, 묘비 중 절반은 의외로 새것이고 테두리를 응회석으로 둘러싼 무덤이 대부분이다. 민속을 조사하느라 대학생 때부터 묘지는 꽤 자주 찾아다닌 편이지만, 여기에 도착한 순간 갑자기 까마귀가 울어서 진저리를 쳤다.

주민센터에 근무하는 M 씨는 1957년생이다.

초등학생 시절, M 씨는 친구와 함께 D 언덕에 담력 시험을 하러 갔다고 한다.

"여름방학이었을 거요. 강에서 놀던 중에 친구 한 명이 D 언덕 위의 묘지에 요괴가 나온다는 이야기를 꺼냈지. 그럼 보러 가자고 다들 그랬어."

그리하여 M 씨를 포함한 다섯 소년은 D 언덕으로 향했다. 정확한 시간은 기억나지 않는 모양이었지만, 강에서 한바탕 헤엄을 친 후였으니 "아마 오후 4시나 5시쯤 아니었을까 싶은데" 하고 M 씨는 말했다.

소년들은 D 언덕 위의 공동묘지까지 올라가서 요괴가 나오기를 기다렸다. 하지만 M 씨도 친구들도 거기에 정확히 뭐가 나오는지는 몰랐고, 그저 묘지에서 담력 시험을 한다는 정도의 기분이었다.

"할아버지한테 묘지에서 도깨비불을 봤다는 이야기를 들

었거든."

오봉이 되기 전이라 묘지는 잡초가 무성하니 황량한 분위기를 자아냈다. 솔도파[*]는 거무스름하게 때가 탔고, 공양한 꽃도 다 시들었다. 당시는 오래된 묘비뿐이라 풍경이 한층 을씨년스럽게 느껴졌다고 한다.

저녁녘이라지만 아직 한여름이다. 해가 지려면 멀었고, 찌는 듯한 열기 속에서 요란한 매미 소리가 머리 위로 쏟아져 내렸다. M 씨는 소나기가 오지 않으면 좋겠다고 멍하니 생각했다. 그 전날에 번개가 치고 소나기가 세차게 내렸기 때문이다.

묘지에 얼마나 머물렀을까. 당연히 아무 일도 일어나지 않았다.

슬슬 지겨워져서 "이만 가자" 하고 친구 한 명이 말했다.

그때 묘지 맞은편 숲속에서 뭔가 부스럭부스럭 움직이는 소리가 났다.

"아……."

한 명이 그쪽을 보고 굳어버렸다.

M 씨도 따라서 그쪽을 보았다.

거기에는 새카만 사람이 서 있었다.

---

[*]  본래는 석가모니의 사리를 모시거나 덕을 기리기 위하여 만든 건축물을 가리킨다. 일본에서는 공양을 위해 경문이나 계명 등을 적어 무덤 뒤에 세우는 좁고 긴 판자를 뜻하기도 한다.

온몸이 진흙 같은 것으로 더러워진 듯했다. 하지만 눈만은 묘하게 하얘서 M 씨는 등골이 서늘해졌다.

자신이 지른 비명인지 아니면 친구가 지른 비명인지는 모르지만, 아무튼 M 씨 일행은 그 비명을 신호로 달아나듯 D 언덕에서 돌아왔다고 한다.

다음 날 M 씨는 몸에 열이 펄펄 끓어서 앓아누웠다.

"재앙이 내렸다고 생각했지."

M 씨는 쓴웃음을 지으며 말했다.

"지금 돌이켜보면 물놀이를 한 후에 제대로 닦지도 않고 무덤에 갔으니 몸이 식어서 감기에 걸린 게 아닐까 싶어. 하지만 그때는 정말 무서웠어."

어린애였던 M 씨는 진심으로 재앙이 내렸다고 믿었다. 묘지에서 본 요괴가 자신을 해코지하고 있다고 생각하자 어째야 할지 모를 지경이었다. 어쩌면 죽는 게 아닐까 하는 생각마저 들었다고 한다.

그렇지만 묘지에서 담력 시험을 했다고 하면 부모님께 크게 야단맞을 것 같아서, 결국 M 씨는 할아버지에게 D 언덕에 나타나는 요괴에 대해 넌지시 물어보았다.

M 씨의 할아버지는 눈을 끔뻑끔뻑하더니 다음과 같이 말했다고 한다.

"옛날에 그 묘지에는 매장 우물이 있었지. 죽은 말이나 객사한 여행자는 전부 우물에 버렸다고 해. 할아버지가 어릴 때까지만 해도 우물이 남아 있었단다."

요컨대 D 언덕에 나타나는 건 매장 우물에 버려진 여행자 같이 연고 없는 고인의 혼령이라는 것이다. 매장 우물은 그대로 놔두면 위험하다는 이유로 나중에 메웠다고 한다. M 씨의 할아버지 말로는 묘지 벌초 작업을 하다가 우물에 떨어져서 다치거나 불구가 된 사람이 실제로 있었다고 한다.

그 이야기를 듣고 M 씨는 남은 여름방학을 전전긍긍하며 지냈지만, 결국은 지금껏 무사히 살아 있다.


E 씨 일가의 무덤도 D 언덕 위의 묘지에 있다.

E 씨는 1935년생이다. E 씨의 집안은 상점이 늘어선 마을 거리에서 대대로 어물전을 하다가, E 씨 대부터 식당을 하게 됐다. 현재는 아들 부부가 가게를 운영하고, 결혼한 손자도 가게 일을 돕고 있다. 일선에서 물러난 E 씨는 증손주와 놀아 주며 하루를 보낸다.

그렇듯 정정한 E 씨지만, 묘지에 가기는 아무튼 싫다고 한다.

"묘지에는 매장 우물이 있었지. 요괴가 나오니까 혼자서는 가지 말라고 옛날부터 그랬어."

E 씨가 아직 현역이었던 시절의 이야기다. 정확한 연대는 불확실하지만, 아들이 태어나기 전쯤이었다니까 약 50년 전

일이다.

E 씨는 히간*이 되기 전에 벌초를 하려고 이른 아침에 아내와 함께 묘지에 갔다. 식당 영업 준비를 해야 해서 아무래도 이른 시간에 갈 수밖에 없었다.

봄철이라 주변은 아직 어둑어둑했다.

E 씨는 "지금이니까 하는 말인데……" 하고 서론을 깐 후, 자기는 아주 겁이 많다고 털어놓았다. 하지만 아내 앞에서 그런 말을 할 수는 없으니, 마음을 다독이며 경트럭을 몰고 묘지로 향했다.

가족무덤의 묘비를 새로 바꾼 것은 25년 전이다. 당시는 E 씨 일가의 무덤도 포함해 이끼 낀 낡은 묘비만 줄지어 있었다고 한다. 주변도 잘 보이지 않는 것이, 뭔가가 튀어나올 것처럼 음산한 분위기가 감돌았다고 했다.

E 씨 부부가 가족무덤의 풀을 뜯고 있는데 숲속에서 목소리가 들렸다.

처음에는 새소리인 줄 알았다고 한다. 하지만 이렇게 어두운데 새가 운다는 것도 묘하다. 게다가 일정한 간격으로 들려오는 건 아무래도 여자 목소리다. E 씨 귀에는 "……느냐, ……느냐" 하고 뭔가 묻는 것처럼 들렸다고 한다.

---

* 일본의 절기 중 하나. 춘분, 추분을 중심으로 전후 사흘간을 가리킨다.

아내도 새파랗게 질린 얼굴로 "들었어?" 하고 물었다. E 씨는 너무 놀라 그저 고개를 끄덕이는 게 고작이었다.

두 사람이 뻣뻣하게 굳은 채 상황을 살피고 있는데 숲속에서 젊은 여자가 나타났다. E 씨 부부와 5미터쯤 떨어진 곳이었다. 여자는 기모노랄까, 허름하니 옷자락이 기다란 옷을 입고 긴 머리를 풀어헤친 모습이었다. 하얀 얼굴은 놀랄 만큼 아름다웠다고 한다.

"마누라 얼굴도 멀리 있으면 못 알아볼 지경이었는데, 그 여자 얼굴은 아주 뚜렷이 보였지."

즉, 가까이 있지 않으면 아내 얼굴도 제대로 보이지 않을 만큼 어두웠는데, 그 여자는 멀리 있는데도 똑똑히 보였다는 뜻이다.

여자는 가느다란데도 잘 들리는 목소리로 "있느냐, 있느냐"라는 말을 되풀이했다.

E 씨는 여자가 살아 있는 사람이 아닌 것 같았다고 한다.

발이 없다거나 모습이 투명했던 건 아니지만, 도저히 그것이 살아 있다는 생각은 들지 않았다고 한다.

여자는 묘지를 잠시 돌아다녔다. 마른풀을 바스락바스락 밟는 소리가 고요한 묘지에 울려 퍼졌다. E 씨도 아내도 도망치고 싶은 기분이었지만, 가위에 눌린 것처럼 몸이 꼼짝도 하지 않았다.

그러다가 여자가 갑자기 자취도 없이 사라졌다.

하지만 "있느냐, 있느냐"라는 목소리는 여전히 들렸다.

너무나 이상한 일에 가슴이 철렁 내려앉은 E 씨 부부는 벌초를 중단하고 서둘러 차를 몰아 귀가했다.

그 후로는 식당 영업 준비를 늦추는 한이 있더라도 결코 어두울 때는 묘지에 가지 않는다고 한다.

"누군가를 찾으러 나온 것 아닐까."

E 씨는 그렇게 말했다.

"찾으러 나왔다고요?"

"'있느냐'라는 말은 '누구누구 있느냐?'라는 뜻 아닌가 싶어."

나는 "뭔가 짚이는 구석이 있으세요?", "그것에 관해 뭔가 들은 이야기는 없으세요?" 하고 잇달아 질문했지만, 공교롭게도 E 씨는 아무것도 모른다고 했다.

다만 그 여자 귀신이 매장 우물에 버려진 누군가를 찾으러 나온 것 아니겠느냐고 E 씨는 자신의 생각을 밝혔다.

"어? 우메키 씨 아니세요?"

갑자기 언덕 위에서 목소리가 들렸다.

올려다보니 회색 재킷을 입은 남자가 서 있었다. 사자를 연상시키는 뻣뻣한 머리카락과 턱수염을 보고 상대가 잡지 기고가 진노 마쿠즈임을 알아차렸다. 최근에는 주로 오컬트 잡지와 괴담 잡지에 현지 르포를 쓰는 사람이다. 넓은 의미에서는 동업자다.

진노 곁에는 눈이 기름한 젊은 여자가 있었다. 검은색 블루종에 검은색 청바지를 입은 모습이 검은 고양이나 흑표범을 연상시켰다. 도와다 이로하라는 사진가라고 한다. 이름은 몇 번 접한 적 있다. 폐허나 사건 현장, 심령 스폿 따위의 풍경 사진을 주로 촬영하는 모양이다.

"우메키 씨도 취재하러 오셨어요?"

"아니요. 진노 씨는 일 때문에?"

"네. 지금 SNS에서 이 언덕이 제법 화제거든요.《모》편집부에서 원고를 의뢰해서 지난달부터 가끔 와요. 오늘은 도와다 씨가 요 주변 사진을 찍어주기로 했어요. 아 참. 우메키 씨 작품도 꽤 화제가 됐는데, 모르셨어요?"

"몰랐네요."

기계치에다 인터넷에도 서툰 나는 SNS도 블로그도 일절 하지 않는다. 휴대전화도 여태 스마트폰이 아니라 구식 폴더폰을 쓴다. 스마트폰으로 바꿀 바에야 휴대전화 자체를 가지고 다니지 않을 공산이 크다. 그 정도로 기계에 약하달까, 거부감이 있다.

진노 마쿠즈의 이야기로는 이 지역에 사는 중고등학생이 도로도로 언덕의 괴담을 SNS에 올린 것을 계기로 괴담이 퍼져나가, 다양한 세대의 괴담 마니아가 주목하고 있다고 한다. 「D 언덕의 괴담」을 쓸 때 실제 장소는 밝히지 않았지만, 현지를 아는 사람이 읽으면 도로도로 언덕 이야기임을 대번에 알아차릴 것이다. 그래서 내 작품까지 새삼스레 많이 읽히고 있는 모양이다.

"저는 지금 저 아래쪽 마을회관에 머무르고 있으니까 무슨 일 있으면 언제든지 오세요."

진노는 그렇게 말하고 도와다와 함께 언덕을 내려갔다.

모치즈키네 집은 도로도로 언덕에 있는 세 집 중에 제일 윗집이다. 2층 목조 주택이고, 부지에는 돌로 지은 2층짜리 창고, 헛간, 그리고 차고가 있다. 요 부근 겸업농가의 전형적인 주택이다. 작은 대문을 통과해 부지에 들어서자 흰 고양이가 마당을 가로질렀다.

내가 현관 초인종을 누르기도 전에 미닫이문이 열리고 그리웠던 친구 모치즈키 호코가 맞아주었다. 얼굴이 수척했다. 사랑하는 아들이 사라졌으니 무리도 아니리라.

호코는 나를 보고 "와줘서 고마워" 하며 억지로 미소를 지었다. 그 모습이 너무나 딱해서 나는 가방을 멘 채 호코를 꽉 끌어안았다. 호코는 소리 없이 울었고, 나도 따라 울었다.

보다 못했는지 현관 안쪽에서 호코의 부모님이 나와 "자자, 일단 들어오렴" 하고 재촉해서 나는 13년 만에 모치즈키네 집에 발을 들여놓았다.

원래 자기 집 냄새에는 둔감하고 남의 집 냄새에는 민감해지는 법이지만, 모치즈키네에 감도는 냄새는 내 본가의 냄새와 비슷하다. 여기 오고 처음으로 반가운 기분이 샘솟았다.

모치즈키 가족은 호코, 부모님, 남편, 그리고 실종된 아들까지 총 다섯 명이다. 호코보다 네 살 어린 호코의 여동생은 이와키시에서 취직해 현재 자취하고 있다고 한다.

거실로 안내받은 나는 L자 모양으로 놓인 아이보리색 소파에 앉았다. 거실이 식당과 주방에 연결돼 있어서 개방적인 인상이다. 호코가 홍차를 가지고 와서 소파에 앉기를 기다렸다가 바로 자세한 상황을 물어보았다.

"지난주에……."

호코는 홍차를 한 모금 마시고 입을 열었다.

호코의 아들 고키는 초등학교 1학년이다. 호코 어머니 말에 따르면 일주일 전인 금요일, 고키는 숙제를 마치고 마당에서 고양이와 놀고 있었다. 아까 내가 본 흰 고양이인데, 원래 길고양이였지만 어느 틈엔가 모치즈키네 집에 눌러앉았다고 한다. 이제는 매일 밥을 주고, 고양이도 나름대로 잘 따라서 가족들에게 귀여움을 받고 있다.

그날 파트타임 일을 하고 돌아온 호코도 마당에서 고양이와 노는 고키를 보았다. 호코는 인사하고 저녁 식사를 준비하러 들어갔다.

오후 6시에 호코는 작은 이변이 발생했음을 알아차렸다. 매주 금요일, 그 시간이면 고키는 어김없이 만화영화를 본다. 그런데 그날은 만화영화가 이미 시작했는데도 거실 텔레비전 앞에 아들이 없었다.

"고키! 만화 시작했다!"

집 안에 대고 소리쳤지만 대답도 없거니와 고키가 다가오는 기척도 느껴지지 않았다. 혹시 아직도 마당에서 고양이와 놀고 있나 싶어 거실 창문으로 내다봤지만 거기에도 없었다.

불안해진 교코는 슬리퍼를 신고 도로도로 언덕으로 나갔다. 아들의 이름을 부르며 언덕 위아래를 살펴봤지만, 아들로 보이는 아이는 없었다.

"그러고 나서 아빠, 엄마랑 흩어져서 근처를 찾아봤는데 어디에도 없더라고."

혹시나 하고 언덕 위쪽 공동묘지도 찾아봤지만 역시 고키는 없었다. 애당초 겁이 많은 고키는 어두워질 시간에 묘지 같은 곳에 절대로 가지 않았다고 한다.

평소 친하게 지내는 도로도로 언덕의 다른 두 집, 와카타네와 야부키네에도 사정을 설명했지만 보지 못했다는 대답이 돌아왔다. 두 집 모두 고키를 귀여워했으므로 몹시 걱정했다고 한다.

"다이키 씨도 일찍 퇴근하고 와서 바로 경찰에 신고했어."

다이키는 호코의 남편이다. 현재 농협 구로가와정 지점 직원이고, 나이는 호코보다 두 살 많다. 나도 몇 번 만나봤는데 선이 가는 사람으로, 안경 낀 눈을 가늘게 뜨며 조용히 미소 짓는 표정이 인상에 남아 있다.

"경찰과 소방서 사람들이 이 부근을 수색했지만 역시 못 찾아서. 경찰은 무슨 사건에 휘말렸을지도 모르겠다고 하더라고."

사건 하자 바로 유괴가 상상됐다. 일주일이 지났는데도 몸값 요구가 없는 것으로 보아 돈을 목적으로 한 유괴는 아니다. 그렇다면 변태의 소행일까? 하지만 집 마당에서 놀던 아이를 운 좋게 발견해 흔적도 없이 데려갈 수 있을까? 호코가 가미카쿠시라고 했는데, 분명 고키의 실종에는 이해되지 않는 점이 많다.

나는 올봄에 경험한 기묘한 실종 사건을 떠올렸다. 그때는 고개에 있는 터널 앞에서 대학생이 홀연히 사라졌다. 실종된 곳이 심령 스폿이라는 점은 이번 사건과 비슷하지만, 그때는 자발적으로 실종됐다고 의심할 여지가 있었다.

하지만 고키의 실종은 너무나 현실감이 약해서, 정말로 사람의 짓인지 의심스러웠다.

"고키를 데려간 게 인간이라면 경찰에 맡기는 수밖에 없겠지. 하지만 그날 근처 이웃들은 수상한 사람을 보지 못했다고 했고, 나도 아이한테서 눈을 뗀 건 아주 잠깐이야. 마당에서 이상한 일이 있었다면 주방에서도 알아차렸을 거야. 그래서 고키가 언덕에 나타나는 요괴에게 끌려간 게 아닐까 싶어서……."

그래서 나를 부른 것이다. 생각건대 호코는 고키가 사건에 휘말렸다고 믿고 싶지 않은 것이리라. 사랑하는 아들이 악의를 품은 사람에게 끌려갔다는 사실을 받아들이는 건 여간 어려운 일이 아니다. 그래서 도로도로 언덕에 나타나는 요괴라는 초자연적인 존재에게 그 원인을 떠넘겨 정신적인 도피를 꾀하는 것이리라. 친구로서 내가 할 수 있는 일은 허울뿐인 위안일지라도 최대한 호코의 마음에 응하는 것이다.

"무슨 말인지 알았어. 내 나름대로 조사해볼게."

"부탁해. 우리 집에는 얼마든지 머물러도 상관없어."

호코가 내 손을 꽉 잡았다. 나도 그 손을 맞잡으며 "응" 하고 고개를 끄덕였다.

"그런데 아까 알고 지내는 잡지 기고가를 만났는데."

"아아, 진노 씨?"

"응."

"우리 집에도 몇 번 왔나 봐. 엄마가 대응한 모양인데 고키 일도 있으니까 취재는 거절했어."

"진노 씨, 언덕 아래 마을회관에서 지낸다던데?"

"응. 지금 이웃집 와카타 씨가 마을 대표인데, 요전에 진노 씨가 왔을 때 와카타 씨랑 많이 친해졌는지 이번에는 특별히 마을회관 열쇠를 빌려줬대."

와카타는 잘 안다. 나도 대학생 때 조사하러 와서 그에게 이야기를 들었다. 아내 유키요가 아주 잘 대해준 기억이 남아 있다.

마을회관에는 욕실은 없지만 화장실과 주방이 있고, 에어컨, 냉장고, 전자레인지, 텔레비전 등 가전제품도 대강 갖춰 놓았다. 마을 모임, 축제 준비, 어린이를 대상으로 한 학부모회 행사, 신년회와 송년회 등 한 해를 통틀어서 보면 의외로 많이 사용되는 곳이다. 하지만 현재는 아무 행사도 없어서 진노가 묵어도 별문제는 없다고 한다. 덧붙여 독거노인이 잇달아 세상을 떠나면서 마을 가구 수가 해마다 줄어들어 마을회관을 사용하는 빈도도 예전보다는 낮아진 모양이다.

"이번에 진노 씨는 언제 왔는데?"

"음, 사흘 전쯤이었나. 고키 문제로 다른 일에 신경 쓸 겨를이 없어서 기억이 잘 안 나네."

진노가 마을에 온 것이 사흘 전이라면, 일주일 전에 고키가 실종된 일과는 관계가 없을 듯했다.

"진노 씨는 일로 왔지만, 요즘 담력 시험을 한답시고 밤중에 도로도로 언덕을 찾아오는 젊은 애들이 많아져서 주말에는 시끌벅적할 때도 있어. 요전에는 너무 시끄러워서 아빠가 경찰을 부르기까지 했지."

"낮에는 어때? 그런 사람들을 본 적 있어?"

"난 낮에는 일하러 나가서."

"그렇구나."

그렇다면 호코는 모르겠다.

"하지만 엄마 말로는 가끔 모르는 사람이 언덕을 올라온대. 목에 커다란 카메라를 걸고 여기저기 사진을 찍는 모양이야. 고키가 없어졌을 때 경찰한테 그 이야기도 했어."

지역 주민 입장에서는 심령 스폿을 찾아오는 사람이 아주 수상해 보일 것이다. 게다가 언덕 위 공동묘지는 사유지다. 관계자 이외에는 출입 금지인데도 외지인에게는 그런 규칙이 통하지 않는 모양이다.

다만 그러한 사람들이 고키를 데려갔다고 보기는 좀 힘들지 않을까. 가령 운 좋게 유괴에 성공했더라도, 지리를 잘 모르는 곳에서 누구의 눈에도 띄지 않고 아이와 함께 이동하기는 아주 어려울 것이다.

시계를 보니 곧 오후 6시였다. 나는 오랜만에 도로도로 언덕을 살펴보고자 호코에게 양해를 구하고 밖으로 나왔다.

주변은 이미 어두웠다. 구름이 낀 흐린 하늘에는 달도 별도 보이지 않았다.

"이거 가져가."

호코가 LED 손전등을 빌려주었다.

도로도로 언덕 위쪽을 보았지만 역시 이런 시간에 혼자 묘지에 가기는 망설여졌다. 그래서 언덕을 내려가기로 했다. 어두워진 것만으로도 아까 올라왔을 때와는 분위기가 사뭇 달랐다. 해가 있을 때보다 개구리의 합창이 더 크게 들렸다.

이웃집이라지만 와카타네까지는 100미터 가까이 떨어져 있다. 그 사이에 가로등은 하나도 없다. 그 때문인지 와카타네와 더 아래쪽에 있는 야부키네에서 흘러나오는 불빛이 아주 밝게 느껴졌다.

마침 와카타네 집 앞을 지나쳤을 때, 앞쪽에서 남자가 하얀 개를 데리고 걸어왔다.

"안녕하세요."

내가 먼저 인사하자 상대도 미심쩍은 목소리로 "안녕하세요" 하고 말했다. 그 목소리로 상대가 와카타 집안의 가장인 요지라는 걸 알아차렸다.

"오랜만이네요."

"어? 혹시 우메 짱?"

"네."

호코의 영향으로 와카타를 포함해 이곳에는 나를 '우메 짱'이라고 부르는 사람이 많다.

"와, 진짜 오랜만이다. 그때는 아직 학생이었는데. 또 취재하러 온 거야?"

"아니요, 모치즈키 씨 댁에서 연락이 와서요."

그 한마디로 사정을 어느 정도 알아차린 듯 와카타는 "아이고" 하고 어두운 표정을 지었다.

"나도 고키 걱정이 이만저만 아니야."

"고키가 없어진 날도 이 시간에 강아지를 산책시키셨나요?"

"아아, 응. 맞아. 대개 매일 이때쯤에 산책을 나가지."

그때 와카타의 개가 더는 못 기다리겠다는 듯 목줄을 당기며 마당에 들어가려고 했다.

"야야. 시로, 잠깐 기다려."

"아, 너무 오래 붙잡아서 죄송합니다."

"아니야, 괜찮아. 아 참. 시간 있으면 들어왔다 갈래? 집사람도 기뻐할 거야."

모처럼 만났는데 제안을 거절하기도 미안해서 잠깐 들렀다 가기로 했다.

와카타는 안채 옆에 있는 헛간 겸 차고로 시로를 데려갔다. 센서가 반응해서 갑자기 불이 밝게 켜졌다. 헛간 겸 차고에는 허름한 경트럭과 은색 승용차가 있었다. 개집은 헛간 옆에 있는 모양이다.

현재 와카타 요지는 아내 유키요와 둘이 살고 있다고 한다. 와카타의 어머니는 치매에 걸려 작년부터 요양원 생활을 하고 있다. 부부의 아들은 이미 독립해서 각자 가정을 꾸렸다고 한다.

와카타 유키요는 갑작스러운 방문에도 "아유, 이게 웬일이야!" 하고 활짝 웃으며 대환영해주었다.

낯익은 거실로 들어가 밥상을 사이에 두고 와카타 부부와 마주 앉자 새삼 13년이라는 세월의 흐름이 느껴졌다. 처음 만났을 때 둘 다 50대였으니 이제는 환갑이 지났다. 유키요는 머리를 염색해서 인상이 별로 달라지지 않았지만, 요지는 흰머리가 제법 늘어서 꽤 나이 들어 보였다.

원래는 겸업농가였지만 요지가 정년퇴직한 후로 부부가 함께 농사에 전념하고 있다고 한다. 벼농사를 중심으로, 밭과 비닐하우스에서 채소도 길러서 인근 도로 휴게소에 상품을 납품하고 있는 모양이다. 휴일에는 경트럭으로 여러 번 다녀와야 할 때도 있다고 한다.

"우메 짱 책은 나올 때마다 읽어."

와카타 요지가 그렇게 말했다.

와카타네에도 「D 언덕의 괴담」이 수록된 단행본 『우메키 교코는 비명을 지르지 않아!』를 증정했는데, 아무래도 그 후에 간행된 작품은 사서 읽는 모양이다. 유키요가 "나중에 사인 받아야겠네" 하고 몹시 들뜬 목소리로 말해서 오히려 황송할 지경이었다.

한 차례 서로 근황을 이야기한 후, 고키가 없어진 날의 상황을 물어보았다.

"그날 수상한 사람이랄까, 낯선 사람은 못 보셨어요?"

"경찰도 똑같은 걸 물어봤는데, 딱히 짚이는 구석은 없어."

"나도 그 시간에는 저녁을 준비하니까 바깥 상황은 잘 몰라."

"모치즈키 씨 댁에서 들었는데, 최근에 이 언덕에 담력 시험을 하러 오는 젊은이들이 많아졌다면서요?"

"맞아, 맞아. 참 골치라니까. 대개는 근처에 사는 고등학생이지만, 차를 끌고 오는 녀석들도 있거든. 위쪽 묘지에 가서 소란을 떨 때가 많지. 묘지를 소유한 땅 주인들도 울타리 같은 걸 쳐야 하지 않겠냐고 상의하고 있는가 봐. 그래서 요즘은 내가 짬 나는 대로 순찰을 돌아. 이상한 녀석들이 보이면 바로 경찰에 신고하려고."

"힘드시겠네요." 그렇게 말했지만 내게도 일부 책임이 있는지도 모른다. 도로도로 언덕의 괴담을 SNS에 올린 건 지역 중고등학생인 모양이지만, 「D 언덕의 괴담」도 같이 소개됐다면 무관하다고는 할 수 없으리라. 와카타는 아주 화가 난 듯, 민폐를 끼치는 젊은이들에게 욕을 퍼부었다.

나는 화제를 바꾸려고 진노 마쿠즈의 이름을 꺼냈다.

"아아, 진노 군. 우메 짱하고도 아는 사이인가 보던데."

아무래도 진노에게 내 이야기도 들은 모양이다.

"그 사람, 고리야마 출신이야. 그래서 친근감이 들어 잠시 이야기를 나누었는데, 진노 군의 친가가 우리 가족의 먼 친척에 해당하더라고."

"정확하게는 내 친정 쪽 친척이야."

유키요가 보충 설명했다.

"지금은 전혀 교류가 없지만, 남편의 할아버지 장례식에는 참석했지."

진노와 와카타가 친해진 건 그런 이유 때문이었나. 아무리 친해졌대도 마을회관을 사용하게 해주다니 이상하다 싶었는데, 상대와 친인척 관계라면 그럴 법도 하다.

"오늘은 사진가도 함께던데요."

"그 여자는 처음 봤어. 진노 군 말로는 그 여자는 오늘 밤에 돌아간대."

늘 부부 둘뿐이라 적적한 탓인지, 요지도 유키요도 신나게 이야기꽃을 피웠다. 어느덧 7시가 지났다. 같이 저녁을 먹자는 유키요의 제안을 정중하게 거절하고 나는 모치즈키네 집으로 돌아왔다.


## 우메키 교코 「D 언덕의 괴담」 2


A 씨는 D 언덕의 길가에 있는 주택에 산다. 언덕 밑에서 보았을 때 첫 번째 집이다. A 씨는 1978년에 시라카와시에서 태어나, 6년 전에 이 집으로 시집을 왔다. 남편과는 직장에서 만났다고 한다.

아직 결혼하기 전, 겨울철에 A 씨는 조만간 남편이 될 남자 친구의 집을 방문했다.

"그날은 아침부터 눈이 내렸죠. 제가 여기 도착할 무렵에는 주변이 새하얗더라고요. 운전이 서툴러서 얼마나 겁이 났는지 몰라요."

이미 상견례는 마쳤으므로 남자 친구 부모님과 초면은 아니었지만, 역시 오랜 시간 함께 보내는 건 처음이었으므로 A 씨는 몹시 긴장했다고 한다.

남자 친구 부모님은 A 씨를 환영해주었고, 저녁 메뉴도 호화로운 전골이었다.

"나중에 듣기로는 고기도 아주 비싼 거였다는데, 술도 마셔서 그런지 맛이 어땠는지는 전혀 기억이 안 나네요."

밤이 되자 피로가 한꺼번에 밀려와서 금방 잠들었다.

길에 면한 2층 다다미방이 남자 친구 방이었다. A 씨와 남자 친구는 그 방에 이부자리를 깔고 잤다고 한다.

한밤중에 A 씨는 뭔가가 울부짖는 듯한 소리를 듣고 잠에서 깼다.

우오오오우오오…… 하고 나지막한 짐승의 울음소리 같은 것이 밖에서 들려왔다.

머리맡에 놓아둔 자명종을 확인하자 3시가 되기 조금 전이었다. A 씨는 불안했지만 들개겠거니 생각하고 그대로 이불 속에서 귀를 기울였다.

그러자 울부짖는 소리에 섞여 눈을 밟는 소리가 들렸다. 분명 동물은 아니다. 사람 발소리다.

A 씨는 옆에서 자고 있는 남자 친구를 깨웠다.

"저기, 이상한 소리가 나는데……."

남자 친구는 졸음이 가득한 표정으로 "괜찮아. 자주 있는 일이야" 하고 말하더니 다시 잠들었다. A 씨는 뭐가 '자주 있는 일'인지 몰라서 울부짖는 소리와 발소리에 계속 귀를 기울이다가 잠에 빠졌다.

다음 날 아침, A 씨는 남자 친구에게 지난밤의 으스스한 소리와 발소리에 대해 캐물었다.

그러자 남자 친구는 쓴웃음을 지으며 자기도 어릴 적부터 밤중에 묘한 목소리와 발소리를 들었다고 이야기해주었다.

"뭔가가 D 언덕을 오르내리는 거야."

"뭔가라니, 그게 뭔데?"

A 씨는 당연히 그렇게 물어보았다.

그러자 남자 친구는 다음과 같은 이야기를 해주었다.

초등학생 때 너무 궁금한 나머지 아버지에게 "밤중에 집 앞을 돌아다니는 거 누구야?" 하고 물어보았다고 한다. 아버지는 "내가 어떻게 알아!"라며 묘하게 언짢아했다. 어린 마음에도 어쩐지 석연치 않아 찜찜해하고 있자니, 할머니가 몰래 다음과 같은 내력을 알려주었다.

현재 D 언덕 위는 묘지로 막혀 있지만, 훨씬 옛날에는 그 너머까지 길이 있었고 길을 따라가면 A라는 촌락이 나왔다고 한다. 한복판에 작은 늪이 있는 그 촌락에는 일곱 가구 정도가 살았다.

그런데 집중호우로 산이 무너져 하룻밤 사이에 집이 전부 파묻히고 말았다. D 언덕을 오르내리는 건 그때 죽은 촌락의 주민이라고 한다. 지금도 A 촌락이 있었다고 추정되는 곳에 늪은 있지만, 절대 가까이 가서는 안 된다고 한다.

"늪에 가까이 가면 재앙이 내린다나."

A 씨는 참 으스스한 이야기다 싶었지만, 결혼에 영향을 미칠 정도는 아니라고 생각했으므로 이듬해에 예정대로 남자 친구와 결혼했다.

"지금도 그 목소리나 발소리가 들리나요?"

내 질문에 A 씨는 약간 난처한 듯 눈썹을 모으고 "네. 가끔" 하고 대답했다.

"무섭지는 않으세요?"

"음, 벌써 6년인걸요. 이제 익숙해졌어요. 하지만 아들은 무서운가 봐요."

A 씨의 아들은 다섯 살이지만 자기 방에서 혼자 잔다. 그런데 가끔 밤중에 누가 밖에 있다며 A 씨 부부 방으로 도망쳐 온다고 한다.

그래서 A 씨의 허락을 받아 아들 Y의 이야기도 들어보았다. A 씨가 있으면 말하기 힘든 내용도 있을까 싶어 단둘이 이야기하는 자리를 마련했다.

"새까만 귀신이 산에서 내려와요."

Y는 진지한 표정으로 그렇게 말했다.

"본 적 있니?"

"네."

"언제?"

"놀러 갔다 오는 길에요. 산에서 까만 귀신이 세 명 걸어왔어요."

Y의 이야기로는 마을회관에서 놀다가 저녁에 돌아오는데, D 언덕 위에서 시커먼 사람 세 명이 걸어 내려왔다고 한다. 두 명은 어른이고 한 명은 어린애 같았다. Y는 직감적으로 '귀신'이라고 생각했다. 근거는 불확실하지만 그런 생각이 들었다고 한다.

겁이 난 Y는 재빨리 길가의 전신주 뒤편에 쪼그려 앉아 몸을 숨겼다. 시커먼 사람들이 전신주 옆을 지나칠 때 '철떡철떡' 하고 진흙을 밟는 듯한 소리가 났다고 한다. 무서워서 눈을 감고 있던 Y는 세 사람이 지나가는 발소리를 확인하고 나서 집까지 뛰어갔다.

"뛰면서 뒤를 봤는데 귀신은 없었어요."

Y가 '귀신'을 똑똑히 본 것은 그때 한 번뿐이었다고 한다.

※

내가 모치즈키네에 돌아갔을 때도 호코의 남편 다이키는 아직 귀가 전이었다. 아들이 실종됐는데도, 근무하는 인원이 적은 데다 업무량도 많아서 야근을 할 수밖에 없다고 한다. 대개 오후 8시 전후에야 돌아오는 모양이다.

나는 호코 가족과 함께 넷이서 저녁을 먹었다. 호코 가족은 겉으로는 동요를 드러내지 않았지만, 역시 어딘가 어색했다. 다들 초췌한 몰골인데도 내게 신경 써준다는 걸 알기에 나도 최대한 분위기를 맞추어주려고 애썼다.

진노 마쿠즈에게서 전화가 온 건 9시가 거의 다 되었을 때였다.

그때 나는 뒤늦게 퇴근해 반주를 곁들여 저녁을 먹는 다이키 옆에서 호코와 함께 캔 맥주를 마시고 있었다.

"……여보세요?"

"아, 우메키 씨? 진노입니다. 늦은 시간에 죄송해요. 지금 통화 괜찮으세요?"

"네. 무슨 일이세요?"

"좀 여쭤볼 게 있어서요. 혹시 도와다 못 보셨어요?"

"네. 저녁에 같이 계실 때 보고는 못 봤는데요."

"그렇군요. 그게, 야간 촬영을 하러 간다면서 나갔는데 돌아오질 않아서요. 전화를 해봐도 안 받고요. 8시 반에 만나서 역까지 바래다주기로 약속했는데……. 저, 죄송하지만 같이 좀 찾아봐주시면 안 될까요?"

"그야 뭐, 상관없는데요."

"다행이다. 어디로 갔는지 짚이는 곳은 있어요. 분명 언덕 위 묘지일 겁니다."

그리하여 나는 진노와 함께 도와다 이로하를 찾아 나서기로 했다. 그런데 이야기를 들은 다이키가 걱정스러운 듯 말했다.

"우메키 씨, 진노 씨와 친하세요?"

"음, 얼굴은 몇 번 봤는데 가끔 메일로 정보를 교환하는 정도랄까요."

진노와 연락처를 교환할 정도의 친분은 있지만, 개인적으로 만난 적은 한 번도 없다.

"그럼 저도 같이 갈게요. 무슨 일이라도 생기면 큰일이니까."

하긴 밤에 잘 알지도 못하는 사람과 묘지에 가려니 확실히 불안했다. 다이키가 같이 가준다면 꽤 든든하다.

나는 술기운을 쫓으려고 물을 마신 후 손전등을 들고 밖으로 나갔다. 어둠 속에서 비가 부슬부슬 내리고 있었다. 다이키가 우산을 두 개 들고 나왔다.

"여기요."

"감사합니다."

진노에게 연락하자 다 와간다고 했다. 2, 3분 기다리자 모치즈키네 집 대문 앞에 진노가 나타났다. 셋이서 도로도로 언덕 위의 공동묘지로 향했다. 진노와 다이키는 초면이라 가면서 간단히 인사를 나누었다.

곧 9시 10분이었다. 칠흑 같은 어둠에 휩싸인 공동묘지는 그 자체만으로도 분위기가 으스스했다. 더군다나 여기는 '나타나는' 장소라는 걸 아는 만큼 괴담 작가인 나도 가슴이 빨리 뛰었다. 비에 젖은 묘비가 밝은 LED 손전등 불빛을 반사해 부자연스럽게 눈부셔 보였다.

"도와다! 어디 있어!"

진노가 갑자기 크게 소리쳐서 나는 몸을 움찔했다. 이어서 나와 다이키도 도와다의 이름을 부르며 묘지를 둘러보았지만, 대답도 없고 아무도 보이지 않았다.

"여기에 온 거 맞습니까?"

다이키의 말에 진노는 고개를 갸우뚱했다.

"이상하네. 달리 촬영할 만한 곳은 없는데……. 아! 어쩌면!"

말이 끝나기가 무섭게 진노는 묘지 너머 숲속으로 들어갔다. 숲 안쪽에는 일찍이 작은 촌락이 있었다고 전해진다. 하지만 에도시대에 산사태가 발생해 사람이고 집이고 몽땅 흙에 묻혀버렸다.

"도와다! 대답해!"

진노는 깊은 어둠을 머금은 숲을 향해 다시 소리쳤다. 거기서부터는 비탈이었다. 내가 예전에 왔을 때는 짐승이 지나다니는 길이나마 있었지만, 지금은 무성한 잡초에 뒤덮여서 확인할 수 없다. 이 밑에는 지장보살이 수십 개나 흙에 묻혀 있다.

나도 다이키도 아래쪽에 손전등을 비췄지만 도와다로 보이는 사람은 없었다.

"아무도 없어요."

내 말에 진노는 "찾아는 봐야죠" 하고 혼자서 비탈을 내려갔다.

"미끄러우니까 조심하세요."

위에서 소리쳤지만 진노에게 들렸는지는 모르겠다. 나와 다이키는 진노가 다치지 않도록 앞쪽에 불빛을 비추어서 시야를 확보해주었다. 아래까지 내려간 진노는 주변을 손전등으로 비추며 도와다를 찾았다. 하지만 도와다는 어디에도 없었다.

비탈을 올라 묘지로 돌아온 진노는 창백한 얼굴이었다.

모치즈키 고키가 실종된 지 일주일, 설마 두 번째 실종자가 나온 걸까.

"어쩌면 다른 곳을 촬영하고 있는지도 모르죠."

그런 말로 달래자 진노는 "그, 그러게요" 하고 고개를 끄덕였다.

"어디서 만나기로 했어요? 마을회관?"

"네. 맞습니다."

"그럼 일단 돌아가보죠."

내 제안에 진노는 순순히 응했다.

나, 모치즈키 다이키, 진노 마쿠즈는 도로도로 언덕을 내려가서 마을회관으로 향했다. 도중에 와카타네와 야부키네에 들러 도와다 이로하를 못 봤는지 물어보았지만, 좋은 소식은 얻지 못했다.

언덕 아래에 있는 마을회관은 파란 지붕을 인 매우 낡은 목조 단층집이다. 호코 이야기로는 자기가 태어나기 전부터 있었다니까 지은 지 적어도 30년은 넘었다. 논 사이에 외따로 서 있어서 실제보다 크게 느껴진다. 나는 13년 전에 딱 한 번 들어가봤다.

자갈이 깔린 마을회관 주차장에는 진노의 차인 듯한 검은색 RV 차량이 주차돼 있었다.

"없네요."

다이키가 말했다.

현관 쪽 외등은 켜져 있었지만, 마을회관 내부는 컴컴했다.

"아무튼 들어가시죠."

진노는 마치 자기 집인 양 말하더니 호주머니에서 열쇠를 꺼냈다. 자물쇠를 풀고 빽빽한 현관 미닫이문을 연 다음 안으로 들어갔다. 나와 다이키도 우산을 접고 뒤따라 들어갔다.

진노는 익숙한 손놀림으로 현관 조명을 켠 후, 간유리가 끼워진 정면의 격자문을 좌우로 열자마자 굳어버렸다.

진노의 어깨 너머로 안쪽을 들여다보니 열 평 크기의 컴컴한 거실 한복판 마룻바닥에 뭔가가 누워 있었다.

현관의 불빛을 받은 그것은, 온몸이 진흙에 뒤덮인 사람 같았다.

머리를 이쪽으로 향한 채 엎드려 있는 듯했다. 즉시 들고 있던 손전등을 그쪽으로 향했다.

미동조차 없는 그 사람 옆에는 큼지막한 돌이 놓여 있었다.

다이키가 완전히 굳어버린 진노를 밀쳐내고 거실로 들어가 불을 켰다. 밝아진 거실은 여기저기 진흙 천지였다.

다이키는 누워 있는 진흙투성이 사람에게 말을 걸며 다가갔다. 하지만 반응은 전혀 없었다. 마치 전위예술 오브제 같았다.

"죽은 것 같네요."

조심조심 맥을 짚어본 후 다이키가 말했다.

그제야 진노도 안으로 들어가서 진흙투성이 사람 곁으로 다가가더니, 상반신을 구부려 진흙이 묻은 얼굴을 머뭇머뭇 들여다보았다.

"도와다예요. 분명."

진노는 믿을 수 없는 광경을 봤다는 듯 두 눈을 부릅뜨고 말했다.

## 우메키 교코 「D 언덕의 괴담」 3

대학교 1학년 K 씨가 약 1년 전에 경험한 일이다.

K 씨의 본가는 D 언덕에서 공동묘지와 제일 가까운 곳에 있다. 지금은 현대적인 2층 주택이지만, K 씨가 태어나기 전에는 집 한복판에 거뭇거뭇한 굵은 기둥이 있는 오래된 민가였다고 한다. 듣자 하니 에도시대 말기에 K 씨 집안은 이미 여기에 살고 있었다고 한다. 그런 기록이 보리사*에 남아 있다는 모양이다.

이웃 시의 진학교**에 다니던 K 씨는 대학 입시를 앞둔 3학년이 되자마자 학교 근처 입시 학원에 다니기 시작했다. 오후 9시에 학원 수업이 끝나면 늘 어머니가 차로 데리러 왔다고 한다.

학원 주차장으로 나온 K 씨는 그날 밤 '동그란 달'이 몹시 커다래 보였다는 걸 지금도 기억한다.

평소처럼 카라디오를 들으며 어머니가 운전하는 차로 귀 갓길에 올랐다. 고등학교가 있는 이웃 시에서 구로가와정까지는 널찍한 현 도로가 뻗어 있다. 도중에 '귀신 커브 길'이라는 곳이 있는데, 옛날(이라고 해도 30년쯤 전이지만)에 밤마다

---

\*   대대로 조상의 위패를 모셔두고 시주를 하는 절.

\*\*   명문대학교 입학률이 높은 고등학교를 가리킨다.

하얀 옷을 입은 여자 귀신이 나타났던 곳이라고 한다. 결국은 근처에 사는 여자의 장난으로 밝혀졌지만, 당시에는 소문이 크게 났던 모양이다.

D 언덕에 접어들었을 때 라디오 전파가 잘 잡히지 않았다. 그날 밤은 달이 뚜렷이 보일 만큼 맑았으니 날씨 탓은 아니다. K 씨는 라디오가 고장 난 줄 알았다고 한다.

그리고 차 앞쪽에 사람 형체가 보였다. 시간은 9시 반쯤이었다.

"이런 시간에 이상하다 싶었죠."

D 언덕에는 가로등이 없다. 빛이라고는 D 언덕에 있는 세 주택에서 새어 나오는 불빛뿐이다. 그런 곳을 누군가가 손전등도 없이 올라가고 있었다.

"누구지?"

어머니도 수상하다는 듯 말했다.

그 사람은 아무래도 여자 같았다. K 씨 기억으로는 '머리가 길고 옛날 느낌이 나는 희끄무레한 기모노'를 입고 있었다. 여자는 온 힘을 다해 D 언덕 위로 달려가는 듯했다. 어머니의 차가 길 한복판을 나아가는 여자를 금방 따라잡을 것 같았다.

그때 라디오에서 잡음과 함께 "……냐, 있느냐" 하고 여자 목소리가 나왔다.

"뭐야?"

어머니는 황급히 브레이크를 밟아 차를 세웠다.

K 씨도 의아한 기분으로 라디오에서 나오는 목소리에 귀를 기울였다.

역시 "있느냐, 있느냐……"라는 여자 목소리가 띄엄띄엄 들려왔다.

"정말로 무서울 때는 아무 말도 못 하게 되더라고요."

K 씨는 진지한 표정으로 그렇게 말했다.

앞쪽에서 뛰어가던 여자가 어느새 멀어져서 작아진 모습으로 전조등 불빛에 비쳤다. 방금까지 눈앞에 있었는데, 말도 안 되게 빠르다.

K 씨도 D 언덕에 나타나는 요괴에 대해 어릴 적부터 들었으므로 '아아, 저게 그 요괴인가' 하고 묘하게 수긍했다고 한다. 어머니도 그것이 요괴임을 깨달은 순간 바로 평정심을 되찾은 듯했다.

여자의 모습이 완전히 사라진 후, 어머니는 차를 출발시켜 무사히 집에 도착했다고 한다.

"요괴라는 걸 알고서 더 침착해졌군요?"

내가 쓴웃음을 지으며 묻자 K 씨는 "그렇죠" 하고 미소 지었다.

"어머니는 D 언덕에 대해 저보다 훨씬 잘 알고 계셨고, 그런 이상한 일도 겪어보지 않으셨을까 싶어요. 이야기는 전혀 안 해주시지만요. 저도 언니가 이상한 걸 봤다든가 하는 이야기는 들어서, 아 그런 것도 있구나 하는 생각으로……."

K 씨는 정말로 무서운 건 요괴가 아니라 변태나 도둑이라고 했다.

사실 K 씨의 언니 H 씨는 내 대학 시절 친구다.

원래 D 언덕의 괴담에 대해 제일 먼저 이야기해준 사람이 H 씨다. 돌이켜보면 대학생 때 그 이야기를 듣고 꼭 현지에 가서 조사해보고 싶다고 마음먹은 것이 모든 일의 시작이었다.

이런 이야기다.

H 씨가 아직 초등학생일 때였다.

2층에 있는 H 씨의 방 베란다에서는 D 언덕이 보였다.

그날은 화창한 일요일이라 어머니가 H 씨에게 이불을 말리라고 시켰다. H 씨는 투덜대며 자기 방 침대의 이불을 베란다로 가지고 갔다. 그때 여동생 K 씨도 옆에서 도와주고 있었다. 정확한 시간은 모르지만 오전 10시쯤이었다고 한다.

H 씨가 이불을 말리고 있는데, 집에서 기르는 개 고로가 갑자기 짖었다.

손님이 왔나 싶어 베란다에서 밖을 내다보자 언덕 위에서 검은 물체가 아래로 내려가고 있었다.

"멧돼지인 줄 알았어."

이 부근에는 멧돼지나 사슴이 심심치 않게 출몰한다. 15년 전에는 커다란 여우가 마당에서 죽은 채로 발견된 적도 있었다.

고로가 계속 짖자 검은 물체는 움직임을 멈추고 마당 쪽으로 몸을 돌렸다. 그제야 H 씨도 그것이 멧돼지가 아니라는 걸 알아차렸다.

H 씨 말에 따르면 네발로 엎드린 시커먼 사람이었다. 팔다리가 묘하게 길어서 거미처럼 보였다고 한다.

그것이 고로를 위협하듯 입을 벌리고 뭔가 말하는 것 같았지만 쉭쉭, 하고 공기가 새어 나오는 듯한 소리밖에 들리지 않았다. 다만 입을 벌릴 때마다 드러나는 몹시 하얗고 가지런한 이에서 현실감이 느껴져서 무서웠다.

"언니, 뭐 해?"

K 씨가 태평하게 묻자 H 씨는 손가락을 입에 대며 "쉿!" 하고 조용히 시켰다. 그리고 말없이 언덕 쪽을 가리켰다. K 씨도 그쪽을 보았지만 고개를 갸웃하며 "응? 뭔데?" 하고 물었다.

H 씨가 D 언덕으로 시선을 되돌리자 어느새 그것은 사라지고 없었다.

"절대 잘못 본 게 아니었어. 그것이 기어가던 곳에 검은 진흙 같은 자국이 남아 있었던 게 증거야. 논에서 나온 트랙터가 지나간 자국과 비슷했어."

그 진흙 같은 자국이 며칠 동안 집 앞길에 남아 있어서, H 씨는 등하교 때마다 그걸 확인했다고 한다.

K 씨에게도 그 자국에 대해 물어보았지만 기억이 나지 않는다고 했다.

☙

도와다 이로하의 시체를 발견한 다음 날.

늦은 밤까지 경찰에게 조사를 받았지만 나는 평소 습관대로 오전 6시에 일어났다. 내게 주어진 방은 호코가 학창 시절에 사용했던 방으로, 지금도 호코의 개인 물품이 고스란히 남아 있다. 책상도 침대도 그 시절 그대로다. 책장에는 내 책이 꽂혀 있어서 낯간지러운 기분이었다.

토요일이라 모치즈키 가족의 아침 식사 시간은 평소보다 조금 늦었다. 다이키도 호코도 오늘은 쉬는 날이라 다 함께 식탁에 둘러앉았다. 호코 부모님이 시체를 봐서 놀랐겠다며 나를 위로해주었지만, 현재 모치즈키 가족의 상황이 훨씬 심각하므로 "괜찮아요" 하고 그저 웃었다. 뭐, 사실 시체를 본게 처음도 아니니까 정신적인 충격은 거의 없다.

집에 있어도 분위기가 무거워서 마음이 편치 않았기에 오전 10시가 된 걸 확인하고 나가기로 했다. 목적지는 사건 현장인 마을회관이다. 도와다 사망 사건이 고키의 실종과 관계가 있는지 현재로서는 알 수 없다. 그렇기에 정보가 조금이라도 더 필요했다.

비가 내리는 도로도로 언덕을 내려가다가 어제 본 흰 고양이와 마주쳤다. 고양이는 내게 눈길도 주지 않고 재빨리 언덕을 올라갔다.

마을회관 부지에는 출입 금지를 알리는 테이프를 둘러쳐 놓았고, 주차장에서는 감식과인 듯한 작업복 차림의 수사관이 바쁘게 움직이고 있었다. 그 모습을 멍하게 바라보고 있자니 뒤에서 목소리가 들렸다.

"안녕하세요."

돌아보니 양복 차림의 형사 두 명이 비닐우산을 쓰고 서 있었다. 어젯밤에 현장에 와서 진술을 청취한 후쿠시마 현경의 유키 경감과 구로가와서의 이소 경위다. 40대 중반 남자인 유키는 키가 크고 가슴팍도 두툼하다. 경찰관이라기보다 자위대원 같은 분위기다. 사각 테 안경도 한몫해 어쩐지 로봇 같은 인상이다. 한편 이소는 건강해 보이는 구릿빛 피부를 가졌지만, 몸이 가냘프고 어깨도 좁다. 키도 그리 크지 않고 까까머리라 동자승 같아 보이기도 한다. 나이도 가늠하기가 힘들다. 차분한 태도로 판단컨대 어쩌면 유키보다 많을지도 모르겠다.

내가 인사하자 유키는 새하얀 이를 보이며 씩 웃었다.

"마침 이야기를 들으러 가려던 길이었습니다. 지금 시간 괜찮으십니까?"

"네. 괜찮아요."

"우메키 선생님은 최근에 다양한 사건에 휘말리시는 것 같더군요."

어젯밤은 '우메키 씨'였는데 갑자기 호칭이 '우메키 선생님'으로 바뀌었다. 그 변화에 약간 경계하면서 "네, 뭐" 하고 애매하게 고개를 끄덕였다.

확실히 요 몇 년간 나는 몇몇 형사사건에 휘말렸다. 나 자신이 경찰의 수사 대상이 되거나, 동생이 살인 사건에 맞닥뜨리거나, 에히메현의 산간 지역에서 연쇄 살인 사건에 말려들거나, 도치기의 시골 동네에서 머리 없는 시체를 발견하는 등 보통은 한 번도 겪기 힘든 일을 여러 번 겪었다. 내 친구 중에 어째선지 투신자살 현장을 자꾸 목격하는 여성이 있는데, 그것처럼 나도 살인 사건에 맞닥뜨리기 쉬운 체질로 변한 걸까.

"어떤 사건이든 해결에 크게 도움을 주셨다면서요? 도치기 현경의 누마오 경감과 에히메 현경의 와타나베 경감이 선생님께 안부 전해달랍니다."

누마오도 와타나베도 내가 예전에 휘말린 사건을 담당한 형사다. 그들이 유키에게 무슨 이야기를 했는지는 모르겠지만, 너무 높이 평가해도 곤란하다.

"저는 조금 도와드렸을 뿐인걸요."

점잖게 말했지만 유키와 이소는 "겸손하시네요" 하고 웃었다. 짠 것처럼 입을 맞추어 말해서 등골이 오싹해졌다. 하지만 이런 대접이라면 사건에 관한 정보를 얻을 수 있을지도 모른다. 시험 삼아 질문해보기로 했다.

"도와다 씨는 언제 돌아가셨나요?"

유키 경감은 한순간 이소 경위와 눈짓을 교환하고 나서 다음과 같이 대답했다.

"부검 결과 사망 추정 시각은 어제 오후 6시부터 오후 7시 사이로 판명됐습니다. 사인은 뒤통수를 얻어맞아서 생긴 뇌 타박상이고요. 즉, 때려 죽인 거죠. 흉기는 현장에 떨어져 있던 돌로 추정됩니다. 다만 시체를 움직인 흔적이 남아 있어서, 살인 현장은 다른 곳일 가능성도 부각됐어요. 덧붙여 만약을 위해 여쭙겠는데, 선생님은 그 시간에 어디 계셨습니까?"

"6시부터 7시 무렵이면 와카타 씨 댁에 있었어요. 와카타 부부와 이야기를 하다가 7시 지나서 모치즈키 씨 댁에 돌아갔습니다."

유키는 "그렇군요" 하고 점잖지만 딱딱한 표정으로 고개를 끄덕였다.

이번에는 이소가 입을 열었다.

"친척이 한때 이 마을에 살아서 저도 도로도로 언덕 이야기는 어릴 적부터 많이 들었습니다. 실은 예전에 선생님 작품도 읽었어요. 그래서 이번 사건의 시신을 보고 바로 진흙으로 범벅이 된 요괴를 떠올렸는데, 선생님 생각은 어떻습니까?"

"저어, 그 전에 그 진흙은 어디 건가요?"

"아아, 그건 바로 저기, 논에서 떠낸 진흙입니다."

이소 경위가 마을회관 옆의 논을 가리켰다.

논의 진흙에 뒤덮인 시체……. 나는 도로도로 언덕의 괴담보다 도로타보라는 요괴가 먼저 떠올랐다. 도로타보는 에도시대의 화공 도리야마 세키엔의 『금석백귀습유今昔百鬼拾遺』* 에 실린 요괴다. 세키엔은 도로타보를 논에서 상반신만 내민 외눈 요괴로 그렸다. 논을 남기고 죽은 노인이 변한 것으로, 술에 절어서 논을 팔아치운 자식과 그 논을 산 사람에게 "논을 내놓아라" 하고 원망 어린 말을 퍼붓는다고 한다. 하지만 이것은 세키엔이 지적 유희를 즐기고자 그린 창작물로, 에도의 유곽인 신요시와라 그 자체를 표현한다든가, 교카** 꾼 도로타보 유메나리가 모델이라는 이야기도 있다.

하지만 여기서 두 형사에게 도로타보 운운하며 설명해도

* 1781년에 간행된 도리야마 세키엔의 요괴 화집.
** 풍자와 익살에 중점을 둔 일본 시조.

의미가 없고, 분명 관심도 없을 것이다. 그래서 무난하게 대답했다.

"도와다 씨가 그런 꼴이었으니 괴담과 무관하다고 보기는 어렵겠죠. 범인이 의도적으로 괴담처럼 연출한 것 아닐까요?"

유키 경감이 "그렇겠죠" 하고 동의했다.

"저희도 그렇게 생각합니다만, 더 희한한 점이 있어서요. 뭐, 이것도 일종의 괴담 같은 이야기인데, 진노 씨 말로는 시신을 발견했을 때 마을회관 출입문, 뒷문, 그리고 창문이 전부 잠겨 있었답니다. 게다가 진노 씨가 한 시간 반 정도 마을회관을 비운 사이에 시신이 실내에 나타났다는 거예요."

유키는 진노 마쿠즈의 진술을 더 상세하게 알려주었다.

진노는 6시경에 도와다 이로하와 헤어졌다. 8시 반에 만나기로 약속하고 일단 마을회관으로 돌아왔다가 근처의 비숙박 온천 시설에 갔다. 마을회관에서 온천 시설까지 차로 약 10분 거리라 진노는 매일 거기를 이용한다.

오후 7시 조금 지나서 온천 시설에 도착해 8시 15분까지 머물다가 8시 25분에는 마을회관 주차장으로 돌아왔다. 8시 반이 됐는데도 도와다가 돌아오지 않아서 전화를 걸었지만 받지 않았다.

9시가 가까워지자 아무래도 걱정되어 도와다를 찾으러 가기로 했다. 우메키 교코에게 동행을 부탁한 건 혼자 심령 스 팟에 가기가 무서웠기 때문이라고 한다.

"선생님과 모치즈키 다이키 씨는 진노 씨가 잠긴 문을 여는 걸 보셨죠?"

"네. 하지만 정말로 출입문이 잠겨 있었는지는 확인하지 않았어요."

진노의 진술이 사실이라면 밀실이었던 마을회관에 진흙투성이 시체가 나타난 셈이다.

"마을회관 열쇠는 몇 개입니까?"

"마을 대표 와카타 씨가 가지고 있는 것과 진노 씨에게 빌려준 것, 총 두 개예요."

내게 도와다 살해 사건에 알리바이가 있는 것과 동시에 와카타 부부에게도 알리바이가 있다.

"저기, 마을회관을 좀 보여주실 수 있을까요?"

밑져야 본전이라는 마음으로 부탁하자 유키는 "네, 네, 그럼요" 하고 선선히 허락해주었다. 예상 이상의 대우에 누마오와 와타나베가 무슨 소리를 했을지 다시금 불안해졌다.

두 형사의 재촉을 받고 출입 금지 테이프 안쪽으로 들어갔다.

마을회관의 미닫이 출입문을 열면 가로로 길쭉한 현관이 나오고, 오른쪽에 화장실이 있다. 간유리가 끼워진 정면의 격

216

자문 너머가 모임 등에 사용되는 열 평 크기의 거실이다. 그리고 그 안쪽으로 왼쪽이 두 평 반 크기의 일본식 방, 오른쪽이 주방이다. 일본식 방에는 밥상과 텔레비전을 놓아두었고, 벽장에는 방석이 잔뜩 들어 있다.

거실은 진흙으로 더러워진 어젯밤 모습 그대로였다. 낮에 보니 그것이 얼마나 해괴한 광경인지 더 확연히 느껴졌다. 출입문 자물쇠는 걸쇠가 위아래로 움직이는 유형으로, 낡아서 그런지 제법 힘을 주지 않으면 여닫을 수 없다. 보아하니 흠집 같은 것도 없었다.

나는 이소에게 받은 비닐 커버를 신발에 씌우고 안으로 들어갔다. 거실 좌우에 있는 창문을 살펴보았다. 좌우에 각각 두 개씩인데, 오른쪽 창문은 바깥의 툇마루로 나갈 수 있을 만큼 큰 새시 창이다. 자물쇠는 양쪽 다 위아래로 반회전시키는 방식의 크레센트 자물쇠인데, 하나하나 살펴보았지만 부자연스러운 흔적은 없었다. 실이나 테이프를 사용한 트릭은 쓰지 않은 것으로 추정됐다.

안쪽 일본식 방에도 작은 창문이 있다. 이쪽은 나사식 자물쇠로 잠긴 목재 창이다. 도저히 외부에서 술수를 부릴 수 있는 구조가 아니다. 주방 창문에는 격자가 끼워져 있어서 설령 창문이 열려 있더라도 사람이 드나들기란 불가능하다. 게다가 시체를 발견했을 때는 이 창문의 크레센트 자물쇠도 잠겨 있었다. 만약을 위해 자물쇠 자체도 살펴보았지만, 역시 아무 이상 없었다.

뒷문은 나무 문이고 안쪽에서 빗장을 채워서 잠그는 방식이다. 열쇠 구멍이 없어서 밖에서는 잠글 수 없다고 한다. 문은 낡았지만 빗장은 비교적 새것이고, 여기에도 눈에 띄는 흠집은 없었다. 다만 낡은 탓에 꽉 닫히지 않아서 문 아래쪽에 약간 틈이 있었다. 가느다란 실이나 철사는 충분히 통과하리라.

마지막으로 화장실을 조사했다. 정면에 작은 창문이 있지만 여기에도 격자가 끼워져 있다. 자물쇠는 거실과 주방 창문처럼 크레센트 자물쇠로, 어젯밤에도 잠겨 있었다고 한다. 물론 이 크레센트 자물쇠에도 이상은 없었다. 하기야 경찰이 더 꼼꼼히 조사했을 텐데 아마추어인 내가 단서를 발견하는 게 기적에 가깝다.

마을회관 자체는 구조가 단순하지만 그런 만큼 쓸데없는 출입구는 존재하지 않으며, 비밀 통로가 없는지 의심하는 것도 무의미한 짓이다.

상식적으로 생각건대 시체를 유기한 범인은 정면 출입문을 사용했을 것이다. 그리고 그게 가능했던 사람은 열쇠를 가지고 있는 진노 마쿠즈나 와카타 부부뿐이다. 하지만 와카타 부부는 도와다의 사망 추정 시각에 나와 함께 있었다. 따라서 제일 의심스러운 건 진노다. 다만 여기서 진노를 범인으로 단정하기에는 약간의 의문이 남는다. 만약 진노가 범인이라면 왜 마을회관의 창문과 출입문을 전부 잠갔을까?

마을회관이 밀실 상태가 아니었다면 진노의 혐의는 좀 더 옅어질 것이다.

그리고 진노가 범인이라 치더라도 왜 도와다의 시체와 마을회관을 진흙으로 더럽힐 필요가 있었을까.

밀실과 진흙투성이 시체라는 두 가지 요소 때문에 확실히 괴기스러운 색채는 강해졌다. 하지만 그러한 술수를 부려본들 경찰에게 이것이 괴이 현상이라는 인식을 심어줄 수 없다는 건 어린애라도 알 것이다.

반면 마을 사람 중에는 도로도로 언덕의 재앙이나 저주 탓에 이런 사건이 일어났다고 여기는 사람이 있을지도 모른다. 적어도 SNS에서는 더욱 화제에 오를 것이다. 범인이 그러한 화제성을 노리고 불가사의한 상황을 만들었다는 의견도 나올 법하다. 그러나 진노가 범인이라면 화제성을 우선시한 나머지 결과적으로 거의 유일한 용의자가 되고 마는 셈이다. 그건 본말전도 아닌가?

게다가 어젯밤 도와다의 시체를 발견했을 때 진노가 지었던 경악한 표정은 도저히 연기로 보이지 않았다.

내가 고민하고 있자니 유키 경감이 목소리를 낮추어 말을 걸었다.

"여기서만 드리는 말씀인데요, 저희는 진노 마쿠즈를 가장 유력한 용의자로 보고 있습니다. 피해자와 밀접한 관계가 있었던 건 진노뿐이니, 동기 측면에서도 그가 제일 수상하죠."

"진노 씨에게 도와다 씨를 살해할 동기가 있었나요?"

"진노와 피해자는 사귀는 사이였던 듯합니다."

"네? 하지만 진노 씨는 결혼했잖아요?"

"네. 진노와 피해자는 불륜 관계였습니다. 두 사람 사이에 뭔가 말썽이 있었어도 이상할 것 없죠. 덧붙여 피해자의 사망 추정 시각에 진노는 알리바이도 없어요. 다만……."

유키 경감의 각진 얼굴이 굳어졌다.

"요지부동의 사실이 딱 하나 있어서 진노를 범인으로 단정할 수가 없습니다."

거기서부터는 이소 경위가 설명해주었다.

"아까 피해자의 몸에 덮인 진흙이 저기 논의 진흙이라고 말씀드렸잖아요."

"네."

"실은 어제 오후 7시 15분에 주인이 논에 왔었어요. 야근하느라 평소보다 늦게 논물을 확인하러 왔다는군요."

시기와 날씨에도 달렸지만, 보통 주간과 야간을 기준으로 용수로에서 논에 유입되는 물의 양을 바꾼다. 아침과 저녁의 수량 조절은 쌀농사를 짓는 농가에 아주 중요한 작업이다.

"주인 말로는 그때 논에는 아무 이상도 없었답니다. 즉, 도와다 씨의 시신이 그 상태가 된 건 7시 15분 이후인 셈이죠. 덧붙여 오후 8시에는 논이 어지럽혀져 있었다고 다른 주민이 진술했습니다. 근처에 사는 고등학생인데요, 학원에 다녀오는 길이었대요. 논에 접어들었을 때 스마트폰에 메시지가 와서 자전거를 세우고 시간을 확인하다가 논에 이상이 생긴 걸 알아차렸다고 합니다. 뭐, 본인은 차가 실수로 빠지면서 생긴 흔적인 줄 알았다네요. 아무튼 이러한 진술을 종합하면 범인이 논에서 진흙을 떠낸 건 7시 15분부터 8시 사이예요. 즉, 진노 씨에게는 불가능한 일입니다."

경찰 조사 결과, 진노 마쿠즈가 오후 7시부터 8시 15분까지 온천 시설에 있었음이 증명됐다. 종업원과 손님의 진술뿐만 아니라 CCTV 카메라 영상으로도 확인된 사실이다. 온천 시설에서 사건 현장까지는 차로 10분도 걸리지 않지만, 주차장 CCTV에는 그 시간대에 진노의 차나 진노 본인이 시설에서 빠져나가는 모습이 찍히지 않았다.

유키 경감은 안경 안쪽의 눈에 투지를 불태우며 말했다.

"진노는 혐의가 아주 짙습니다. 하지만 그자는 피해자의 시신에 진흙을 덮어씌울 수 없죠. 게다가 그 시간대에 진노의 알리바이가 성립한 건 계획적이 아니라 우발적인 결과입니다. 논 주인이 우연히 늦게 논물을 살펴보러 갔고, 학원에 다녀오던 고등학생이 우연히 논 앞에서 자전거를 세운 덕분이에요. 이건 사전에 계획하고자 해도 할 수 없는 일입니다."

밀실 수수께끼는 진노가 범인이라면 열쇠를 사용할 수 있으니까 수수께끼라고 할 수 없다. 하지만 마을회관 내부에 시체 장식(시체 오염?)을 하는 건 진노에게는 불가능한 일이다.

예를 들어 마을회관 열쇠를 가지고 있는 와카타 요지나 유키요라면 진노 대신 도와다의 시체에 술수를 부릴 수 있다. 하지만 그 목적은 과연 뭘까. 와카타가 친하게 지내는 진노의 범행을 덮어주려 했다면, 시체를 마을회관에 두거나 자물쇠를 잠그는 건 역효과다. 오히려 시체를 야외에 방치하는 편이 낫다. 더구나 시체와 마을회관을 진흙으로 더럽혀 기괴한 분위기를 연출한 의도도 불분명하다.

아니면 그 밖에 내가 모르는 용의자가 있는 걸까. 그리고 우리가 생각지도 못한 방법으로 마을회관을 밀실로 만든 걸까?

"저희도 답답해 죽을 지경입니다. 혹시 뭔가 알아내시면 언제든지 연락 주십시오."

로봇 같은 유키 경감과 동자승 같은 이소 경위가 함께 머리를 숙였다. 그 정중한 태도가 부담스러워서 나는 "너무 기대하지는 마세요"라고만 대답했다.

형사들과 헤어져 마을회관 옆에 있는 논을 보러 갔다. 이곳의 진흙이 현장을 더럽히는 데 사용됐다고 한다. 비가 내려서 어지럽혀진 흔적이 많이 사라졌지만, 그래도 부자연스럽게 팬 곳이 있는 건 확인했다. 또한 논두렁에도 진흙이 떨어져 있었으므로 누군가가 논에서 진흙을 떠낸 건 확실했다.

그 후, 나는 도로도로 언덕에 있는 세 집 중 제일 아래에 있는 야부키네 집으로 향했다.

13년 전 현지 조사를 하러 왔을 때, 나는 야부키 가족에게도 크게 신세를 졌다. 특히 며느리 야부키 아키코에게는 귀중한 이야기를 들었다. 아키코가 이야기를 들려주지 않았다면, 도로도로 언덕의 괴담 조사는 더욱 늦어졌을 것이다. 또한 당시 다섯 살이었던 아들 유마도 자기 나름대로 열심히 체험담을 이야기해주었다. 어제는 이런저런 일 때문에 제대로 인사를 못 했으므로, 오늘 안에 만나볼 생각이었다.

야부키네 집에는 아키코가 있었다. 남편 후미오는 토요일도 출근이고, 수험생인 유마는 모의고사를 치러 학교에 갔다. 아키코의 시부모님은 안채 뒤편에 있는 비닐하우스에서 일하느라 집에는 아키코 혼자뿐이었다.

"토요일도 의외로 바빠."

그렇게 말하며 쓴웃음을 짓는 아키코는 거의 달라지지 않았다. 곧 마흔 살일 텐데 얼핏 봐서는 예전과 똑같다. 원래 동안인 데다 피부도 좋아서 그런가 보다.

"어쩨 뒤숭숭하네."

식탁에 마주 앉자 아키코가 그렇게 말했다. 향이 좋은 홍차와 선물로 받았다는 쿠키를 내주었다.

"네, 정말 뭐가 어떻게 돌아가는 건지 모르겠어요. 고키가 없어진 것만 해도 큰일인데."

나는 솔직하게 푸념했다.

"그러게. 정말로 무슨 저주인가."

나는 어제 오후 6시부터 7시까지 야부키 가족이 어떻게 지냈는지 넌지시 물어보았다. 아키코는 학교에서 돌아오는 유마를 데리러 역에 갔고, 후미오는 회사에서 차로 퇴근하는 중이었다. 그동안 시부모님이 집을 보고 있었다고 한다.

"죽은 사람에게는 미안하지만, 민폐랄까 골칫거리를 만들었다는 느낌이야."

"어제 여기 도착해서 당일치기로 돌아갈 예정이었던 모양이에요."

"그렇구나. 음, 역시 남의 일이라고 하면 미안하지만 실감이 안 나네. 우리 가족은 아무도 죽었다는 그 여자를 못 만나봤거든. 그보다는 고키가 더 걱정이야."

그 기분은 잘 안다. 솔직히 말해 나도 경찰이 도와다 사망 사건을 수사하기보다 한시라도 빨리 고키를 찾아내주길 바란다. 하나 도와다의 죽음이 고키의 실종과 관련 있는 것 아니냐는 의혹도 약간은 남아 있다. 그런 까닭에 도와다가 죽은 사건을 싹 무시할 수는 없다.

"그 여자가 고키를 데려갔는지도 모르지."

"네?"

"왜, '있느냐, 있느냐' 하면서 누군가를 찾는 여자 말이야."

도로도로 언덕에 출몰하는 귀신 이야기다.

"그러고 보니 고키가 없어진 후로 '있느냐'는 목소리가 안 들리더라고."

아키코는 나를 바라보며 아주 진지하게 말했다.


## 우메키 교코 「D 언덕의 괴담」 4


D 언덕의 길가에 있는 세 집 중 가운데 집에 사는 W 씨는 어린 시절부터 이상한 일을 수없이 겪었다고 한다. W 씨는 1954년생이고, 구로가와정의 은행에서 일한다.

W 씨는 여러 가지 체험 중 어린 시절에 회람판을 돌리기 위해 이웃집에 갔을 때 겪은 일이 지금도 인상에 남아 있다고 한다. W 씨의 이웃집은 앞서 소개한 H 씨 자매의 본가로, D 언덕의 제일 위에 있는 집이다.

해 질 무렵, W 씨는 혼자 D 언덕을 올라 이웃집으로 향했다. 걸어서 5분도 안 걸리는 거리였고, 아직 주변이 밝았으므로 딱히 무섭지는 않았다. W 씨는 평소처럼 회람판을 전달하고 집에 돌아가려 했다. 그때 젊은 여자와 마주쳤다고 한다.

처음 보는 여자였지만 W 씨는 별 의심 없이 이웃집에 온 손님이겠거니 생각했다. 그런데 여자를 지나치는 순간 갑자기 팔을 붙잡혔다. W 씨가 놀라자 여자는 W 씨의 얼굴을 빤히 들여다보다가 "아니네"라고 말했다.

"그 여자 얼굴은 지금도 기억납니다. 피부가 납 인형처럼 새하얗고, 눈빛이 공허하니……."

그래도 W 씨는 여자를 귀신이라고는 생각지 않았다고 한다. 오히려 변태나 정신에 문제가 있는 사람인 줄 알았다. 무서워서 여자의 손을 뿌리치자 W 씨의 팔은 허공을 갈랐다.

어느새 여자는 사라지고 없었다. 그제야 W 씨는 여자가 이 세상의 존재가 아니라는 것을 깨달았다. 왜 이 일이 인상에 남았느냐 하면, 그때까지 목격한 귀신 같은 존재는 대부분 언덕 위에서 아래로 내려오는 검은 형체뿐이었기 때문이다. 명확하게 여자라고 식별할 수 있을 정도의 귀신을 본 건 이때가 유일했다.

돌아가신 W 씨의 할아버지는 "D 언덕에 귀신이 나오는 건 먼 옛날에 언덕 너머에 있던 촌락이 산사태로 망했기 때문이야" 하고 가르쳐주었다고 한다. 검은 귀신은 그때 흙에 파묻힌 주민들로, 지금도 가끔 도움을 요청하러 언덕을 내려온다는 것이다.

산사태로 망한 마을 이야기는 A 씨에게도 들었다. 하지만 D 언덕 위에 못자리가 있는 주민들 말에 따르면, D 언덕에 출몰하는 건 옛날에 있었던 매장 우물에 버려진 연고 없는 고인의 혼령이라고 한다. 즉, D 언덕에 사는 주민과 그 외의 주민들에게 괴이 현상의 원인이 따로 전해져 내려오고 있는 셈이다. 이 차이가 마음에 걸려서 W 씨에게 매장 무덤에 대해 물어보았다.

"우물이 있었다는 이야기는 할아버지께 들었습니다. 산나물을 캐러 갔다가 떨어질 뻔하셨다고요. 옛날에는 언덕 위에 고갯길이 있어서 사람들이 제법 왕래했대요. 뭐, 에도시대인가, 그 정도로 먼 옛날의 이야기지만요."

앞서 소개했던 식당 주인 E 씨가 살고 있는 곳은 에도시대 때 역참이었던 듯하다. 그 시절에는 D 언덕 너머에 있는 촌락을 빠져나가면 아이즈 방면으로 이어지는 길이 나오지 않았을까 싶다고 W 씨는 말했다. 다만 W 씨에게 매장 우물이 귀신이 나타나는 원인이라는 이야기는 들을 수 없었다.

"산에는 좀처럼 올라가질 않아요. 이 근처에 있는 집들이 무덤을 쓰는 곳은, 그 왜, 언덕이 시작되기 조금 전에 보이는 논들 사이에 묘지가 있죠? 거기거든요."

하지만 실은 W 씨도 어릴 적에 '탐험'이라는 명목으로 D 언덕 위의 공동묘지 부근에 가끔 놀러 갔다고 한다.

"할아버지와 할머니는 절대로 가지 말라고 하셨지만……."

어른이 가지 말라고 하면 괜히 가고 싶어지는 것이 어린애의 심리다.

W 씨는 두 살 어린 남동생과 함께 D 언덕 위를 탐험하러 갔다. 요괴를 찾아내는 것이 탐험 목적이었다.

두 사람은 공동묘지를 지나 안쪽 숲으로 들어갔다. 땅이 부드럽고 흙냄새가 코를 자극했다. 숲속은 낮에도 어두침침하니 발만 들여놓았는데도 스릴이 넘쳤다.

숲은 어느 정도까지는 완만하게 아래를 향했지만, 좀 더 나아가자 갑자기 경사가 급해졌다. 간신히 눈에 들어오는 짐승 길을 조심조심 내려가자 기울어진 채 절반 넘게 파묻힌 지장보살 석상이 눈에 들어왔다.

그것도 한두 개가 아니었다. 주변에 기울거나 쓰러지거나 고개만 내민 지장보살이 십수 개나 있었다.

W 씨는 동생을 불러서 적당한 나뭇가지로 지장보살 주변을 함께 파보았다.

"어쩐지 지장보살들이 불쌍하더라고요."

둘이서 열심히 땅을 파고 있는데 갑자기 '소리가 사라졌

228

다'고 한다.

"그때까지는 매미나 새의 울음소리가 들렸어요. 그렇다고 그런 소리를 귀 기울여 듣지는 않으니까 별생각 없었는데, 아주 조용해진 다음에야 그 소리가 들리지 않는다는 걸 깨달았죠."

W 씨는 위화감을 느끼면서도 지장보살을 파내려고 했지만, 동생이 대뜸 집에 가자고 했다. 아주 작은 목소리였다. 동생을 보니 안색이 아주 안 좋았다.

"어디 아파?"

W 씨가 묻자 동생은 기분이 별로라고 했다. 그리고 토할 것 같다고 하더니, 정말로 그 자리에서 토했다. W 씨는 걱정된 나머지 동생을 부축해서 비탈을 올랐다.

집에 돌아가자마자 동생은 툇마루에 드러누웠다. 우물에서 손을 씻은 W 씨가 동생의 이마를 짚어보니 아무래도 열이 나는 것 같았다. 그때 W 씨는 산속을 돌아다닌 일과 동생이 아픈 것에 인과관계가 있다고는 생각하지 않았다. 애초에 감기라도 걸렸었나 싶었다고 한다.

그러던 중 밭에 일하러 다녀온 할머니가 동생을 보고 바로 이부자리를 깔아주었다.

다음 날 동생은 열이 내렸다. 그런데 회복된 동생이 W 씨에게 이렇게 말했다.

"형이랑 지장보살을 파다가 갑자기 기분이 안 좋아졌을 때, 우리 주변에 새까만 사람들이 있었어. 좀 떨어진 나무 뒤편에서 보고 있더라."

그 후로 W 씨도 동생도 D 언덕 너머로 탐험하러 가는 걸 그만뒀다고 한다.

⁂

우산을 두드리는 빗발이 강해졌다.

점심을 먹고 나는 도로도로 언덕 위의 공동묘지를 찾았다. 젖은 묘비에서 피어오르는 이끼 냄새가 주변을 둘러싼 나무의 냄새와 합쳐져 숨이 턱 막힐 듯한 풋내가 사방에 가득했다.

옛날에 이 묘지에는 매장 우물이 있었다고 한다. 지금은 상상도 할 수 없는 일이지만, 객사한 여행자나 죽은 소와 말을 거기에 버렸다. 언덕에 나타나는 귀신은 그렇듯 연고 없는 고인의 혼령이라고 말하는 주민도 있다. 여기서 진흙으로 범벅이 된 요괴를 봤다는 이야기도 있고 해서 자기 집안의 묫자리가 있는 사람조차 이곳을 두려워한다.

13년 전에 나는 여기가 무섭지 않았다. 직접 귀신을 본 적이 없어서 그런지 전혀 실감이 나지 않았다. 믿지 않았던 건 아니다. 다만 나와는 무관한 다른 세상의 일이라고 생각했다.

하지만 지금은 조금 무섭다.

괴이 현상이 어쩌고저쩌고하는 이야기가 아니다. 여기에는, 이 땅 밑에는 수많은 사람의 시체가 묻혀 있다. 매장 우물 운운하기 이전에 여기는 묘지다. 옛날에는 토장*을 하는 풍습이 있었으므로, 현재 세워져 있는 묘비 뒤편에도 죽은 사람이 묻혀 있다고 한다. 대부분은 거기에도 죽통을 꽂아서 꽃을 공양해놓았다. 여기는 오랜 세월 죽음이 축적된 곳이다. 뼈가 축적된 곳이다. 그 무게감이 조금 무서웠다.

나는 늘어선 묘비 앞을 지나 더 안쪽으로 들어갔다. 일찍이 묘지 너머에 있던 아오누마라는 촌락은 간세이 8년(1796년)에 산사태로 하룻밤 만에 사라졌다고 한다. 문헌 자료가 남아 있으므로 이것은 구전되는 전설이 아니라 틀림없는 사실이리라. 그리고 언덕 쪽에 사는 주민만 그 재해로 죽은 사람의 혼령이 도로도로 언덕에 나타난다고 생각한다.

비탈에서 몸을 내밀어 아래를 내려다보았다. 연일 내리는 비와 높은 기온 때문인지 파릇파릇한 풀고사리잎이 아주 무성했다. 어젯밤 진노가 내려간 곳도 이제는 어딘지 모르겠다. 잡초가 좀 짧으면 여기서도 와카타가 어린 시절에 보았다는 반쯤 묻힌 지장보살들이 보일 것이다. 13년 전에 나도 직

---

* 시체를 땅속에 파묻어 장사 지내는 방식.

접 확인했는데 지장보살 석상 십수 개가 여기저기에 내팽개쳐지고, 깨지고, 파묻혀 있는 모습이 어쩐지 불길하기 짝이 없었다. 애당초 뭣 때문에 지장보살을 그렇게 많이 모셨던 걸까?

그때는 그 괴상한 광경에 몹시 충격을 받아 더 깊이 생각하지 않았지만, 이제는 몹시 궁금하다. 게다가 무슨 재앙 때문에 촌락이 망한 것이라고 주장하는 문헌도 남아 있다. 적어도 당시 사람들은 단순한 재해가 아니라 재앙의 결과라고 여겼던 것이다. 그럼 대체 뭐가 재앙을 내렸을까? 그것과 지장보살들은 관계가 있을까? 그때 도서관, 향토 자료관, 근처 절과 신사 등에서 철저하게 자료를 찾았지만, 재앙의 주체를 구체적으로 나타내는 자료는 발견하지 못했다.

다만 마음에 걸리는 것은 있다.

지장보살들이 묻힌 지점에서 10미터쯤 떨어진 곳에 작은 늪이 있는 모양이다. '모양이다'라고 표현한 건 내가 실제로 본 적은 없기 때문이다. 모치즈키네, 와카타네, 야부키네 가족들이 절대로 가지 말라고 신신당부해서다. 이야기에 따르면 검게 탁해진 물에 물고기도 개구리도 벌레조차도 살지 않는 척박한 늪이라고 한다. 늪에 간 사람은 병에 걸리거나 정신이 이상해진다고 한다. 그 늪이 바로 아오누마 촌락의 중심에 있었다고 추정되는 늪이다.

아주 그럴듯한 이야기지만 이것은 단순한 소문이 아니다. 오히려 가볍게 입에 담는 것도 금지된 듯하다. 늪에 갔다가 화를 당한 사람은 이름도 주소도 명확하게 알려져 있다. 즉시 개인 정보를 파악할 수 있는 것이다. 그 사람들의 자손들은 현재도 후치쿠보 마을에 살고 있으므로, 아주 신빙성이 높은 사실이라고 추정된다.

나는 「D 언덕의 괴담」을 쓸 때 늪과 관련된 괴이 현상은 일부러 빼놓았다. 내 글을 읽고 흥미를 느낀 사람들이 늪을 찾아올까 봐 걱정됐기 때문이다.

정말로 무서운 이야기는 여간해서는 공개적으로 전해지지 않는 법이다.

그건 그렇고 고키의 실종은 언덕이나 묘지에서 일어나는 괴이 현상과 관계가 있을까?

도로도로 언덕에 나타나는 존재들은 결코 우호적이지 않다. 하지만 어린애를 데려간다는 이야기는 지금까지 한 번도 못 들어봤다. 유일하게 찜찜한 건 야부키 아키코도 언급했던, 누군가를 찾아다니는 여자의 혼령이다. 그 혼령이 찾는 사람은 분명 어린애일 것이다(이것은 「D 언덕의 괴담」에도 적었다). 하지만 나는 그 혼령이 누구를 찾는지 안다. 그것은 고키가 아니다.

도와다 이로하가 살해된 사건은 어떨까. 그 사건은 어떻게 봐도 인간의 소행이고, 괴이 현상이라고는 할 수 없다. 다만 이해가 안 되는 점이 몇 가지 있다. 일단 현장이 밀실이었다. 마을회관을 밀실로 만든들 득을 보는 사람은 없다. 오히려 용의자의 범위가 좁혀질 뿐이다.

그리고 피해자가 진흙투성이였다. 게다가 마을회관의 거실도 진흙으로 떡칠을 해놨다. 범인이 그렇게까지 공들여 현장을 더럽힌 이유는 뭘까? 도로도로 언덕의 괴담과 관계있는 듯 꾸민 것치고는 진흙을 근처 논에서 조달했고, 그 흔적조차 감추려고 하지 않았다. 마치 처음부터 '진흙은 여기서 가져왔다'고 밝히는 셈이나 마찬가지다.

유키 경감과 이소 경위 말처럼 동기 측면에서 보자면 진노 마쿠즈가 제일 수상하다. 하지만 진노에게는 알리바이가 있으므로 도와다의 시체에 술수를 부릴 수 없다.

그때 오른쪽 발이 쭈르르 미끄러졌다. 하마터면 앞으로 고꾸라질 뻔했지만, 바로 다리에 힘을 주고 버텼다. 아찔했다. 조금만 늦었으면 아래로 굴러떨어졌을 것이다.

비탈에서 물러나 달아나듯 발걸음을 돌렸다.

까마귀가 한 번 울었다.

그 순간, 마치 벌레가 기어오르듯 발밑에서 일련의 사건의 진상이 스멀스멀 밀려들었다.

멀리서 어린애 울음소리가 들린 것 같았다.


## 우메키 교코 「D 언덕의 괴담」 5


F 마을에서 D 언덕이라는 명칭은 유명하지만, 실제로 괴이 현상을 체험한 주민은 그렇게 많지 않다(이 원고는 그 얼마 안 되는 분께 들은 이야기를 바탕으로 하고 있다). 주민 대부분은 언덕에 뭐가 나타나는지 모르고, 젊은 세대 중에는 D 언덕이라는 명칭조차 모르는 주민도 많다. 괴담이 존재한다는 걸 알더라도 '여자 귀신이 언덕을 뛰어오른다', '검은 귀신이 단체로 산에서 내려온다', '말 귀신이 달린다'처럼 아주 단편적으로 알고 있는 경우가 많으며, 괴담의 기원을 아는 주민은 더욱 적다.

다만 이야기를 들려준 사람들의 의견을 종합하면 다음과 같은 경향을 엿볼 수 있었다. D 언덕 위의 공동묘지를 이용하는 주민은 매장 우물에 죽은 사람을 버린 것이 괴이 현상의 원인이라고 해석한다. 한편 D 언덕에 살고 있는 세 가족에게는 과거에 언덕 너머 A 촌락이 재해로 망한 것이 괴이 현상의 원인이라고 전해져 내려온다.

그래서 나는 향토사 자료와 고문서로 구로가와정의 역사

를 알아보았다. 매장 우물에 대한 사료는 남아 있지 않았지만, D 언덕의 공동묘지에 무덤을 쓴 집들 중에서 매장 우물을 실제로 봤다는 사람은 여러 명 만났다.

덧붙여 근세 사료에서 A라는 마을 이름도 찾아냈다. 산에서 벌목한 나무를 출하할 때의 기록으로 '호레키 3년(1753년) 5월'이라는 연대가 기록되어 있었다.

그리고 F 마을(당시는 F 촌이었다)의 향리였던 인물의 일기에도 A라는 단어가 종종 등장하는데, 아무래도 거기에는 요즘 말로 하면 점술가나 무속인 같은 사람이 살았던 모양이다. 촌에서 변고가 일어나면 A 촌락의 '신령님'에게 신탁을 받았다고 적혀 있다.

간세이 8년 촌장의 일기에는 8월에 산사태가 일어나 A 촌락이 파묻혔다고도 기록돼 있다. 여기서 흥미로운 점은 이 기록 옆에 '재앙이 내렸도다'라고 적혀 있다는 것이다. 이러한 사료만 보고 단정할 수는 없지만, 적어도 일기의 필자는 A 촌락에서 일어난 재해를 재앙이라고 인식했다. 그것이 무슨 재앙인지는 알 수 없지만.

이처럼 재앙 때문에 촌락이 망한 사례는 근세 수필에서도 찾아볼 수 있다. 예를 들어 『제국리인담諸国里人談』*에는 와카

---

* 1740년대 초반에 출간된, 일본 각지의 기담과 괴담 등을 정리한 책.

사 지방(현재의 후쿠이현)에서 어천명신의 사자인 인어를 어부가 죽여서 태풍과 대지진이 발생한 끝에 땅이 갈라져 마을이 통째로 사라졌다는 이야기가 실려 있다. 끝머리에는 '어천명신이 노하여 벌을 내렸다'라고 적혀 있다.

매장 무덤에 죽은 사람을 버린 것이 괴이 현상의 원인이라는 둥, 과거에 A 촌락이 재해로 망한 것이 괴이 현상의 원인이라는 둥 D 언덕에서 일어나는 괴이 현상의 원인을 사람에 따라 다르게 해석하는 점에 대해 내 개인적인 의견을 말해보겠다. 내 생각에는 애초에 A 촌락이 재해로 망한 이야기가 괴이 현상의 원인으로 전해지고 있지 않았나 싶다. 하지만 시간이 흐르면서 A 촌락의 존재 자체가 잊혀갔다. A 촌락에 대한 이야기가 전해져 내려오는 건 겨우 D 언덕에 사는 세 집 정도다. 그 결과 주민들이 실제로 볼 일이 많았던 매장 우물을 괴이 현상의 원인으로 여기게 된 것 아닐까.

이상한 일을 겪은 사람들의 목격 사례를 참조하건대 '검은 형체', '새카만 사람'은 산사태의 희생자를 연상시킨다.

다만 마음에 걸리는 건 여자 귀신이다. 이 원고에서도 E 씨, K 씨, W 씨가 여자 귀신을 목격했다. 전부 동일한 귀신인지는 확실치 않지만, 그 모습에 몇 가지 공통점이 있다는 게 흥미롭다.

여자 귀신은 다른 귀신과 달리 진흙 같은 것으로 더러워지지 않았다. 또한 현대적인 옷이 아니라 기모노에 가까운 옷을 입었다. 그리고 E 씨, K 씨가 "있느냐, 있느냐"라는 말을, W 씨가 "아니네"라는 말을 들은 것으로 미루어 짐작하건대 여자 귀신은 누군가를 찾고 있을 가능성이 높다.

이것은 내 해석에 지나지 않지만, W 씨의 팔을 붙잡고 일부러 확인한 걸 보면 여자 귀신이 찾고 있는 건 자신의 자식 아닐까. 그리고 그 아이는 A 촌락에서 발생한 산사태에 휘말린 것 아닐까.

내가 모치즈키네로 돌아갔을 때 마침 유키 경감과 이소 경위가 대문을 나서는 참이었다. 모치즈키 가족의 진술 청취가 끝난 것이리라. 나는 마침 잘됐다 싶어 두 사람에게 할 말이 있다고 알렸다.

"뭔가 알아내셨습니까?"

유키 경감은 변함없이 기계 같은 표정이라 감정을 읽을 수가 없다. 그래도 입가에 웃음 비슷한 것을 짓기는 했다.

"네. 아마도 전부요."

내 말에 유키 경감이 눈썹을 살짝 실룩했다.

"전부요? 전부라 하심은?"

"모치즈키 고키가 실종된 일의 진상, 그리고 도와다 이로하 씨가 누구에게 살해당했고 왜 진흙투성이가 됐는지요."

"두 사건이 관계있다는 말씀이십니까?"

"네."

"밀실 수수께끼도 풀어내셨나요?"

이소 경위가 농담하는 투로 물었다.

"그건 고려할 필요 없는 문제예요."

"그럼 진노 씨의 알리바이는요?"

"그것 역시 고려하지 않아도 됩니다."

내가 딱 잘라 말하자 유키가 "자세히 들어볼까요" 하고 몸을 내밀었다.

"그 전에 급히 해주셨으면 하는 일이 있는데요."

"뭡니까?"

"언덕 위 공동묘지 너머에 작은 늪이 있을 거예요."

"이야기는 들어봤습니다만."

이소가 말했다.

"그 늪을 파주셨으면 해요."

"그건 상관없지만, 대체 뭘 찾으시려고요?"

"고키요."

그로부터 몇 시간 후, 늪 바닥에서 고키의 시신이 발견됐

239

다. 시신은 무거운 돌을 넣은 슈트 케이스에 담겨 늪에 가라 앉아 있었다고 한다. 늪에서 건져 올린 시신은 부모의 확인을 받기 위해 공동묘지로 옮겨졌다.

아들의 시신을 보고도 모치즈키 호코는 이성을 잃지 않았 다. 남편 다이키도 입술을 꽉 깨문 채 그저 슬픔을 견디는 것 같았다. 서로 부축하며 서 있는 부부의 모습은 굳세어 보이는 한편 애처롭기도 했다.

시신이 운반되는 걸 보고 나서 호코는 내 손을 잡았다.

"고키를 찾아줘서 고마워."

그 차가운 손과 가냘픈 호코의 목소리에 나는 말없이 고개 를 끄덕이는 것이 고작이었다.

모치즈키 가족이 떠나자 로봇 형사와 동자승 형사가 공동 묘지 한복판에서 내게 자세한 설명을 요구했다.

"고키의 시신이 거기 있는 줄은 어떻게 아셨습니까?"

이소 경위가 물었다.

"도와다 씨의 시체가 진흙투성이였기 때문이에요."

"그야말로 선문답이로군요."

이소는 쓴웃음을 지었다.

"실례했어요. 그럼 차례대로 설명할게요."

나는 자세를 바로 하고 두 형사와 마주 보았다.

"지난주 금요일, 자기 집 마당에서 놀고 있던 모치즈키 고키가 홀연히 사라졌어요. 근처에서 특별히 수상한 사람도 목격된 바 없어서 마치 가미카쿠시 같은 상황이었죠. 그럴 만도 한 게, 고키는 집 근처에서 사고를 당했을 것으로 추정돼요. 아마도 길고양이를 쫓아 도로로 나갔다가 인근의 가정집 마당으로 들어갔겠죠. 그러다가 실수로 차에 치여 사망한 거예요. 언덕에 있는 세 집은 옛날부터 친하게 지냈으니 고키도 평소 와카타네나 야부키네에 편하게 드나들었을 겁니다."

모치즈키네 집에 드나드는 흰 고양이. 그 고양이가 바로 고키가 실종된 일의 핵심이었다.

"분명 시신에 자동차 사고를 당한 듯한 흔적이 있기는 했어요."

이소가 동의했다.

"범인이 소유한 차에 눈에 띄게 움푹 꺼진 곳이 있었다면 경찰도 바로 알아차렸을지 몰라요. 하지만 고키를 친 차는 낡은 경트럭이었습니다. 원래 더러운 데다 꺼진 곳도 있어서 사고의 흔적이 두드러지지 않았죠. 그 후 범인은 사고를 낸 게 탄로 날까 봐 두려워서 고키의 시체를 다른 승용차 트렁크 같은 데 숨겼겠죠. 그리고 경찰과 소방서의 수색이 끝난 걸 확인한 후 그 늪에 가라앉힌 거예요."

나는 여기서 일단 말을 끊었다.

두 형사는 메모하면서 열심히 고개를 끄덕였다.

"그로부터 일주일이 지난 밤, 저기 비탈 아래에서 진노 씨가 도와다 씨를 살해합니다. 상황상 돌발적인 범행 아니었을까 싶어요. 다행히 주변은 어둡고 인적도 없었죠. 그래서 진노 씨는 도와다 씨가 촬영 중에 실수로 넘어져서 머리를 찧은 것처럼 위장했을 겁니다."

"저 아래가 살해 현장이라고요?"

유키 경감이 비탈 쪽을 보았다.

"네, 진노 씨는 그 후에 몸에서 흙이며 증거물을 씻어내기 위해 온천에 갑니다. 그리고 마을회관으로 돌아와 적당한 시기를 노려 제게 연락했죠. 함께 비탈 아래에서 도와다 씨의 시체를 발견하기 위해서요. 하지만 실제로 현장에 가보니 도와다 씨의 시체가 없어요. 진노 씨는 몹시 당황했을 겁니다."

"그럼 피해자의 시신을 마을회관으로 옮긴 건 누구입니까?"

유키 경감이 질문했다.

"고키를 죽게 만든 범인요. 그 사람은 진노 씨가 묘지와 그 너머를 취재하자 아주 조마조마했을 거예요. 바로 근처에 고키의 시체를 유기한 데다, 어쩌면 자기도 모르게 남긴 흔적을 진노 씨가 발견할 수도 있으니까요."

"뭐, 그야 그렇겠죠."

"분명 가끔 취재 상황을 몰래 살피러 갔을 거예요. 어젯밤

엔 특히 사진 촬영도 있었으니까, 걱정돼서 여기 왔겠죠. 그리고 도와다 씨의 시체를 발견한 거예요. 시간으로 따지면 진노 씨가 온천에 가 있는 동안에요. 그 사람은 거기서 시체가 발견되기를 바라지 않았겠죠. 본인이 고키의 시체를 유기한 현장 근처니까요. 경찰이 수사하러 오는 상황은 꼭 피하고 싶었을 거예요. 그래서 시체와 흉기인 돌을 마을회관으로 옮긴 겁니다."

"범인의 심리는 이해가 갑니다. 하지만 그 진흙에는 대체 무슨 의미가?"

"도와다 씨의 옷에 묻은 흙 따위를 감추기 위해 그랬겠죠. 만약 시체가 깨끗하다면 경찰이 머리카락이나 옷에 묻은 토양 샘플을 채취해 살해 현장을 밝혀낼 테니까요. 그러면 기껏 시체를 옮긴 보람이 없어요. 그래서 도와다 씨를 진흙으로 더럽힌 겁니다. 그것도 어디의 진흙인지 알아내기 쉽도록, 일부러 근처 논에서 눈에 확 띄게 떠 왔어요. 그리고 도와다 씨만 진흙투성이면 원래 목적이 들통날 우려가 있으니까 마을회관 내부도 진흙으로 떡칠한 거겠죠."

범인이 정말로 더럽히고 싶었던 건 도와다의 시체뿐이었다. 마을회관 바닥에도 진흙을 칠한 건 어디까지나 자신의 진짜 목적을 숨기기 위해서였다.

"어쩌면 시체를 물로 씻었을 가능성도 있어요. 젖었더라도 그렇게 진흙을 묻혀놓으면 모를 테니까요. 모든 작업을 마친 범인은 문을 잠그고 마을회관을 떠났습니다. 문을 잠금으로써 진노 씨가 범인이라는 도장을 확실히 찍고 싶었던 거겠죠."

"즉, 와카타 요지가 범인이라는 결론으로 받아들여도 되겠죠?"

유키 경감의 말에 나는 "네" 하고 고개를 끄덕였다.

내 입으로 와카타의 이름을 꺼내기는 아무래도 꺼려졌다. 누가 뭐래도 와카타 요지는 내게 은인이다. 설령 친구가 가장 사랑하는 아들의 생명을 빼앗은 사람이라 해도, 역시 범인이라고 지목하려니 거부감이 들었다.

"그 사람이 자신의 범죄를 은폐하기 위해 부린 술수가 결과적으로 진노 씨의 알리바이를 증명한 셈이죠."

내 말에 이소 경위가 "역시 나쁜 짓은 다 들통나는 법이로군요" 하고 탄식했다.

그 후, 와카타 요지와 진노 마쿠즈는 각각 범행을 인정했다고 한다. 와카타도 진노도 원래 소심한 성격이었는지 사람을 죽였다는 죄책감을 견디지 못한 듯, 봇물 터진 것처럼 자백했다.

와카타의 경트럭 꽁무니에서는 눈에 잘 띄지는 않지만 사고의 흔적이 발견됐다. 또한 은색 승용차 트렁크에서도 미량이기는 하지만 고키의 혈액을 채취할 수 있었다.

와카타는 고키를 죽게 만든 걸 몹시 후회하고 있는 모양이다. 그날 헛간에서 경트럭을 후진시킬 때, 마당에서 고양이를 찾고 있던 고키를 보지 못해 치고 말았다고 한다.

"움직임 없이 축 늘어진 고키를 보자 겁이 났습니다."

와카타는 코를 훌쩍이며 그렇게 진술했다.

한편 진노는 도와다에게 헤어지자는 이야기를 듣고 욱해서 가까이에 있던 돌로 때렸다고 진술했다. 두 사람은 3년 전부터 불륜 관계였는데, 단순한 사적 관계를 넘어서 진노가 도와다에게 일을 소개해주기도 했던 모양이다.

"그년이 개인전까지 열 수 있었던 건 제 덕분입니다. 그런데…… 그년은 은혜도 모르는 년이라고요."

진노가 내뱉은 말을 듣고 취조를 담당한 유키 경감은 어이가 없었다고 한다. 다만 도와다의 시체가 마을회관으로 옮겨진 일에 관해서는 "정말로 도로도로 언덕의 저주인 줄 알았습니다"라고 진술했으니, 그날 밤 진노가 얼마나 겁을 먹었을지는 상상하기 어렵지 않다.

그리고 이건 사건과 직접 관계는 없는 일이지만, 경찰이 고키의 시체를 찾기 위해 늪을 파내는 도중에 뭔가를 발견했다. 인골이다. 늪 바닥에서 어린애의 뼈로 추정되는 인골이 몇 점 회수됐다. 다만 전부 아주 오래된 것이라 사건성은 없다고 판단했는지, 경찰은 그 이상 자세하게 조사하지 않았다.

이리하여 도로도로 언덕을 무대로 한 비극은 차가운 비에
씻기듯 조용히 막을 내렸다.


## 우메키 교코의 미공개 원고


마지막으로 현지를 조사하다 체험한 일을 적어보겠다.

내가 H 씨의 집에 묵었을 때다.

그날은 H 씨 방에서 자정이 지날 때까지 술을 마시며 이야
기를 나누었다(맥주 세 캔이었으니 그렇게 많이 마신 것은 아니
다). 당시 나눈 이야기는 D 언덕과 전혀 상관없고, 괴담도 아
니다. 젊은이답게 연애와 장래에 대해 잡담을 나누었다.

오전 1시가 지났을 즈음, 누가 먼저랄 것도 없이 이만 자기
로 하고 H 씨는 자기 침대에, 나는 그 옆에 이부자리를 깔고
누웠다. 그날 낮에 마을 여기저기를 돌아다녀서 몹시 피곤했
고 술도 좀 마신 터라, 맹렬한 수마를 이기지 못하고 바로 곯
아떨어졌다.

문득 잠에서 깨어 머리맡에 놓아둔 휴대전화로 시간을 확
인하자 오전 3시였다. 소변이 마려워 H 씨 방 바로 앞에 있는
화장실에서 볼일을 보고 다시 이부자리에 누웠는데, 밖에서
목소리가 들렸다.

"있느냐, 있느냐······."

희미했지만 분명 여자 목소리였다.

나는 '아, 이게 그거구나' 하고 묘하게 납득했다.

그때 갑자기 H 씨가 벌떡 일어났다. 내가 깨웠나 싶어 그쪽을 보고 사과하려는데, H 씨가 눈을 감은 채 "있어" 하고 한마디 하고 도로 누웠다.

평소 H 씨의 목소리가 아니라 어린애 같은 목소리였다.

나는 깜짝 놀랐지만 H 씨가 잠결에 그랬겠거니 싶었고, 굳이 깨우기도 미안해서 그냥 자기로 했다.

귀를 기울여도 "있느냐"라는 목소리는 더 이상 들리지 않았다.

다음 날 아침, 지난밤의 일을 H 씨에게 물어보았지만 아무 기억도 나지 않는다고 했다. "어, 내가 그런 소리를 했어?" 하고 오히려 내게 물어볼 정도였다.


대학원을 수료한 후 나는 본가가 있는 도치기현으로 돌아갔고, H 씨도 본가 근처에 취직했다. 직접 만나지는 못하지만 지금도 메일과 전화는 계속 주고받는다.

요전에 H 씨가 곧 결혼한다고 연락을 주었다.

나는 D 언덕에 "있느냐, 있느냐"라는 목소리가 울려 퍼지는 걸 상상했다.

지금도 H 씨는 "있어" 하고 대답할까.

앞으로 H 씨가 어떻게 지낼지 걱정이다.

후쿠시마 현경의 유키 경감에게 다시 연락을 받은 건 7월에 들어선 후였다.

그날 나는 텔레비전 방송 촬영을 위해 사이타마현 구키시에 있는 폐업한 공장에 와 있었다.

여기는 이 지역에서도 유명한 심령 스폿으로, 오늘은 한밤중까지 촬영을 할 예정이었다.

"와카타 요지가 죽었습니다."

유키의 무거운 목소리가 귀를 때렸다.

"네?"

"검찰에 송치된 후 건강이 악화되어 잠시 입원했는데, 결국 오늘 새벽에 숨을 거뒀어요."

"무슨 병이었는데요?"

"그게…… 잘 모르겠습니다. 직접적인 사인은 심부전이지만, 죽기 얼마 전부터 고열에 시달렸는데 의사는 감염증일 우려도 있다고 하더군요. 다만 죽기 직전에 '아이가 온다'고 난리를 쳤답니다. 뭐랄까, 피해자가 재앙을 내렸다는 식으로밖에 볼 수 없는 상황이라……."

아니다, 그건 고키가 내린 재앙이 아니다.

분명 그 늪이 내린 재앙이다.

나는 슬쩍 질문을 던졌다.

"고키의 시신을 찾으러 늪에 들어갔던 수사관들에게 뭔가 이상한 일이 일어나지 않았나요?"

그러자 유키 경감은 당황한 투로 말했다.

"그, 그걸 어떻게……?"

책임을 느낀 나는 빨리 액막이를 하라고 권했다.

재앙으로 망한 아오누마 촌락. 원흉은 어쩌면 그 늪에 있는 건지도 모른다. 진상은 늪에서 발견됐다는 오래된 뼈만이 알고 있지 않을까.

냉동 멜론의 괴담

冷　凍　メ　ロ　ン　の　怪　談

내 친구 중에 우메키 교코라는 괴담 작가가 있다.

물론 그런 한자를 쓰는 희한한 이름이 본명일 리는 없고 필명이지만, 본명도 우메키 교코로 발음은 동일하다. 화장도 옅고 옷차림도 수수해서 겉모습만 보면 아주 평범한 여자라 할 수 있다. 아니, 어쩌면 평범한 여자보다 더 눈길을 끌지 못할지도 모르겠다. 말씨도 차분하고 그렇다고 행동이 튀는 것도 아니다. 하지만 우메키 교코라는 작명 센스를 보여주는 사람이다. 정신 구조가 예사로울 리 없다.

작가 우메키 교코의 가장 큰 특징은 불가사의한 현상에 대한 깊은 집념이다. 그야말로 병적이라 자나 깨나 초자연현상이니, 귀신이니, 요괴니 그런 것만 생각한다. 일상적인 대화의 80퍼센트가 오컬트 쪽이라 함께 밥을 먹거나 술을 마시러

가면 주변에서 이상한 시선을 받기 일쑤다.

함께 있는 나는 우메키와 같은 부류가 아니라는 분위기를 풍기려고 애쓰지만, 대화의 흐름상 괴담 비슷한 이야기를 꺼내기도 한다. 원래 무서운 이야기나 신기한 이야기를 싫어하지는 않으니까, 역시 유유상종이라 여겨도 어쩔 수 없을지 모르겠다.

우메키는 분명 괴담 작가가 천직일 것이다. 마음 내키는 대로 괴담을 수집하고, 때로는 몇 번이고 현장에 가서 관계자를 취재한다. 일하는 모습이 종종 경찰관인 나보다 더 경찰관 같을 때가 있어서 "현장에는 백번 가봐야 한다"라는 말을 아무렇지 않게 꺼낼 정도인데, 그 점은 본받아야 할지도 모르겠다.

그런 우메키가 변을 당한 건 7월 초순이었다.

사이타마현에 있는 폐업한 공장에서 심야방송의 심령 프로그램을 촬영하다 머리를 다쳐 의식불명의 중태에 빠졌다. 일단 사고와 사건 가능성을 다 염두에 두고 수사하고 있다고 한다.

나는 인터넷 뉴스로 그 사실을 접하고 부랴부랴 사이타마현경의 지인에게 연락했다.

"아, 그 사건……."

지인은 담당은 아니지만 피해자가 그럭저럭 유명한 작가라서 사건의 양상은 대충 들었다고 했다. 나는 피해자와 친구임을 밝힌 후, 우메키가 다쳤을 때의 상황과 입원한 병원의 이름을 물어보았다.

우메키가 다친 현장은 구키시에 있는 폐업한 공장이다. 원래는 장난감 공장이었지만, 10년쯤 전에 폐업했다고 한다. 공장 경영자였던 남자가 지금도 땅을 소유하고 있다.

"근처에서 유명한 심령 스폿이래. 중고등학생들이 자주 불법 침입을 시도하다가 붙잡히는 모양이야."

지인은 픽 코웃음을 치며 그렇게 말했다.

우메키가 참여한 프로그램을 제작하는 회사는 토지 소유자의 허락을 받고 아직 밝은 시간에 촬영을 시작해 해가 진 후까지 오랫동안 촬영을 계속했다. 스태프는 몇 명 안 돼서 연출 겸 카메라를 맡은 여자가 한 명, 남자 조연출이 두 명이었다. 출연자는 우메키 교코와 여자 아이돌 한 명이었고, 아이돌의 매니저가 현장에 있었다고 한다. 즉, 사건 관계자는 피해자를 포함해 여섯 명인 셈이다.

우메키가 다친 건 심야 촬영 때였다. 야간 투시 카메라가 설치된 곳에서 우메키는 심령현상이 일어나기를 기다리고 있었다. 그런데 머리 위에서 뭔가가 떨어졌다. 우메키는 불행하게도 그것에 맞아 다친 것이다.

오래된 건물이라 2층 천장에는 구멍이 뚫려 있고, 기둥을 고정하는 볼트도 느슨하다. 흰코사향고양이나 너구리 같은 야생동물도 드나드는 모양이고 불법 침입하는 젊은이도 있으니 2층에서 쓰레기가 떨어져도 이상할 건 없다. 하지만 우메키의 정수리를 정통으로 때린 것은 뜻밖의 물건이었다.

"피해자 머리에 떨어진 건 냉동된 멜론이었대."

그 말을 들은 순간 나는 배 속에서 찜찜한 뭔가가 치미는 것을 느꼈다. 구토감이나 더부룩함과는 다른, 아주 불쾌한 감각이다.

지인은 머리에 떨어진 물건이 물건인 만큼, 단순한 사고로 볼 수는 없다고 말했다. 그렇구나. 이 녀석은 사이타마 현경이라서 모르는 건가.

'도쿄 도내에서 발견된 여러 변사체 옆에 냉동 멜론이 놓여 있다.'

'어디선가 냉동 멜론이 떨어져서 불특정 다수의 사람을 죽음으로 몰아넣는다.'

황당무계한 이야기지만, 경시청 내부에서는 아주 유명한 도시 전설 중 하나였다.

게다가 우메키 교코는 그 소문을 조사하던 도중에 날벼락을 맞았다.

"야, 다카나시. 다카나시! 듣고 있어?"

현실감이 희박해져 전화 저편에서 내 이름을 부르는 지인의 목소리가 몹시 멀게 느껴졌다.

## 우메키 교코의 원고 1

옮는 괴담이라는 것이 있다.

그 괴담을 들은 사람에게 실제로 괴이 현상이나 재앙이 찾아오는 유형의 괴담으로 '가시마 씨'가 대표적이다. 변주가 다양해서 자세한 설명은 생략하지만, 가시마 씨 이야기를 들으면 나중에 이야기를 들은 본인 앞에 가시마 씨라는 영적 존재가 실제로 나타난다고 한다. 요컨대 괴담이 현실을 침식한다는 것이다.

지금부터 소개할 이야기도 그렇듯 옮는 괴담의 일종일지도 모르겠다.

현역 경찰관인 T는 학창 시절부터 내 친구로, 지금도 가끔 한잔하러 가는 사이다. 옛날부터 이상한 일을 잘 겪는 체질이었고, 경찰관이 된 후로도 살인이나 사고 현장에서 괴이 현상과 맞닥뜨릴 때가 있다고 한다. 나는 그 이야기를 듣고 싶어서 종종 그녀를 술집으로 불러낸다.

T에게는 사적인 시간이겠지만 나는 취재도 겸하므로 반쯤 업무 모드라, 솔직히 함께 보내는 시간이 편안했던 기억은 없다. 그래도 오컬트로 가득한 대화는 아주 신나니까 나로서는 만족스럽다.

지금까지 T에게 들은 이야기를 내 책 몇 권에 실었는데,

이번에는 조금 성격이 다른 이야기를 들었다.

경찰 내부에서 전해지는 기묘한 소문이다.

"20년쯤 전부터였나, 가끔 이상한 시체가 발견된대."

그 시체는 특별히 이상한 점도 없고 손상이 심한 것도 아니다. 그냥 머리의 상처나 두개골 함몰이 직접적인 사인이라고 한다. 다만 그 옆에는 반드시 피해자의 피가 묻은 멜론이 떨어져 있다. 멜론은 깨진 경우가 많은데, 속에서 과육이 흘러나와 벌레가 꼬인 모습은 시체보다 더 그로테스크하고 냄새도 심하다. 그 멜론을 감식해보면 중심부가 얼어 있다. 더 자세하게 조사한 결과 멜론을 통째로 한 번 냉동시켰다는 것이 판명된다.

"얼핏 보기에는 냉동된 멜론이 하늘에서 떨어져 피해자의 머리에 맞았다고밖에 해석할 수 없는 상황이야."

시체는 인적 없는 둔치에서 발견되기도 하고, 오피스 거리나 주택가에서 발견되기도 한다. 대부분 도쿄 도내에서 일어나지만 드물게 간토 지방 근교의 다른 현에서도 발견됐다는 소문이 돌고, 희생자 수는 스무 명이라는 말도 서른 명이라는 말도 있다.

냉동 멜론이 떨어져서 불특정 다수의 사람을 죽음으로 몰아넣는다. 아주 황당무계한 이야기지만 세상에는 파프로츠키스(Fafrotskies, Falls from the skies)라고 불리는 현상이 존재한다. 하늘에서 물고기나 개구리가 대량으로 떨어지는 것이 대표적인 사례다. 미국 작가이자 초자연현상 연구의 선구자인 찰스 포트가 이러한 현상을 소개했고, 일반인에게도 널리 알려져 있다. 현재까지 물고기나 개구리 외에도 돌, 얼음덩이, 피 같은 액체, 고기 조각, 새 등 다양한 사례가 확인됐고, 일본에서 에도시대 말기의 민중운동 '좋지 아니한가'의 계기가 된 하늘에서 떨어진 신사의 부적도 이 현상에 해당한다.

따라서 냉동 멜론이 하늘에서 떨어진다는 이야기 자체는 세계적으로 보면 유별나다고는 할 수 없다. 이 이야기의 불가사의한 점은 다른 데 있다.

경찰에서는 처음에 사건 가능성을 의심하고 수사에 들어갔다. 당연하다면 당연하지만 수사본부는 동일범에 의한 연쇄 살인 사건일 가능성을 염두에 두었다. 수사상 중요한 증거이므로, 현장에 멜론이 남아 있었다는 사실은 비밀에 부쳤다. 매스컴 관계자와 사건 관계자에게도 엄중하게 함구령을 내렸다고 한다. 모방범이 나타날 것을 우려했기 때문이다.

"타살 사건이라면 한시라도 빨리 피의자를 확보해야 해. 하지만 살해 수법이 이렇게 희한하다는 정보가 새어 나가면 흉내 내는 인간이며 범인을 자칭하는 인간이며, 온갖 잡다한 놈들이 우르르 튀어나올지도 몰라. 수사에 혼란이 없도록 멜론이 남아 있었다는 사실을 비밀로 하는 건 꼭 필요한 조치였어."

하지만 사람의 입을 잠글 수는 없다. 사건 관계자 중에서 무심코 멜론에 대해 누설하는 사람이 나오기도 한다. 그러자⋯⋯.

"이번에는 그 사람이 희생자가 되지. 요컨대 현장에 멜론이 떨어져 있었다고 남에게 이야기한 사람이 시신으로 발견되는 거야."

요즘은 SNS의 보급으로 개인이 별생각 없이 쉽게 정보를 공개할 수 있으며, 그 정보가 순식간에 퍼져나가는 환경이 조성됐다. 그래서 우연히 촬영한 냉동 멜론 사진을 가벼운 기분으로 인터넷에 올리는 사람도 나온다.

"그래서 요 몇 년 사이에 피해자의 수가 확 늘어난 모양이야. 전에는 한 해에 한 명 나올까 말까였는데, 지금은 한 해에 대여섯 명이 죽는다는 소문도 있어."

"하지만 소문이잖아?"

내 말에 T는 "뭐, 그렇지" 하고 쓴웃음을 지었다.

"소문이 아니라면 대사건인걸."


다음 날 나는 인터넷에서 '냉동 멜론'을 검색해보았다. 결과는 대부분 '멜론은 냉동할 수 있다'라는 소소한 정보성 내용으로, 멜론을 잘라서 냉동실에 보관하는 방법을 알려주는

식이었다. 사진이나 동영상을 검색해도 과즙이 풍부해서 맛있어 보이는 멜론밖에 나오지 않았다. 결국 T가 이야기해준 변사 사건에 관련된 사진이나 동영상, 글은 찾지 못했다.

그래서 이번에는 T 말고 다른 경찰 관계자 친구 및 지인에게도 연락해보았다.

일찍이 나는 경찰 관계자를 상대로 괴담을 수집하기 위해 T에게서 현직 경찰관 몇 명을 소개받았다. 그 후로도 몇몇과는 인연이 이어져서 지금도 가끔 취재를 한다.

T의 성격상 꾸며낸 이야기는 아닐 테니, 만약을 위해 다른 경찰 관계자의 이야기도 들어보고 싶었다. 냉동 멜론에 대해 물어보자 다들 그 소문은 알고 있었다.

"도시 전설 같은 거야."

A 씨는 그렇게 말하며 일소에 부쳤다.

그녀는 T의 동료로 영능력 같은 것이 다소 있는 듯, 살인 현장에서 묘한 걸 목격하거나 사건 수사 중에 피해자의 영혼과 맞닥뜨리고는 한다. 보통은 진지한 얼굴로 괴담을 이야기하지만, 냉동 멜론에 관해서는 전혀 믿지 않는 눈치였다.

"하늘에서 멜론이 떨어지다니 무슨 판타지도 아니고."

내가 파프로츠키스 현상에 대해 설명하자 오히려 흥미롭게 이야기를 들은 것이 인상적이었다.

한편 감식과 소속 R 씨는 냉동 멜론 사건을 믿을 뿐만 아니라 극비 수사본부까지 존재한다고 주장했다.

"수사본부라고 해서 대규모는 아니고, 지금도 미제 사건으로서 어떤 반이 담당하고 있다는 이야기야."

R 씨가 선배에게 들은 바로는 선배의 상사가 현장에서 발견한 멜론을 회수해 보고서를 제출한 적이 있다고 한다. 선배의 상사라니, 도시 전설에서 흔히 등장하는 친구의 친구같이 안면도 없는 사이라 객관적인 신빙성은 의심스럽지만, R 씨 본인은 냉동 멜론 사건이 실제로 존재한다고 생각하는 듯했다.

이처럼 사람에 따라 차이는 있지만, 결국 냉동 멜론에 대한 소문 자체는 존재한다는 걸 확인할 수 있었다.


내가 T와 다시 만난 건 냉동 멜론 이야기를 듣고 약 석 달이 지난 일요일이었다.

T가 상의할 일이 있다며 어디 괜찮은 곳 없느냐고 물었다.

그날, 나는 진보정의 고서점 거리에서 자료를 찾을 예정이었으므로 대형 서점 지하에 있는 양식당에서 만나기로 했다.

평소 쓸데없이 목소리가 큰 T가 만나자마자 "여기서만 하는 이야기인데……" 하고 목소리를 낮추는 걸 보고 보통 일이 아님을 직감적으로 깨달았다.

T의 이야기는 다음과 같았다.

나흘 전, T는 상사 N 경감과 함께 현장에 나갔다. 수사 관계상 어딘지 자세하게 쓸 수는 없지만 민영 철도의 선로 옆쪽, 맨션이 늘어선 일대의 한 곳이었다. 시간은 오전 5시가 지났을 무렵으로, 관할서 수사관들이 이미 현장에서 작업을 하고 있었다고 한다.

고층 맨션 앞쪽 길에 젊은 여자의 시체가 쓰러져 있었다. 머리에서 피가 철철 흘러 아스팔트를 적셨다. 얼핏 보기에는 관할서에서 충분히 대응할 수 있을 만한 상황이었다. 하지만……

"시체 옆에…… 있었어, 멜론이."

냉동 멜론에 대한 소문을 알고 있던 T는 믿기지 않는 기분으로 깨진 멜론을 바라보았다.

자기도 모르게 N 경감에게 "이게 그 멜론입니까?" 하고 물어보았지만 완전히 무시당했다고 한다.

"다른 형사들도, 감식과 사람들도, 누구 하나 멜론에 대해서는 언급하지 않았어. 물론 현장에 남아 있는 물건이니까 조사는 하지. 하지만 거기 있기에는 이질적인 물건인데도, 아무도 그 점을 짚고 넘어가지 않더라고. 내가 몰랐을 뿐, 현장에서는 멜론에 대해 경솔하게 입에 담지 않는 게 암묵적인 규칙인 듯했어."

여자의 신원은 소지품으로 금방 밝혀졌다. 근처에 사는 회사원으로, 현장은 피해자가 통근할 때 지나다니는 길이었다.

그리고 나중에 판명된 바에 따르면, 피해자는 친구와 술을 마시다가 과거 자신이 변사체를 발견했을 때 옆에 멜론이 떨어져 있었다는 이야기를 했다고 한다.

"어디까지나 소문인 줄 알았으니까 정말 깜짝 놀랐어."

나도 당장은 믿기지가 않았다. 하지만 T의 말투와 안색이 평소와는 달랐고, 상황 설명도 아주 구체적이어서 거짓말하는 것으로는 보이지 않았다.

"저기, 냉동 멜론 이야기가 소문이 아니라 사실이라면, 옛날에도 비슷한 사건이 실제로 일어났다는 거지?"

내 질문에 T는 고개를 끄덕였다.

"뭐, 그런 셈이지."

"그렇다면 수사본부가 설치되었거나 적어도 담당 수사관이 있겠지?"

감식과 소속 R 씨의 이야기가 갑자기 진실미를 띠었다.

"그럴 거야."

"그거, 알아낼 수 있어?"

그러자 T는 팔짱을 끼고 의자 등받이에 몸을 기댔다.

"알아낼…… 수 있지 않을까. 딱히 비밀은 아닐 테니."

"슬쩍 알아봐."

"알아보라니, 내가?"

"응. 궁금하잖아?"

"그야 뭐, 그렇지."

"일단 제일 오래된 사건 기록을 찾아봐. 실제로 언제부터 냉동 멜론 사건이 시작됐는지 알고 싶어."

"알았어. 뭐, 할 수 있는 만큼은 해볼게."

T는 그다지 내키지 않는 기색이었지만, 나는 이 사건에 큰 흥미가 생겼다.

우메키 교코는 사이타마현의 병원에 입원 중으로, 가족 말고는 면회 사절이라고 했다. 나는 일단 병원을 찾아가 우메키의 가족에게 위문품만 전했다. 가족들 말로는, 뇌에 손상이 없어서 곧 의식을 되찾을 거라고 의사에게 들었다고 한다. 그 말에 나도 안도했다.

다음으로 우메키가 다쳤을 때의 구체적인 상황을 알고 싶어서 사건 당일 방송을 녹화한 간다의 영상 제작사로 향했다.

오래된 잡거빌딩의 2층에 있는 '백골암'이라는 유한회사로, 상상했던 것보다 훨씬 작았다. 사무실에 사람은 얼마 없었지만 기재며 자료가 잔뜩 놓여 있어서 정숙한데도 시끌벅적한 인상이었다. 눈에 잘 띄는 곳에 영화와 방송 프로그램의 포스터를 붙여놓았지만, 전부 내가 모르는 것뿐이었다.

나는 파티션으로 구분된 응접 공간으로 안내받았다. 다행히 이 공간은 정리 정돈을 잘해놔서 안도의 한숨을 내쉬었다. 소파 옆에는 관엽식물도 놓여 있었다.

프로그램의 담당 연출자는 와니구치라는 여자였다. 20대 후반에서 30대 초반일까. 화장이 부자연스럽게 진해서 나이를 가늠하기가 힘들었다. 얇은 빨간색 파카와 청바지에 나사 NASA의 로고가 들어간 분홍색 야구 모자, 여름이 전혀 느껴지지 않는 패션이다. 야구 모자에서 살짝 삐져나온 머리카락은 금색이었다.

나는 수사관이 아닌 우메키 교코의 친구로서 당일의 상황을 알고 싶다는 뜻을 전했다. 그러자 와니구치도 "우메키 씨는 제 대학교 선배예요" 하고 가벼운 말투로 대답했다. 그러고 보니 예전에 우메키가 영상 업계에 아는 사람이 있다고 했던 기억이 났다. 그게 와니구치였던 모양이다. 이야기를 더 들어보니 지난달에 우메키가 에히메현에서 살인 사건에 휘말렸을 때도 동행했다고 한다.

"우메키 선배는 어쩐지 요즘 엎친 데 덮치는 꼴이네요."

우메키 교코가 공통의 친구란 걸 알게 되자 와니구치는 편한 말투로 사건의 경위를 설명해주었다.

"원래 그 프로그램은 아이돌 그룹 프로모션 기획의 일환이었어요. 갤럭시 팬텀이라는 5인조 아이돌 그룹 알아요?"

"아니요."

"그렇겠죠. 뭐, 아는 사람만 아는 오컬트 계열 아이돌 그룹이에요."

"오컬트 계열?"

"네. 각 멤버가 미확인 비행 물체며, 미확인 생물체며, 심령 현상 등에 특화된 지식을 갖추고 있고 노래에도 오컬트 요소가 가득해요. 오컬트 잡지 《모》에도 연재 중이라 그 방면에서는 유명하지만, 일반 대중들 사이의 지명도는 극히 낮죠. 그래서 BS텔레비전의 심야방송 시간대에 걔들의 프로모션 기획으로 시작한 게 〈갤럭시 팬텀의 갤럭갤럭 팬팬〉이라는 쓸데없이 긴 이름의 프로그램이에요. 참고로 제가 제목을 붙인건 아니고요."

사건이 일어난 당일, 현장에 제일 먼저 도착한 사람은 와니구치, 그리고 남자 조연출 사메지마와 다쓰노였다. 세 사람은 오후 3시에 폐업한 공장에 도착해 공장 외관과 내부를 한차례 촬영했다.

"현장에는 그때 처음으로 갔나요?"

내 질문에 와니구치는 "아니요, 아니요" 하고 고개를 저었다.

"사전 답사를 하죠. 일주일 전에 우메키 선배와 함께 현장에 갔었어요. 아사노 씨라고 땅 주인 영감님도 같이 갔고요."

"우메키도 함께?"

"네. 촬영하러 가야 하는데 좋은 곳 없느냐고 우메키 선배한테 물었거든요. 그랬더니 구키에 있는 폐업한 장난감 공장은 어떠냐고 하더라고요. 선배가 그곳을 무대로 한 괴담을 자기 책에 실었는데, 그때 아사노 씨와 친해진 모양이에요. 자기가 소개했다고 하면 촬영 허가를 내줄 거라고 했어요."

"그 공장에 구체적으로 어떤 괴담이 있는데요?"

"공장이 망하기 전부터 죽은 직원의 귀신이 나타난다는 이야기가 있었어요. 그리고 그 직원이 죽은 곳에서 느닷없이 비명이 울려 퍼진다든가. 폐업한 후로는 어린애의 혼령 같은 것이 나온다는 이야기도 있고요."

생각했던 것보다 다양한 현상이 일어나는 심령 스폿인 듯하다.

"우메키는 전에도 촬영에 참가한 적이 있나요?"

"네. 이번이 세 번째던가. 갤럭시 팬텀에서 심령현상을 담당하는 고초 가린이 출연할 때는 대개 우메키 선배도 출연해요. 뭐, 이건 선배만 특별 대우하는 게 아니라 다른 멤버가 출연할 때도 미확인 비행 물체 전문가나 초고대문명 전문가를 불러요."

그렇게 말하고 와니구치는 사건 당일에 있었던 일로 이야기를 되돌렸다.

폐업한 아사노 장난감 공장의 부지에는 원래 사무소도 같이 있었지만, 현재는 철거돼서 공장 건물만 남아 있다. 실은 5년 전에 사무소에 숨어들어 기거하던 노숙자가 불을 내는 소동이 벌어졌다. 사무소 자체는 일부가 불타는 정도에 그쳤지만, 안전을 고려해 철거했다고 한다.

공장 터에는 동서 방향으로 길쭉한 직사각형 건물이 남아 있다. 입구는 남서쪽에 있는 슬라이드식 두짝문과 뒷문이라고 불리는 북쪽 문, 총 두 군데다. 다만 뒷문은 현재 자물쇠를 잠그고 밖에서 널빤지를 못으로 박아놔서 전혀 사용할 수 없다. 평소에는 두짝문도 큼지막한 맹꽁이자물쇠로 잠가놓지만, 촬영 당일은 와니구치가 아사노에게 열쇠를 빌렸다(참고로 뒷문 열쇠는 빌리지 않았다).

북쪽과 남쪽에는 커다란 창문이 줄지어 있는데, 폐허치고는 특이하게도 유리창이 두 장 빼고 전부 무사하다. 이건 공장이 주택가와 가까이 있어서 조업 당시부터 방음 효과가 높은 두꺼운 유리를 사용했기 때문이다. 그래도 남쪽 창문 두 개는 웬 몹쓸 놈이 깨뜨려서 현재는 베니어판으로 막아놓았다. 방범을 위해 모든 창문을 안쪽에서 잠가둔 건 말할 필요도 없다.

기계를 전부 반출해서 내부는 텅 빈 상태에 가깝다. 불법 침입한 젊은이의 짓인 듯한 낙서와 불법 투기된 쓰레기가 약간 눈에 띄지만, 전체적으로 봤을 때 그렇게 엉망진창은 아니다. 아사노 말로는 공장 문과 창문이 제법 튼튼한 데다, 바로 앞길이 파출소의 순찰 경로라서 침입하거나 안에서 소란을 떨기는 아주 어렵다고 한다.

"좀 더 폐허 같아야 분위기가 나는데, 꽤 깨끗하더라고요."

공장 일부에 있는 2층에는 금속 계단을 통해 올라갈 수 있다. 동쪽의 3분의 1 정도를 차지하는 공간인데, 이쪽도 짐은 전부 뺐으므로 기본적으로 아무것도 없다. 다만 금속으로 된 바닥이 노후화해서 군데군데 구멍이 뚫렸다.

이번 촬영은 한밤중에 폐업한 공장에서 괴담 작가 우메키 교코와 아이돌 고초 가린이 심령 체험을 한다는 콘셉트로, 일단 둘이 함께 공장 전체를 둘러본 후 '나온다'고 하는 장소에 한 명씩 대기하며 야간 투시 카메라로 지켜보는 가운데 심령 현상이 일어나기를 기다리기로 했다.

우메키는 2층으로 올라가는 계단 근처에 자리를 잡았다. 일찍이 직원이 2층에서 떨어져 사망한 곳으로, 지금도 비명이 들릴 때가 있다고 한다.

한편 고초는 어린애의 혼령이 자주 목격되는 입구 근처에 대기했다. 그 주변에는 어째선지 밖에서 가져온 장난감이 많이 놓여 있어서, 마치 어린애의 혼령을 공양하는 듯한 기묘한 분위기를 자아낸다.

"공장에서 죽은 애는 없어요. 그 부근도 마찬가지고요. 그런데도 폐업한 공장에 들어갔던 사람 중에 어린애를 봤다는 사람이 많아요. 실제로 아사노 씨도 전에 낯선 아이를 보고 주의를 주었더니 눈앞에서 사라졌다고 하고요. 인터넷에 '자시키와라시인가?' 같은 글도 올라오지만, 우메키 선배는 인형의 혼령 아니겠냐고 하더군요."

인형의 혼령은 대체 어떤 혼령인지 궁금했지만, 일단 사건 당일의 상황을 듣고자 이야기를 재촉했다.

오후 5시 반에 근처 역에 도착했다는 우메키 교코의 연락을 받고 조연출 사메지마가 데리러 갔다. 그로부터 30분 후, 고초 가린이 매니저 후카미 신고가 운전하는 차를 타고 현장에 도착했다.

간단한 협의와 촬영 순서 확인을 위해 한 시간쯤 보낸 후, 우메키, 고초, 후카미가 대기하는 가운데 와니구치를 비롯한 스태프는 기재를 최종 확인했다.

"공장 안에 야간 투시 카메라를 총 세 대 설치했어요. 우메키 선배와 가린이 대기하는 곳에 각각 한 대씩, 그리고 뒷문이 보이는 공장 한복판에 한 대요. 영상은 공장 밖에 설치한 모니터에 나오도록 설정해놨고요."

그리고 주변이 어둠으로 뒤덮인 오후 8시에 촬영이 시작됐다.

기본적으로 연출 겸 카메라 담당인 와니구치가 우메키와

고초를 촬영한다. 두 조연출은 곁에서 와니구치를 보조한다. 후카미 신고는 촬영 상황을 확인하면서 구경꾼이 다가오지 않도록 지키는 역할을 맡았다.

"공장 앞에서 오프닝을 촬영하고, 안에 들어가서 촬영하다가 9시 반쯤에 한 번 쉬었어요."

현장에 조연출 다쓰노를 남겨두고 다른 사람들은 걸어서 10분 거리에 있는 편의점에 갔다. 거기서 화장실을 빌려 쓰고 마실 것과 가벼운 먹거리를 사서 오후 10시가 조금 지났을 무렵에 현장으로 돌아왔다. 이번에는 '나타난다'는 두 곳에 우메키 교코와 고초 가린이 자리를 잡고 세 시간가량 촬영할 예정이었다. 촬영 중에 출입구인 두짝문은 닫아놓으므로 내부는 칠흑같이 어둡다. 출연자 두 명에게 LED 손전등은 주었지만, 되도록 사용하지 말라고 지시했다.

한편 공장에서 나온 스태프 세 명과 후카미는 출입구 근처에 설치한 모니터를 들여다보며 내부를 확인했다.

"구체적으로 출입구에서 얼마나 떨어져 있었나요?"

내 질문에 와니구치는 "거의 바로 앞이었어요" 하고 말했다.

"외부인이 안에 들어가면 안 되니까 모니터 너머로 출입구도 감시할 수 있도록 출입구에서 2미터쯤 떨어진 곳에 모니터를 설치했어요."

촬영에 들어가 기재가 확실히 작동하는 걸 확인한 다음 와니구치는 다쓰노에게 휴식하라고 지시했다. 다쓰노는 편의점에 다녀오겠다며 그 자리를 떠났다.

그로부터 약 20분 후인 오후 10시 35분에 사건이 발생했다.

우메키 교코를 찍고 있던 카메라 영상에 그 순간이 남아 있다기에 나는 실제 영상을 보여달라고 했다.

야간 투시 카메라 영상이기는 하지만, 주변 상황이 꽤 선명하게 보였다.

우메키는 처음에 접의자에 앉아 있었다. 잠시 후 일어서서 계단 주변을 살피거나 위를 올려다보는 등 이리저리 움직이기 시작했다. 그리고 느닷없이 주변에 귀를 찢을 듯한 비명이 울려 퍼졌다.

"어?"

그 소리에 놀란 우메키가 발을 멈췄을 때, 위에서 뭔가가 떨어졌다.

동그란 물체가 우메키의 머리를 정통으로 때렸다.

우메키는 그 자리에 풀썩 쓰러졌다.

친구에게 비극이 일어난 순간이 이렇게 확실하게 남아 있다니, 상당히 충격적이었다.

"괜찮아요?"

와니구치가 걱정스러운 듯 영상을 보고 있던 내게 말을 걸었다.

"네, 뭐. 이 비명은 우메키가 지른 게 아니죠?"

"네. 그건 진짜배기 심령현상이에요."

와니구치는 진지한 표정으로 말했지만, 나는 반신반의했다. 이런 프로그램에서는 날조가 예사 아닌가 싶었기 때문이다. 하지만 그 점은 나중에 생각하기로 하자.

"그래서 영상을 보고 있던 여러분이 바로 들어간 거고요?"

"네. 만약을 위해 그 자리에 대기 중이던 사메지마에게 아직 편의점에서 돌아오지 않은 다쓰노한테 연락하라고 지시하고, 저랑 후카미 씨가 들어갔죠. 안에서 가린이 아까 비명은 뭐냐고 새파랗게 질린 얼굴로 묻길래 우메키 씨가 사고를 당했다고만 알리고 셋이 함께 공장 안쪽으로 향했어요. 우메키 선배는 위를 보고 쓰러져 있었고, 바로 옆에는 냉동돼서 딱딱한 멜론이 떨어져 있었죠."

와니구치는 우메키가 의식을 잃은 걸 확인하고 119와 경찰에 신고했다.

"그때 바로 경찰에도 신고했군요."

"냉동 멜론이 위에서 떨어졌으니까요. 사고보다 누군가의 소행으로 보는 게 자연스럽잖아요?"

"뭐, 그렇겠죠."

확실히 여름철 폐허에 냉동 멜론이 저절로 나타나지는 않으리라.

"2층에 누군가 숨어 있는 게 아닐까 싶어서 바로 살펴봤지만 아무도 없었어요."

와니구치는 아쉽다는 듯이 말했다.

우메키가 공장 2층 정도 높이에서 떨어진 냉동 멜론에 정통으로 맞아 다쳤다는 것은 경찰 조사로도 증명됐다.

촬영 중에 출입문이 닫힌 공장 안에서 누군가가 우메키 교코의 머리에 냉동 멜론을 떨어뜨렸다. 같은 공간에서 야간 투시 카메라에 찍히고 있었던 고초 가린은 수상한 행동을 전혀 하지 않았다. 출입구는 스태프들이 지키고 있었으므로 누군가 침입했을 리도 없다. 실제로 공장 내부에 설치된 카메라에 수상한 인물은 찍히지 않았다. 더구나 우메키가 쓰러진 후 와니구치와 후카미가 안으로 들어가고 구급차가 도착할 때까지 공장에서 나온 사람도 없다. 이는 밖에서 지키던 조연출 두 명이 증언했다.

즉, 밀실에서 누군가가 우메키 교코의 머리에 냉동 멜론을 떨어뜨린 것이다.

밀실과 냉동 멜론…….

이건 마치 '그 사건'의 재현 같지 않은가.

나는 온몸에 소름이 쭉 끼쳤다.

## 우메키 교코의 원고 2

그로부터 일주일도 지나지 않은 목요일, T는 냉동 멜론과 관련된 첫 번째 사건을 찾아냈다. 의외로 빨라서 나는 T의 조사 능력을 다시 보았다. 하지만 T에게 실제로 사건 이야기를 듣자 얼떨떨한 기분이 들었다.

나도 알고 있는 비교적 유명한 미제 사건이었기 때문이다.

나와 T는 우리 집에서 가까운 꼬치구이집에 마주 앉아 있었다.

숯불에 고기를 굽는 냄새와 취객들의 목소리로 가득한 공간에서 우리는 생맥주를 마셨다. 이야기의 성격상 주변 사람들 귀에 들어가는 건 바람직하지 않다. 그래서 조용한 카페 말고 떠들썩한 꼬치구이집을 선택했다.

"1990년대 말에 나쓰메 다쓰코라는 점술가가 살해당한 사건이 있었잖아?"

"어? 그 사건이 냉동 멜론이 첫 번째로 등장하는 사건이야?"

"아무래도 그런가 봐."

마침 시기가 세기말이었던 데다 현장에 악마 발자국이라고 불리는 수수께끼의 흔적이 남아 있었던 까닭에 매스컴에서 아주 난리를 떨었던 사건이었다.

일찍이 영국에서 '악마 발자국'이라고 불리는 정체불명의 발자국이 여러 차례 발견됐다. 특히 유명한 것은 1855년 2월 9일 아침 데번셔 남부의 각 마을에 나타난 발자국으로, 이때는 노새의 말굽 모양과 비슷한 이족보행 발자국이 눈 위에 일렬로 이어져 있었다고 한다. 이 발자국은 들판뿐만 아니라 지붕 위에도 남아 있었고, 높은 벽을 뛰어넘기도 해서 사람들은 악마 발자국이라고 소란을 떨었다.

T가 언급한 점술가 살인 사건 때도 현장의 눈 위에 기묘한 발자국 같은 것이 남아 있어서 악마 발자국이라느니 요괴 발자국이라느니 하며 아주 화제가 됐었다. 세기가 바뀐 후에도 가끔 오컬트 잡지에서 다루어서 나도 사건의 개요는 알고 있었다.

사건은 지금으로부터 20여 년 전인 1998년에 발생했다. 현장은 하치오지시에 있는 저택, 피해자는 그 집에 살던 42세 여성 나쓰메 다쓰코였다. 나쓰메가의 부지에는 안채라고 부르는 일본식 단층 가옥과 별관이라고 부르는 2층짜리 양옥집이 있었다. 그리고 피해자 나쓰메 다쓰코는 개인 고객을 상대로 점을 치는 것이 생업이었다.

"나쓰메 다쓰코의 시신은 안채의 서재에서 발견됐어. 사인은 뇌타박상. 둔기로 뒤통수를 얻어맞았지. 책상에 푹 엎드리듯 쓰러진 시신 옆쪽 다다미에 피해자의 피가 묻은 멜론이 놓여 있었어. 감식 결과 멜론은 얼어붙어 있었다는 사실이 밝혀졌다고 해."

"어, 하지만 설마 멜론이 흉기는 아니겠지?"

나쓰메 다쓰코 살해 사건에 대해 몇몇 기사를 읽었지만 그런 내용은 본 적이 없다.

"얼었다고 해도 멜론으로 때려 죽일 수는 없겠지. 흉기인 금속 꽃병은 서재에서 발견됐어. 원래는 거기에 꽃을 꽂아서 안채 안쪽 방에 있는 제단에 올려놨던 것 같아. 범인은 제단 앞에다 꽃과 물을 버리고 빈 꽃병으로 피해자를 공격한 것으로 추정돼. 현장에 눈에 띄게 다툰 흔적이 없고, 피해자의 물건도 사라지지 않은 것으로 보아 강도가 아닌 면식범의 소행인 듯하고. 일단 사건 경위를 자세히 설명할게. 알고 있는 내용도 있겠지만, 되도록 생략 없이."

T는 나쓰메 다쓰코 살해 사건의 경위를 자세히 설명해주었다.

나쓰메 다쓰코는 한 살 연상의 남편 미쓰히코 외에 수양딸 세 명과 제자 두 명, 총 여섯 명과 함께 살았다. 세 수양딸은 위에서부터 20세 미즈호, 17세 에리나, 10세 아이로, 모두 부모를 잃고 보육원에 맡겨진 걸 다쓰코가 거두었다고 한다. 다만 이 사건이 발생하기 전에 첫째 딸 미즈호는 행방불명돼서 실종 신고도 했다. 나는 옛날 주간지 기사에서 다쓰코와 세 수양딸이 함께 찍은 사진을 본 적 있다. 과장된 웃음을 띤 다쓰코를 둘러싸듯 키가 크고 눈빛이 이지적인 미즈호, 동글동글한 체형에 분위기가 의젓한 에리나, 그리고 실제 나이보다 몸집이 작고 앳되어 보이는 아이가 찍혀 있는 사진이다.

제자는 나메카와 우게쓰라는 여자와 쓰부라 가이토라는 남자다. 사건 당시 나메카와가 32세, 쓰부라가 28세였다.

다쓰코 본인은 주로 안채에 기거했고, 나머지 여섯 명(미즈호가 행방불명된 후로는 다섯 명)은 별관에서 생활했다고 한다. 보통 생각하기로는 커다란 별관이 안채고 작은 안채가 별관이어야 할 것 같지만, 안채가 나쓰메가의 부지에 먼저 지어졌다고 한다. 나중에 별관을 지어서 그러한 명칭이 자리 잡은 모양이다.

회사원인 미쓰히코는 집에서 직장까지 자가용으로 출퇴근했다. 에리나와 아이도 근처 공립학교에 다녔다. 행방불명되기 전에는 미즈호도 집에서 도쿄 도내의 사립대학에 다녔다고 한다. 그리고 두 제자는 안채에서 점을 보는 다쓰코를 보조했다.

다쓰코의 고객은 유명인이나 정치가 같은 사람부터 인근에 사는 주부까지 다양했으며, 복채도 20분에 3천 엔으로 일반적인 수준이었다. 다만 적중률이 대단해 먼 곳에서도 손님이 찾아올 정도라, 나쓰메가의 부지는 늘 차로 가득했고 대기실로 사용했던 방도 아주 붐볐다.

"사건은 1월 중순 밤에 발생했어. 전날부터 큰 눈이 내렸는데 기상청의 발표에 따르면 하치오지에는 눈이 30센티미터나 쌓였다고 해."

그날 밤, 별관에서 작은 소동이 벌어졌다.

밤 11시 반, 셋째 딸 아이가 무서운 꿈을 꿨다며 소란을 떤 것이다. 뭐, 열 살짜리 소녀에게는 흔한 일이라 할 수 있겠지만, 나쓰메가에서는 그 일이 특별한 의미였던 모양이다.

"진위는 알 수 없지만 아이라는 애한테 영능력이 있었나 봐. 그때까지도 사고를 예지하거나 귀신을 보는 등 여러모로 신기한 일이 많았던 모양이야."

그날, 아이가 꾼 꿈에는 악마가 나왔다. 악마라 하면 사탄, 바알세불, 벨리알, 부에르 등 종류가 다양하지만, 경찰 조서에는 그렇게까지 자세한 내용은 적혀 있지 않았던 듯하다.

자기 방에서 자고 있던 아이는 너무 무서운 나머지 언니에리나를 깨웠다. 소란스러운 소리를 듣고 아직 깨어 있던 미쓰히코와 두 제자도 모여서 다 함께 아이의 꿈에 대해 의논했다. 그 꿈이 단순한 악몽인지, 아니면 무슨 재앙이 일어날 징조인지 알아내려 한 것이다.

그러는 사이에 자정이 됐다.

다쓰코는 매일 자정에 가벼운 야식을 먹는 습관이 있었다.

두 제자는 당번을 정해 매일 별관에서 안채로 야식을 가지고 갔다. 그날 밤은 원래 나메카와 차례였지만, 정원에 눈이 많이 쌓여서 쓰부라가 대신 야식을 가지고 가기로 했다. 덧붙이자면 쓰부라가 자청했다.

쓰부라가 샌드위치를 가지고 현관을 나섰을 때 이미 눈은 그친 뒤였다.

안채와 별관의 위치 관계를 따지면, 안채는 부지 남쪽이고 별관은 서쪽이다. 쓰부라는 현관의 불빛이 비치는 눈 위에서 기묘한 것을 발견했다.

"눈 위에 점점이 찍힌 동그란 자국이 별관 현관에서 안채 현관까지 이어져 있었지."

현장에 실제로 남아 있었던 건 악마 발자국같이 말굽 비슷한 모양이 아니었다. 오컬트 잡지에서는 마치 영국에서 발견된 악마 발자국과 비슷한 것처럼 묘사했지만, 아무래도 허위 정보였나 보다.

"마치 공을 튕긴 것 같은 자국이었습니다."

쓰부라는 경찰에게 그렇게 진술했다.

의아하게 생각하면서도 쓰부라는 서둘러 안채로 향했다. 장화를 신고 있던 쓰부라는 이때 그 동그란 자국이 지워지지 않도록 최대한 조심해서 이동했다고 한다. 아이가 악몽을 꾸었으므로 어쩐지 그 자국이 마음에 걸렸다고 한다.

푹푹 빠지는 눈 위를 걸어 안채로 가자 안쪽에서 잠가놓은 듯 현관문이 열리지 않았다. 다만 예전에도 그런 적은 있었다고 한다.

나쓰메 다쓰코는 먼 곳에서 편지나 전화로 의뢰하는 사람들을 상대하기 위해 밤늦게까지 점을 본다. 하지만 때로는 피곤해서 눈을 붙일 때도 있다. 그럴 때는 당연히 현관문을 잠근다. 실내를 살펴보니 아무래도 불이 꺼져 있는 것 같아서 쓰부라는 그날 밤도 다쓰코가 이미 잠든 줄 알았다고 한다.

"저기, 안채 현관문은 어떻게 생겼어?"

"간유리가 끼워진 미닫이문이고 문틀은 나무. 안에서 나사식 자물쇠를 돌려서 잠그는 형태야."

"어, 그럼 밖에서는 문을 못 잠가?"

"그런 셈이지."

"그럼 외출할 때 불편하지 않나? 누가 반드시 집을 보고 있어야 하는 건가?"

"아니, 부엌문이랄까, 안채에 있는 뒷문은 일반적인 금속문이야. 문손잡이에 섬턴* 자물쇠가 달려 있어서 밖에서도 잠글 수 있지. 외출할 때는 그쪽을 이용했던 모양이야."

현관문이 열리지 않는 걸 확인한 쓰부라는 별관으로 돌아

---

* 손가락으로 돌리면 잠금쇠가 튀어나와서 문이 잠기는 손잡이형의 철물.

가서 다쓰코가 이미 잠들었다고 미쓰히코와 나메카와에게 알렸다. 그때도 가족들은 여전히 거실에서 아이의 악몽에 대해 이야기하고 있었다고 한다.

그리고 오전 1시가 조금 지났을 무렵 미쓰히코가 "에리나와 아이는 내일도 학교 가야 하잖아. 얼른 자렴" 하고 말해서 모두 자기 방으로 돌아갔다.

나쓰메 다쓰코의 시체가 발견된 건 오전 7시다.

아침 식사 시간인 6시 반이 됐는데도 다쓰코가 별관에 오지 않았다. 7시가 되자 걱정된 미쓰히코와 쓰부라가 안채를 확인하러 갔다. 이때 아침 햇살을 받고 빛나는 별관과 안채 사이의 눈 위에는 기묘한 동그란 자국과 자정에 안채에 다녀온 쓰부라의 발자국만 남아 있었다.

"미쓰히코와 쓰부라가 안채에 가보니 현관문 자물쇠는 풀려 있었지. 그래서 다쓰코가 일어났구나 싶어 불러보았지만 대답은 없었어. 이상하게 여긴 두 사람은 안채로 들어갔고, 서재에서 다쓰코의 시신을 발견했어."

이쯤에서 안채 구조에 대해 간단히 설명해두겠다. 목조 단층집인 안채는 옆으로 길쭉한 직사각형 모양이다. 정면에서 보았을 때 왼쪽이 점을 보는 공간이고 오른쪽이 개인 공간이었다.

각 공간을 좀 더 자세하게 살펴보자. 현관으로 들어서면 정면에 방 두 개를 터서 만든 부쓰마*가 있다. 이 방은 점을 보러 온 손님의 대기실로 사용됐다. 왼쪽으로 이어진 마루를 따라가면 네 평 크기의 방이 나온다. 여기가 점을 치는 데 사용한 방이다. 그리고 그 안쪽에는 제단을 설치한 세 평 크기의 방이 있다. 한편 오른쪽으로 이어진 짧은 복도 끝은 화장실이다. 부쓰마 옆이 시체가 발견된 다쓰코의 서재다. 서재 오른쪽 옆에는 식당 겸 부엌, 세면실, 욕실이 있다. 부엌문은 안채의 뒷문으로, 위치로 따지면 세면실 곁이다.

"나쓰메 미쓰히코와 쓰부라 가이토는 함께 다쓰코의 시체를 발견한 거야?"

"두 사람은 그렇게 진술했어. '어쩌면 점괘를 재검토하고 있을지도 모르겠다 싶어서 서재로 향했다'라고 조서에 적혀 있었어."

시체를 발견한 후 미쓰히코와 쓰부라는 만약을 위해 안채에 숨어 있는 사람이 없는지 살펴보았다. 만약 수상한 사람이 나타나면 대처하기 위해 이때도 둘이 함께 행동했다. 하지만 수상한 사람은 발견하지 못했고, 안채의 창문은 전부 나사식 자물쇠로 잠겨 있었으며, 부엌문도 잠겨 있었다고 한다.

경찰에는 미쓰히코가 신고했다. 기록된 신고 시각은 7시

* 불단이나 위패를 안치해놓는 방.

18분이었다.

현장에서는 가족과 고객 등 다수의 지문이 검출됐지만 정작 흉기인 꽃병에서는 지문이 지워진 상태였다. 서재에서는 가족의 지문만 검출됐지만, 군데군데 지문을 지운 흔적이 발견됐다. 따라서 현장 상황만으로는 범인이 가족인지 외부인인지 단정할 수 없다.

부검 결과 다쓰코의 사망 추정 시각은 오후 8시부터 10시 사이로 판명됐다.

이 시간에 나쓰메 미쓰히코는 거실에서 텔레비전을 보고 있었다고 진술했다. 나메카와 우게쓰와 쓰부라 가이토는 식당에서 함께 점술 공부를 하고 있었다. 거실과 식당은 맞닿아 있어서 미쓰히코는 식당에서 새어 나오는 두 제자의 목소리를 들었고, 나메카와와 쓰부라도 텔레비전 소리를 들었다.

정각 9시에 나메카와가 커피를 끓였다. 미쓰히코에게도 마시겠냐고 물어보자 마시고 싶다기에 나메카와가 거실로 커피를 가져다주었다. 나메카와가 9시에 커피를 끓인 건 습관이 아니라 완전히 우연이다.

에리나는 8시부터 9시 조금 전까지 혼자 목욕했고, 그 후에는 자기 방에서 연속극을 봤다고 진술했다. 10시에 연속극이 끝나자 화장실에 갔다가, 아이가 소란을 떨 때까지 잤다고 한다.

아이는 8시 조금 전에 목욕을 마치고 잠시 책을 읽다가 잠들었다고 진술했다. 그리고 악몽을 꾸고 깨어나 에리나가 있는 옆방에 뛰어들었다.

"진술을 곧이곧대로 받아들인다면 사망 추정 시각에 완벽한 알리바이가 있는 사람은 두 제자뿐이야. 8시부터 9시까지 거실에서 텔레비전 소리가 들렸지만, 그동안 미쓰히코가 정말로 거실에 있었는지는 확인된 바 없어. 그리고 9시에 나메카와가 커피를 가지고 간 후도 마찬가지지. 미쓰히코가 텔레비전을 보는 소리는 들렸지만, 실제로 모습을 본 사람은 없어. 두 수양딸은 쭉 혼자 행동했으니까 당연히 알리바이가 없고."

즉, 사망 추정 시각에 실제로 다쓰코를 죽일 수 있었던 사람은 두 제자를 제외한 미쓰히코, 에리나, 아이, 총 세 명이다. 다만 두 제자가 공범이라 입을 맞추었을 가능성도 있으므로, 수사본부는 결국 이 시간대의 알리바이에 별 의미가 없다고 판단한 듯하다. 초등학생인 아이는 그렇다 치고, 다른 네 명은 누가 범인이더라도 이상할 것 없다고 수사본부는 판단했다.

"하지만 문제가 있었어."

다쓰코가 사망한 당일 내렸던 눈은 오후 9시에 그쳤다. 현장에는 점점이 이어지는 동그란 자국 외에 다른 발자국은 없었다. 그렇다면 범행은 오후 8시부터 9시 사이에 벌어졌다고 봐야 자연스럽다.

하지만 쓰부라의 진술이 문제다. 자정에 안채 현관문은 안쪽에서만 잠글 수 있는 나사식 자물쇠로 잠겨 있었다. 이때 다쓰코는 이미 사망한 뒤니까 자물쇠는 범인이 잠근 것으로 추정된다. 그리고 수사 결과, 안채와 별채 현관 사이를 제외하면 부지에 발자국이 전혀 없다는 사실이 확인됐다. 특히 부엌문 주변은 방풍림에 가려져서 깨끗한 눈이 고스란히 보존돼 있었다.

안채의 부엌문 열쇠는 다쓰코의 서재에서 발견됐다. 부엌문 열쇠는 그것 하나뿐이다. 예전에 있던 여벌 열쇠는 잃어버렸다고 한다. 안채를 비울 일은 좀처럼 없으므로 열쇠는 하나로 충분했던 모양이다. 따라서 범인으로 추정되는 인물은 어째선지 현관문을 잠근 후 안채에 머물렀다고 추측하는 수밖에 없다.

"그리고 그 후에 범인이 어떻게 행동했는지도 불분명해."

아침에 현관문 자물쇠는 풀려 있었다. 정황상 안에 있던 범인이 자물쇠를 풀고 밖으로 나간 것으로 추정된다. 하지만 다쓰코의 시체를 발견했을 때 정원에 남아 있던 발자국은 전날 밤 안채에 다녀온 쓰부라 가이토의 것뿐이다. 그렇다면 범인은 발자국을 남기지 않고 안채에서 사라진 셈이다.

"예를 들어 정원에 남아 있던 동그란 자국이 밤중에 없었다면, 범인이 뭔가에 올라타고 안채에서 별관으로 이동한 흔적이라고 볼 수 있겠지. 하지만 상황은 정반대야. 밤중에 동그란 자국이 점점이 남아 있었으니, 범인은 동그란 자국을 남기며 별채에서 안채로 눈 위를 이동한 셈이야."

덧붙여 자정 시점에 범인이 안채에 숨어 있었다면, 그때 별관에 있었던 나쓰메가 사람들은 모조리 용의선상에서 제외된다. 11시 반부터 1시까지 나쓰메가의 사람들은 아이가 꾼 악몽에 대해 떠들썩하게 의논하고 있었으니까.

나쓰메 다쓰코 살해 사건이 악마의 소행이라고 불리는 건 지금까지 설명한 기묘한 상황 때문이다.

🦦

와니구치가 소개해준 덕분에 나는 조연출 사메지마와 다쓰노에게도 직접 이야기를 들을 수 있었다.

응접세트에 나란히 앉은 사메지마와 다쓰노는 둘 다 키가 컸지만, 체격이 다부진 사메지와와 달리 다쓰노는 해골처럼 깡말랐다. 또한 사메지마는 빡빡머리에 눈이 작았지만, 다쓰노는 덥수룩한 쑥대머리에 안경 안쪽에서 커다란 눈이 빛났다. 둘 다 검은색 티셔츠에 청바지로 차림새는 똑같건만(게다가 회사 로고에 해골 무늬를 조합한 티셔츠까지 똑같은 한 쌍이다),

전혀 다른 생물처럼 보였다.

"우메키 선생님이 다치셨을 때, 저는 와니구치 씨와 후카미 씨와 함께 모니터로 그 순간을 봤습니다."

사메지마의 목소리는 겉모습에 걸맞게 나지막하고 차분했다. 한 마디 한 마디를 명확하게 발음해서 알아듣기가 참 쉬웠다.

"비명이 들린 후에 우메키 선생님 머리에 뭔가가 떨어져서 깜짝 놀랐죠. 와니구치 씨가 바로 출입문으로 향하기에 따라가려고 했는데, 남아 있으라고 하더군요. 그리고 다쓰노에게도 연락하라고 했죠."

"그래서 다쓰노 씨에게 실제로 연락하셨고요."

"네."

"다쓰노 씨는 그때 뭘 하고 계셨죠?"

내가 묻자 다쓰노는 커다란 눈을 깜박거렸다.

"저는 편의점에서 돌아오는 길이었는데요."

다쓰노는 허스키한 목소리로 대답했다.

"구체적으로 어디쯤에 계셨나요?"

"편의점에서 막 나온 참이었어요. 화장실을 빌려 쓰고 마실 것만 사서 나왔거든요. 사메지마의 연락을 받고 뛰어서 현장에 돌아왔죠. 제가 도착했을 때는 사메지마가 출입문 앞에 서 있었습니다."

"사메지마 씨, 출입문 앞에서 대기하는 동안 어느 쪽을 보고 계셨나요?"

"그야 건물 쪽이었죠. 역시 안쪽 상황이 걱정됐으니까요."

"두 분은 합류한 후에 쭉 같이 계셨죠?"

이 질문에는 다쓰노가 대답했다.

"어, 사메지마가 연락했을 때 구급차를 유도하라고 하길래 저는 도로 쪽으로 갔습니다."

그렇다고 해도 현장인 공장의 출입문에서 도로까지는 거리가 고작 10여 미터다. 그렇게 멀리 떨어져 있었던 건 아니다. 사메지마도 다쓰노의 모습이 시야에서 벗어난 적은 없었다고 했다.

구급대와 경찰이 도착할 때까지 공장에서 나온 사람은 없었느냐고 묻자, 두 조연출은 그런 사람은 보지 못했다고 입을 모아 말했다.

이 사건의 수사본부에서 어떻게 생각하는지는 모르겠지만, 나는 이때부터 범인이 원격 조작으로 우메키의 머리에 냉동 멜론을 떨어뜨린 것 아닐까 의심이 들었다. 그래서 사건이 일어난 순간이 아니라, 그 이전의 준비 작업과 촬영 상황을 확인하기로 했다.

"공장 내부를 촬영할 때는 두 분 모두 우메키와 고초 가린 씨와 함께 행동하셨죠?"

다쓰노가 "네" 하고 대답하자 사메지마가 다음과 같이 덧붙였다.

"맞습니다. 저희는 항상 와니구치 씨, 우메키 선생님, 가린과 함께 행동했어요."

"촬영할 때 2층에도 올라갔었나요?"

"네. 주간 촬영 때도, 야간 촬영 때도 올라갔죠."

"그때 2층에서 뭔가 묘한 물건은 못 보셨고요?"

"묘한 물건이라니요?"

"예를 들면 멜론이라든가."

"아니요, 그런 건 없었습니다. 경찰에도 당일 영상은 증거로 제출했지만, 저희도 뭔가 없나 싶어서 영상을 열심히 들여다봤거든요. 그렇지?"

사메지마의 말에 다쓰노도 동의했다.

"저도 영상을 확인했는데, 2층 영상에도 1층 영상에도 딱히 묘한 물건은 찍혀 있지 않았어요."

두 조연출의 증언과 영상이라는 증거를 고려하건대, 만약 범인이 원격 조작으로 냉동 멜론을 떨어뜨리는 장치를 사용했다면 우메키와 고초가 함께 나오는 장면이 끝난 후 두 사람이 각자 다른 장소에서 대기하는 장면을 촬영하기 전에 장치를 설치한 셈이다. 와니구치 말에 따르면 이때는 휴식 시간이라 다쓰노 외에 다른 사람들은 편의점에 갔다.

만약을 위해 우메키와 고초가 각자 지정된 장소에 대기하기 직전에 현장에 들어간 사람이 있는지 물어보았지만, 그런 사람은 없었다고 한다.

반쯤 포기하고 있었는데 역시 와니구치가 잘 이야기해준 덕분에 갤럭시 팬텀의 멤버 고초 가린과 매니저 후카미 신고에게 이야기를 들을 수 있었다. 장소는 롯폰기의 라이브 하우스다.

고초 가린은 그날 열리는 라이브 공연의 리허설 사이에 시간을 내주었다. 나는 객석 제일 뒷줄에 앉아 고초와 후카미에게 이야기를 들었다. 무대에서는 다른 멤버 네 명이 안무를 확인하고 있었다.

나는 와니구치에게 그랬듯, 일단 경시청 형사가 아니라 어디까지나 우메키 교코의 친구로서 이야기를 듣고 싶다는 뜻을 전했다.

"형사님도 교코 언니 친구로군요."

검고 긴 생머리와 뽀얀 계란형 얼굴 때문인지 고초 가린은 고풍스러운 인상이었다. 팔다리가 늘씬하고 키도 170센티미터로 크다. 이미 스무 살이지만 미녀라기보다 미소녀라는 표현이 어울린다. 나는 아이돌을 이렇게 가까이서 보는 게 처음이라, 그 요정 같은 미모에 솔직히 긴장했다.

"고초 씨는 우메키와 친하세요?"

"고초 말고 가린이라고 불러주실래요?"

"아, 어, 그럼 가린 씨는 우메키랑?"

"친근하게 대해주셨어요. 한 달에 한 번은 같이 밥 먹으러 가서 제가 들은 괴담을 교코 언니에게 들려주거나, 교코 언니가 취재하러 간 곳에서 겪은 괴이한 일을 듣기도 했죠."

고초의 말대로라면 내가 우메키와 만나는 것과 비슷한 빈도로 만난 듯하다. 그렇다면 나름대로 친한 사이라고 할 수 있다.

"그럴 때는 우메키와 단둘이서?"

"음, 다른 멤버랑 같이 만날 때도 있지만 대개는 둘이서 만났어요. 교코 언니가 늘 밥을 사주는데 다른 사람을 데려가면 미안하잖아요. 게다가 저랑 먹고 마시는 것도 교코 언니에게는 업무랄까, 취재도 겸하는 것 같은 느낌이라서요."

"회사에서도 우메키 선생님과 가린이 친하게 지내는 건 파악하고 있었습니다."

후카미 신고는 그렇게 말했다. 안경을 낀 성실해 보이는 남자로, 나이는 30대 초반인 듯했다. 쿨비즈*를 실시하는 회사원처럼 반소매 와이셔츠에 슬랙스 차림이었다.

"다만 우메키 선생님이 가린에게 들은 이야기를 글로 쓰실

---

* Cool-Biz, 여름철에 넥타이나 재킷 등을 착용하지 않고 가벼운 옷차림으로 근무하는 것.

때는 일단 회사의 확인을 거치겠다는 약속을 받았습니다."

"우메키가 다친 날에 대해 여쭤볼게요. 우메키와 함께 촬영할 때 뭔가 별난 걸 보지는 못했나요?"

"별난 거라면 귀신 같은?"

"아니요, 아니요. 그런 게 아니라 예를 들면 2층에 올라갔을 때 기계장치나 컨테이너, 상자 같은 건 못 보셨나요?"

고초 가린은 비스듬히 위를 올려다보며 생각하다가 "아니요" 하고 이쪽을 보았다. 맑은 눈동자에서 날아드는 시선에 나는 움찔했다. 허둥지둥 다음 질문을 했다.

"어, 그날 편의점에서 돌아와서 다시 촬영에 들어갔을 때, 곧장 대기할 곳으로 갔나요?"

"네. 저는 출입문과 가까운 곳을 지정받아서, 거기서 교코 언니랑 헤어졌어요. 그 후로는 안쪽에서 비명이 들리고 와니구치 씨와 후카미 씨가 들어올 때까지 거기 있었죠."

"가린 씨가 있던 곳에서 출입문은 보였나요?"

"보이는 위치였어요. 어두워서 실제로는 잘 보이지 않았지만요. 아, 하지만 누가 드나들면 금방 알 수 있어요. 그 문이 엄청 무거워서 여닫을 때 시끄러운 소리가 나거든요."

고초 가린의 이야기가 사실이라면 역시 촬영 중에 범인이 공장 내부에 침입했다고는 볼 수 없다.

"후카미 씨는 야간 촬영 때 모니터 앞에 계셨죠?"

"네, 그렇습니다."

"그러다 우메키의 머리에 멜론이 떨어지고 나서 와니구치 씨와 안으로 들어가셨고요."

"네. 그때는 설마 멜론일 줄은 몰랐고, 지붕이나 2층에서 뭔가 커다란 물건이 떨어진 줄 알았습니다. 그래서 이렇게 말씀드리면 좀 그렇지만, 우메키 선생님의 안부보다 일단 가린이 걱정돼서 부랴부랴 안으로 들어갔죠."

안으로 들어간 후카미는 먼저 고초가 무사한지 확인했다. 그리고 와니구치의 재촉을 받고 셋이 급히 우메키에게 향했다.

"우메키 선생님은 의자 옆에 쓰러져 계셨습니다. 얼핏 보기에는 다친 곳 없이 마치 잠드신 것 같았어요. 가린이 손을 대려 하자 와니구치 씨가 제지했습니다. 머리를 맞았으니 섣불리 움직이면 안 된다면서요."

"와니구치 씨, 그때 얼마나 무서웠는지 몰라요."

고초는 무서웠다고 하면서도 싫어하거나 겁을 내는 표정은 아니었다.

"와니구치 씨는 늘 졸리는 표정이고 적당히 넘어가는 성격인 줄 알았는데, 위급한 상황에서 재빨리 판단하는 걸 보고 존경심이 조금 솟았어요. 저는 쓰러진 교코 언니를 보고 그냥 허둥거리기만 했지 결국 아무것도 못 했거든요."

"아니, 보통은 다 그렇게 반응할 거예요."

내가 두둔하자 후카미도 고개를 끄덕였다.

"부끄럽지만 저도 뭘 어쩌면 좋을지 모르겠더군요. 이번에 와니구치 씨가 대처하는 걸 보고 많이 배웠습니다."

후카미는 격식을 차린 말투로 그렇게 정리했다.

이 두 사람이 범행에 관여했을 가능성은 없을까? 고초 가린의 모습은 전부 영상으로 남아 있다. 공장 안에서 마음대로 돌아다닐 수는 없으리라. 한편 후카미 신고는 우메키와 고초가 함께 촬영하는 동안은 공장 밖에서 구경꾼이 다가오지 않도록 지키고 있었다. 휴식 시간에도 여러 사람과 함께 행동했고, 다시 촬영에 들어간 후에도 내내 모니터 앞에 있었다. 만약 원격 조작으로 멜론을 떨어뜨리는 장치가 사용됐더라도 그는 그걸 설치할 수 없었으리라.

내 생각에 두 사람은 이번 사건과 무관할 가능성이 높다.

"그건 그렇고 이렇게 더운데 밀폐된 장소에서 촬영하다니 고생이네요."

"네. 그래도 카메라에 찍히지 않는 곳에 마실 것과 보냉제는 준비해놔요. 거의 사용하지는 않지만 임시 화장실도요. 그날은 공장 안에 꽤 오래 머물 예정이어서 저도 교코 언니도 평소보다 짐을 좀 많이 가지고 들어갔어요. 땀을 닦고 나서는 화장도 알아서 고쳐야 하니까요."

고초 가린은 그렇게 말하고 천사 같은 미소를 지었다. 출

296

연자가 촬영 중에 물을 마시거나 화장을 고치는 모습은 빠짐없이 카메라에 담기지만, 전부 편집해서 방송에 내보낸다고 한다.

"늘 그렇게 힘들게 촬영하는 건가요?"

이 질문에는 본인이 아니라 매니저 후카미가 대답했다.

"지금은 아이돌 춘추전국시대니까요. 갤럭시 팬텀은 아직 지명도가 낮아요. 일을 골라서 잡을 여유는 없죠. 그래도 〈갤럭갤럭 팬팬〉은 매주 방송되는 정규 편성 프로그램이라 홍보 효과가 어마어마합니다. 그리고 좀 힘들어도 멤버 전원을 분산시켜 촬영해서 개개인의 부담을 줄여주고 있어요."

"저도 수영복 차림으로 엉큼한 짓을 당하거나 예능 프로그램에서 고생하기보다는 여기저기 돌아다니더라도 좋아하는 분야를 촬영하는 게 즐거워요."

고초의 말에 거짓은 없는 듯했다.


### 우메키 교코의 원고 3


손님이 끊임없이 들어와서 어느덧 꼬치구이집은 만석이 되었다.

T는 물렁뼈 꼬치구이를 하나 더 주문하고 맥주로 입을 축

인 후, 나쓰메 다쓰코 살해 사건에 대해 설명을 이어나갔다.

"수사본부에서는 일단 야식을 가져갔을 때 현관문이 잠겨 있었다는 쓰부라의 진술을 의심했어. 그 진술만 없으면 눈이 내리기 전에 범인이 범행을 마치고 도주했다, 또는 눈 위에 동그란 자국을 남기며 안채로 이동했다는 두 가지 가설 중 하나로 판단을 좁힐 수 있거든."

쓰부라가 누군가를 감싸기 위해 자정에 안채가 밀실 상태였다고 진술한 건 아닐까? 사실 쓰부라는 야식을 가져갔을 때 나쓰메 다쓰코의 시체를 발견했고 범인이 누구인지도 짐작했기 때문에 일부러 허위 진술을 한 건 아닐까? 쓰부라의 진술 때문에 그 시간대에 별관에 모여 있었던 나쓰메가 사람들은 범행이 불가능하다는 결론이 나왔으니까 그럴 법도 하다.

"담당 형사가 집요하게 쓰부라를 취조한 모양이지만 쓰부라는 진술을 바꾸지 않았어. 다른 가족들도 쓰부라가 밖에 나가 있었던 건 기껏해야 2, 3분이라 시간상 시체를 확인하고 돌아왔으리라 볼 수는 없다고 진술했지. 수사본부가 다음으로 주목한 건 실종된 첫째 딸 미즈호야. 어떤 이유로 사라졌던 미즈호가 몰래 안채로 돌아와서 다쓰코를 살해하고 눈이 그치기 전에 달아났다는 시나리오지."

이때 미즈호는 분실한 것으로 추정되는 부엌문 여벌 열쇠를 가지고 있었던 셈이다. 가능성을 따지면 말이 안 되는 이야기는 아니지만, 역시 묘한 의문이 남는다. 미즈호가 범인이라면 왜 굳이 현관문을 잠가야 했을까? 아직 눈이 내리고 있으니 굳이 부엌문을 사용할 것 없이 현관문으로 나가면 되지 않을까?

"수사본부는 시신이 늦게 발견되도록 미즈호가 현관문을 잠근 게 아닐까 추측했어. 그렇게 해서 자기가 도망칠 시간을 벌려고 한 것 아니겠냐고."

"과연 그건 일리 있어. 그런데 만약 그렇다면 눈이 그친 후에 현관문은 누가 연 거야?"

"수사본부에서도 그 점을 놓고 논쟁이 불붙었던 모양이야. 하지만 어쨌거나 미즈호 본인의 신병을 확보하면 뒷일은 어떻게든 될 거라고 생각했지. 그래서 눈에 불을 켜고 미즈호의 행방을 쫓았나 봐. 하지만 결국 미즈호의 행적도, 미즈호 같은 여자를 봤다는 목격 증언도 전혀 건지지 못했지. 애당초 미즈호가 왜 실종됐는지도 모르거니와 다쓰코를 살해할 동기도 불투명해."

"게다가 정원에 남은 동그란 악마 발자국이 뭔지도 모르고 말이야."

"맞아."

"저기, 궁금한 게 있는데, 현장에 있던 멜론은 범인이 가지고 온 거야?"

"아니, 사실 서재에 있던 멜론 말고도 안채에는 멜론이 아주 많았어. 다쓰코의 고객이랄까, 신자 같은 사람들이 가져온 멜론을 제단 앞에 공물로 모셔놨지. 현장에 있던 것도 그중 하나야."

"다쓰코가 멜론을 좋아했나?"

"뭐, 좋아하기는 좋아했던 모양이지만 왜, 나쓰메 다쓰코夏 目龍子를 한자로 쓰면 한가운데에 눈 목 자와 용 룡 자가 들어 가잖아. 다쓰코는 그 '目龍(메론)'을 멜론에 비유해서 자신의 로고로 삼았어. 멜론은 한동안 제단 앞에 놔뒀다가 별관 냉장 고에 넣어두고 가족끼리 먹었대. 그래도 다 먹을 수가 없어서 집 뒤편에 구덩이를 파서 버린 모양이고. 아까워라."

아깝기는 하지만 매일 끼니처럼 멜론을 먹으면 아무래도 물릴 것이다. 들어보니 하루에 한 개 정도 먹어서는 도저히 못 따라갈 것 같다.

"나쓰메 다쓰코와 멜론이 무슨 관계인지는 알았어. 그리고 아까부터 제단이라는 말이 나왔는데, 다쓰코는 뭘 신으로 모 셨던 거야?"

"응? 그게 사건과 상관있어?"

"아니, 그냥 괴담 작가로서 궁금해서. 점술가는 딱히 신앙 의 대상이 없어도 일을 할 수 있잖아?"

"듣고 보니 그러네."

T는 그렇게 말했지만 자기가 조사한 범위에서는 다쓰코가 뭘 신으로 모셨는지 모르겠다고 했다. 사건 자료에도 명확하게 적혀 있지는 않은 모양이다.

멜론을 공물로 늘어놓은 제단에 대체 뭐가 모셔져 있었을까? 혹시 그것이 현재까지 이어지는 냉동 멜론의 소문과 관계가 있는 건 아닐까? 나는 막연하게나마 그렇게 생각했다.

"아무튼 이렇다 할 해결책을 찾지 못한 채 나쓰메 다쓰코 살해 사건은 지지부진한 상태였지. 그리고 3년이 지났을 때 쓰부라 가이토가 죽었어. 그게 바로 두 번째 냉동 멜론 사건이야."

사망 당시, 쓰부라 가이토는 이미 나쓰메가를 떠났고 점술에서도 손을 뗐다. 쓰부라 가이토의 시체는 도쿄 도내에 있는 허름한 12층짜리 잡거빌딩의 주차장에서 발견됐다. 정황상 옥상에서 투신한 것처럼 보였지만 옆에 피 묻은 멜론이 놓여 있었다. 그리고 이 멜론이 경찰 관계자를 애먹인다.

냉동된 흔적이 있는 멜론에 손상이 전혀 없었던 것이다. 만약 쓰부라가 멜론을 들고 뛰어내렸다면 멜론은 깨지거나 찌그러졌으리라.

또는 뛰어내리기 전에 쓰부라 본인이 주차장에 멜론을 놓아두었다면 멜론 바로 옆에 떨어지도록 계산해서 뛰어내려야 한다. 실험 결과, 풍속과 풍향을 고려해야 하므로 자신이 원하는 위치에 뛰어내리기는 몹시 어렵다는 사실이 밝혀졌다. 수사본부에서도 모래주머니로 열 번 넘게 실험하고야 겨우 성공했다고 한다.

이러한 사실에서 쓰부라 말고 다른 사람이 쓰부라 사망 후 냉동 멜론을 현장에 놓아두었을 가능성이 높다는 것을 알 수 있다. 물론 나쓰메 다쓰코 살해 사건의 현장에 냉동 멜론이 놓여 있었다는 건 수사상 비밀이고 관계자들에게도 엄중하게 함구령을 내렸다.

"쓰부라의 호주머니에서 자필로 쓴 유서 같은 건 발견됐어. 메모지에 '더는 못 견디겠어'라고 딱 한 마디가 적혀 있었지. 이 유서 때문에 나쓰메 다쓰코 살해 사건의 수사본부에서는 역시 쓰부라가 사건에 관여한 것 아니냐는 의혹이 다시 떠올랐어. 뭐, 쓰부라가 구체적으로 뭘 어쨌는지는 지금도 알 수 없지만."

나쓰메 다쓰코 살해 사건에서 가장 중요한 점은 역시 자정에 안채가 밀실 상태였다던 쓰부라의 진술이리라. 이 진술에 따라 안채에 없었던 나쓰메가 사람들은 용의선상에서 제외된다.

한편 다쓰코의 사망 추정 시각은 오후 8시부터 10시까지이고, 가장 늦은 10시에 사망했다고 쳐도 자정까지는 두 시간이나 남는다. 만약 범인이 현장에 남아 있었다면 두 시간이나 대체 뭘 했을까? 그는 누구이며 어떻게 발자국을 남기지 않고 안채에서 달아났을까?

"냉동 멜론 사건은 지금까지 몇 건이나 발생했어?"

"파악된 사건은 가장 최근 것도 포함해서 스물아홉 건."

"뭐? 정말로 그렇게 많아?"

"응. 뭐, 모방범의 범행이 있는지는 모르겠지만, 요전에 내가 출동했던 사건도 포함해서 스물아홉 건이야."

"피해자 중에 나쓰메 집안과 관련된 사람은?"

"나쓰메 다쓰코와 쓰부라 가이토뿐이야. 나머지는 쓰부라 가이토의 시신을 발견한 노인과 잡지 기자, 회사원 등등 나쓰메네와 직접적인 관계는 없어. 다만 다들 냉동 멜론 사건의 발견자나 목격자라는 사실은 확실한 모양이야. 멜론 이야기를 다른 사람에게 했는지 안 했는지 확인되지 않은 피해자도 있지만."

"각각의 사인은? 전부 맞아 죽은 거야?"

"음, 피해자의 머리에 손상은 있지만, 꼭 맞아 죽은 건 아닌가 봐. 어떤 피해자는 계단에서 떨어져서 여기저기가 골절됐지. 결정타는 머리를 크게 다친 거였지만. 또 어떤 피해자한테선 냉동 멜론 말고 다른 둔기에 맞은 듯한 흔적이 발견됐어. 그러니 사고, 타살, 또는 자살이라고 콕 집어서 판단은 못 해. 하지만 현장에 반드시 냉동 멜론이 있으니까 경찰에서도 일단 사건 가능성은 의심하고 있어."

냉동 멜론 사건의 시발점은 틀림없이 나쓰메 다쓰코 살해 사건이리라. 거기에다 쓰부라 가이토가 죽었다. 그 후로는 나쓰메 집안과 관계없는 시체 발견자와 사건 현장 목격자들이 죽고 있다. 마치 냉동 멜론의 저주 같은 연쇄적인 죽음이다.

그런데 나쓰메 다쓰코가 살해당한 것이 사건의 핵심이라면, 그 사건의 진상을 밝혀냄으로써 계속되는 냉동 멜론 사건의 수수께끼도 풀리지 않을까. 나쓰메 다쓰코 살해 사건과 일련의 냉동 멜론 사건이 슬며시 연결돼 있다면, 두 사건의 범인은 동일 인물일 가능성이 있다. 즉, 다쓰코를 살해한 범인이 이후의 냉동 멜론 사건도 일으키고 있는 것 아닐까. 다만 그렇다면 왜 범인이 냉동 멜론을 사용한 사건을 반복하는지, 범행의 동기도 따져봐야 할 것이다.

나는 산만해지는 정신을 나쓰메 다쓰코 살해 사건에 집중하기로 했다.

이 사건에는 기묘한 점이 여러 가지다. 첫 번째는 눈 위에 남은 동그란 자국이다. 매스컴에서는 악마 발자국이라고 호들갑을 떨었지만, 실제로는 발자국이라기보다 동그란 공을 튕긴 듯한 자국이었다. 간격은 대개 30센티미터 정도로, 건물과 건물 사이를 잇듯이 점점이 찍혀 있었다. 그 자국이 별관에서 안채를 향해 찍힌 건지 안채에서 별관을 향해 찍힌 건지는 알 수 없지만, 사건과 무관하지는 않을 것이다. 아마도 범인이 눈 위를 이동한 흔적 아닐까 싶다. 굳이 동그란 자국을 남긴 건 발자국을 숨기기 위한 것이리라.

두 번째 기묘한 점은 자정에 안채 현관문이 잠겨 있었던 것이다. T의 말에 따르면 현관문의 나사식 자물쇠는 실 등을 사용해 밖에서 잠글 수 없다고 한다. 창문 자물쇠도 나사식이니까 현관문과 마찬가지로 밖에서는 못 잠근다. 부엌문에도 틈이 없어서 밖에서 술수를 부리기는 불가능하다. 게다가 현관문은 아침에 자물쇠가 풀려 있었다. 자정부터 시체가 발견된 오전 7시 사이에 범인이 다시 자물쇠를 풀었다고 보는 것이 자연스럽다.

있는 그대로 생각하면 역시 쓰부라 가이토가 야식을 가지고 갔을 때, 범인은 현장에 있었던 것 아닐까. 이것이 세 번째 기묘한 점이다. 범인은 범행을 마치고 두 시간 넘게 안채에서 무엇을 한 걸까? 그리고 현관문을 열고 현장을 떠날 때 어떻게 눈 위에 발자국을 남기지 않고 달아났을까?

나쓰메 다쓰코 살해 현장은 얼핏 보면 밀실 같지만, 실은 꽤 애매하다. 안채와 별관 사이에는 동그란 자국이 남아 있었다. 이건 눈이 그친 후에 범인이 이동한 흔적이라고 볼 수 있다. 또한 자정에 안채는 밀실이었지만, 범인이 안에 숨어 있었다면 아무 수수께끼도 아니다. 이러한 상황으로 판단컨대, 눈이 그친 후 범인이 별관에서 안채로 이동해 그대로 안채에

틀어박혀 있었다고 볼 수 있다.

다만 오전 7시에 현관문이 열리면서 범인의 도주 경로가 불투명해져 안채가 일종의 밀실로 변하고 말았다. 자정에 현관문이 열리지 않았던 것, 동그란 자국 외에 범인의 것으로 추정되는 발자국이 없었다는 것, 오전 7시에 현관문이 잠겨 있지 않았다는 것, 이러한 각각의 요소가 조합돼 참으로 불가사의한 밀실 살인이 성립한 것이다.

내가 이러한 점을 언급하자 T는 "으음" 하고 고민하다가 하이볼을 주문했다.

"내 생각에는 그렇게 사소한 부분에 연연하지 않아도 될 것 같은데."

"그건 무슨 소리야?"

"당시 수사본부에서 추측한 대로 범인은 나쓰메 미즈호야. 미즈호라면 부엌문의 여벌 열쇠를 가지고 있어도 이상할 것 없지. 눈이 그치기 전에 범행을 마치고, 시체가 늦게 발견되도록 현관문을 잠그고 도망친 거야. 신기할 것 하나 없어."

"아까도 말했지만, 그럼 현관문 자물쇠는 누가 푼 건데? 미즈호가 부엌문으로 도망쳤다면 현관문은 잠겨 있어야 하잖아."

"그렇다면 쓰부라 가이토가 허위 진술을 한 거 아니겠어? 실은 자정에 현관문이 잠겨 있지 않았던 거야. 미즈호와 쓰부라가 공범이었다면 아무 모순도 없어. 어쩌면 두 사람이 깊은 관계였던 건지도 모르지."

"수수께끼의 동그란 자국은?"

"그건 사건과 관계없지 않을까? 그야말로 네 전문인 괴담이랄까, 초자연현상이랄까, 그런 게 일어났을 뿐인지도 몰라. 어쩌면 아이가 꾸었다는 악몽이 그 동그란 자국이 생긴 원인일 수도 있겠네."

분명 T는 아이가 악몽을 꾼 탓에 PK(사이코키네시스), 즉 염력이 발동돼서 눈 위에 기묘한 자국을 남겼다고 말하고 싶은 것이리라. 일종의 폴터가이스트 현상이다. 현직 형사이면서 참 오컬트적으로 해석하는구나 싶었다.

"내 생각에 동그란 자국은 멜론 자국인 것 같아."

"응? 뭐라고? 멜론 요괴가 별관에서 안채로 가서 다쓰코를 죽였다는 거야? 아무래도 그건 좀."

T는 웃었지만 내 머릿속에는 눈 위를 폴짝폴짝 뛰면서 안채로 향하는 멜론의 모습이 떠올랐다.

물론 나도 진심으로 냉동 멜론이 나쓰메 다쓰코를 죽였다고는 생각하지 않는다. 하지만 냉동 멜론이야말로 사건의 수수께끼를 풀 열쇠로 느껴졌다.

우메키 교코는 아직도 의식을 찾지 못했을까?

사건 현장에 나가서 수사할 때는 일에 집중할 수 있지만, 오늘처럼 사무 위주 업무를 할 때면 아무래도 우메키가 자꾸 생각난다.

대각선 앞쪽 자리에서 동료인 쓰다가 하품을 했다. 내가 쳐다보는 걸 알아차리고 쓴웃음을 짓더니 "어제 늦게 들어가서" 하고 변명하듯 말했다.

그 후 내 나름대로 우메키 교코 상해 사건의 상황을 정리해보았다.

일단 사건이 발생했을 때 명확한 알리바이가 없는 사람은 조연출인 다쓰노뿐이다. 그는 그 시간에 편의점에서 촬영 현장으로 돌아오는 길이었다고 했다. CCTV 카메라에 다쓰노가 편의점을 드나드는 모습은 찍혔지만, 그 후에 그를 목격한 사람은 없다. 따라서 자전거 등을 이용해 시간을 단축하면 사건 발생 시각에 현장에 있기가 불가능하지는 않다. 다만 폐업한 공장의 유일한 출입문 바로 앞에 세 사람이 진을 치고 있었는데, 그 거대한 밀실에 어떻게 숨어들었느냐는 수수께끼가 남는다. 아무래도 쉽사리 드나들지는 못할 것이다.

다음으로 그 거대한 밀실 안에 있던 고초 가린이다. 고초는 범행이 가능할까? 고초는 혼자 있는 내내 야간 투시 카메라에 찍히고 있었다. 그 영상을 밖에 있는 와니구치, 사메지마, 후카미가 확인하고 있었으니 범행을 위해 움직이기는 불가능하리라. 실시간으로 송신되는 영상이라 미리 현장에서 가만히 있는 영상을 촬영해놨다가 바꿔치기하는 방법도 못 쓴다. 압수된 영상에 수상한 점이 있었다면 수사본부에서 놓칠 리 없다.

범인이 촬영 시작 전부터 몰래 현장에 숨어 있었다고 치면 어떨까. 와니구치를 비롯한 스태프가 도착하고 촬영을 시작하기까지 실제로는 몇 시간 이상 걸렸다. 촬영을 준비하는 동안에는 공장에 침입할 수 있을 것이다. 문제는 탈출 경로다. 우메키의 머리에 냉동 멜론이 떨어진 직후에 와니구치와 후카미가 안으로 들어갔다. 그리고 출입문 앞에는 사메지마가 있었다. 이런 상황에서 범인이 밖에 나가기는 불가능하다. 그리고 구급대와 경찰이 도착할 때까지 상황은 변함없었으니, 그 이후에도 범인은 현장을 떠날 수 없다.

가령 수사관 사이에 섞여서 밖에 나왔더라도 현장에는 촬영 중인 카메라가 있었으니까 구급대원과 수사관이 아닌 사람이 찍혀 있다면 언젠가는 발각되리라. 그리고 사건이 발생한 지 일주일 가까이 지났지만, 그런 방향에서 범인을 알아냈다는 정보는 들어온 바 없다.

이러한 상황으로 판단컨대 역시 원격 조작으로 냉동 멜론을 떨어뜨리는 장치 같은 것이 범행에 사용됐다고 봐야 타당할 것이다.

그럼 누가 범인이라면 그런 장치를 현장에 설치할 수 있었을까?

이 질문의 답은 바로 나온다. 관계자 중에서 원격 조작 장치를 아무에게도 들키지 않고 설치할 수 있는 사람은 다쓰노뿐이다. 와니구치와 고초 가린 등 촬영에 직접 관여한 사람들이 휴식 시간 이전에는 촬영할 때 수상한 물건을 못 봤다고 했으니 장치가 설치된 건 휴식 시간 이후다. 그리고 그 시간에 아무에게도 들키지 않고 공장에 마음대로 드나들 수 있었던 사람은 혼자 자리를 지키고 있었던 다쓰노다.

하지만 다쓰노를 범인으로 지목하자니 큰 문제가 남는다. 사건이 발생했을 때 다쓰노는 모니터 앞에 없었다. 주변을 돌아다니던 우메키의 머리에 냉동 멜론을 명중시키려면 딱 좋은 위치로 이동한 순간을 노려야 한다. 모니터를 확인하지 않고서는 그럴 수 없을 것이다.

혹시 실시간으로 조작하는 장치가 아니라 타이머식이라면 어떨까. 드라이아이스나 얼음이 녹는 시간을 이용하는 장치라면 범행 후에 장치를 회수할 필요도 없다. 이 방법이라면 모니터를 볼 필요도 없으리라. 하지만 좁은 범위나마 우메키가 움직이는 것을 알고 있을 테니 확실성이 부족하다. 만약 사건이 발생하기 직전에 들린 비명이 꾸며낸 것이더라도, 그걸로 우메키의 행동까지 조종할 수는 없지 않을까.

아니면 우메키에게 명중한 건 우연이고, 실은 냉동 멜론이 위에서 떨어지기만 하는 장치였다면? 아니, 그건 그것대로 범행의 동기가 불분명하다. 그저 몰래카메라를 찍기 위해 냉동 멜론을 떨어뜨리지는 않으리라. 애당초 경시청 내부에서 전해지는 냉동 멜론에 관한 소문을 모르면 그걸 몰래카메라의 소재로 사용하겠다는 발상 자체를 떠올릴 수 없을 것이다. 역시 범인에게 우메키를 해코지할 의사가 있었다고 보는 편이 자연스럽다.

장치 설치가 가능하다는 점에서는 다쓰노가 수상하지만, 실행과 회수라는 점에서 보면 그가 범인일 가능성은 희박해진다.

그럼 모니터 앞에 있던 와니구치, 사메지마, 후카미는 어떨까? 원격 조작 장치를 설치하는 건 제쳐놓고, 세 명은 장치를 조작할 타이밍을 확인할 수 있다. 더구나 와니구치와 후카미는 사건이 발생한 후에 현장에 들어갔으니 장치를 회수할 기회도 있다.

거기까지 생각하자 사건의 진상이 보이는 듯했다.

"그렇구나……."

나도 모르게 목소리가 흘러나왔다.

이 사건은 다쓰노와 와니구치가 공모해서 벌인 짓이다.

동기 측면에서 생각해도 와니구치는 우메키와 개인적으로 알고 지냈으니까 거기서 무슨 말썽이 생겨도 이상할 것 없다. 금전 문제인지 치정 문제인지는 모르지만, 어쨌든 와니구치에게 우메키를 해코지할 만한 이유가 있었다고 치자. 그래서 계획을 실행하기 위해 자기 부하인 다쓰노에게 협력을 요청한 것 아닐까.

다쓰노가 원격 조작 장치를 설치하고 실제 범행과 장치 회수는 와니구치가 맡는다. 이거라면 무리 없이 사건의 상황을 설명할 수 있다. 둘이 공모함으로써 다쓰노와 와니구치는 각자 범행이 불가능했다는 알리바이도 확보할 수 있다.

진상에 다다르자 마음이 조급해졌다.

이 사실을 얼른 수사본부에 전달해야 한다. 직접 전달하지는 못하더라도 현경의 지인을 통하면 어떻게든 될 것이다.

그런 생각을 하며 조바심을 내고 있는데, 개인용 스마트폰에 전화가 왔다. 상대는 의혹의 당사자인 와니구치였다.

나는 자리에서 일어나 재빨리 아무도 없는 곳으로 이동해 전화를 받았다.

"여, 여보세요."

"아, 다카나시 씨?"

"네."

"지금 통화 괜찮아요?"

"아, 네, 괜찮아요."

"방금 우메키 선배 어머님께 연락이 왔는데, 선배가 의식을 찾았대요. 그런데 최대한 빨리 다카나시 씨를 보고 싶다는 모양이에요."

"저를요?"

"네. 뭐, 일하느라 바쁘겠지만 되도록 빨리 가봐요."

"알았어요."

"그럼 저는 이만 병원에 가볼게요."

와니구치는 그렇게 말하고 일방적으로 전화를 끊었다.

추궁해야 할 상대에게 기습을 당한 탓에 잠깐 어안이 벙벙했다. 하지만 와니구치의 말이 머릿속에 되살아나자 온몸이 찌릿찌릿한 감각에 휩싸였다.

이만 병원에 가보겠다고?

만약 와니구치가 범인이라면?

"우메키가 위험해!"

직감적으로 그렇게 판단한 나는 상사의 허가도 받지 않고 우메키가 입원한 병원으로 향했다.

첫 번째 결혼의 실패가, 나쓰메 다쓰코가 점술가 일을 시작한 계기였던 듯하다.

하치오지시 출신의 다쓰코는 전문대를 졸업하고 3년 후, 스물세 살의 나이로 결혼했다. 상대는 세타가야의 땅부잣집 아들로, 당시에는 시집을 잘 갔다고 축하받은 모양이다. 그 무렵에 찍은 다쓰코의 사진을 보면 동글동글하니 애교 있는 얼굴로 눈을 살짝 내리깐 채 수줍어하는 모습이었다. 행복에 겨운 자신의 모습이 부끄럽다고 말하는 듯한 그 표정이, 훗날의 카리스마 있는 점술가의 얼굴만 봐서는 상상도 되지 않는다.

하지만 결혼 생활은 길지 않았다. 배우자의 부모를 모시고 사는 것에 심한 스트레스를 받아 2년 반 후에 이혼했다. 그 후 본가로 돌아가 근처 슈퍼마켓에서 파트타임으로 일하다가, 가구라자카에 있는 어느 점술가의 제자로 들어간다. 그리고 3년 후에 독립해 마치다시의 상업 시설 한구석에서 점술가로서 자잘하게 점을 치며 생활했다.

서른한 살 때 회사원 아오누마 미쓰히코와 재혼한다. 미쓰히코도 재혼이었다. 이 결혼이 큰 전환점이었던 듯, 그 후로 다쓰코의 점괘는 적중률이 상승했고 어느 틈엔가 입소문이 퍼져서 잘나가는 점술가가 된다. 부모님이 잇달아 돌아가신 걸 계기로 본가로 돌아와 점술 영업을 시작한다. 그곳이 사건이 발생한 나쓰메가의 안채다. 즉, 거기는 다쓰코의 생가였다.

점술가 일이 궤도에 오르자 다쓰코는 별관을 지은 후 제자를 받고 고아를 거두어들인다. 첫 번째 제자는 I 씨라는 여자였던 듯하지만 사건이 발생하기 3년 전에 나쓰메가를 떠났다. 그 후로는 어디서 어떻게 지내는지 알 수 없다. 나메카와 우게쓰는 두 번째 제자에 해당한다. 나메카와 씨는 한때 I 씨와 함께 생활한 적도 있는 모양이다.

나쓰메 다쓰코는 주로 주역, 사주추명학, 구성기학에 바탕을 둔 정통 방식으로 점을 쳤다. 다만 단골손님에 한해 제공한 특별 코스만큼은 약간 특이했다.

나는 예전에 다쓰코에게 점을 보러 다녔던 사람들에게 직접 이야기를 들을 수 있었다.

J 씨는 50대 여성으로 직업은 배우다. 주로 방송과 영화를 중심으로 활동 중이며, 유명한 영화제에서 여우주연상도 수상했다. 구체적인 작품명이나 J 씨의 특징을 적으면 누구인지 금방 드러날 테니 개인 정보에 관련된 묘사는 피하도록 하겠다. 그만큼 유명한 배우라고 보면 될 것이다.

나쓰메 다쓰코는 친하게 지내는 업계 관계자에게 소개받았다고 한다. 처음에는 반신반의하며 찾아갔지만, J 씨가 사정을 말하지도 않았는데 점괘만 보고 여러 가지 일을 척척 꿰

뚫어 보았다. 그 후에 점친 일도 전부 들어맞았다.

"그때까지 점은 인생 상담의 일종이라고만 생각했어요. 그런데 나쓰메 선생님은 의뢰인의 이야기조차 듣지 않으시죠. 그저 팔괘가 그려진 주사위를 던질 뿐이에요. 그렇게 나온 결과만 말씀해주시는데, 전부 짚이는 구석이 있는 거예요."

너무 신기해서 몇 번인가 찾아갔을 때 J 씨는 "어떻게 아무것도 안 듣고 제가 어떤 상황인지 아세요?" 하고 물어보았다.

그러자 다쓰코는 쓴웃음을 짓더니 "나는 아무것도 몰라" 하고 대답했다.

"난 나온 점괘를 읽을 뿐, 실은 그쪽이 구체적으로 뭘 알고 싶어 하는지 몰라. 하지만 몰라도 대화가 이루어지지? 그게 점술의 재미있는 점이야."

그 말이 진실인지 아닌지 J 씨는 판단이 서지 않았다. 하지만 손님에게 점술의 원리는 상관없다. 점괘만 들어맞으면 그만이다.

J 씨가 다쓰코에게 점을 보러 다닌 지 몇 년 지났을 때였다.

그날은 특히 중요한 일을 상담하러 갔다. 일과 관련해 중요한 선택을 앞두고 있었던 것이다. 평소 같으면 J 씨는 '일에 관련된 문제'라고만 말하고 점을 봤겠지만, 그날은 다쓰코가 꼭 고민을 들어주었으면 했다. 그래서 고민을 자세하게 털어놓았다.

나중에 알았는데 단골손님 중에는 다쓰코에게 오랫동안 상담 내용을 이야기하는 사람이 적지 않다고 한다. 다만 다쓰코는 20분에 3천 엔의 시간제 요금을 내걸고 영업한다. 그래서 괜히 상담 시간이 길어지지 않도록 이야기할 필요가 없는 손님에게는 세세한 정보를 듣지 않고 점괘만 알려주었다고 한다. 이 일화에서 다쓰코가 양심적으로 영업했다는 사실을 엿볼 수 있다.

"선생님은 제 이야기를 진지하게 들으시더니 'J, 그렇게 중요한 일이라면 특별 코스로 점을 쳐줄까' 하고 말씀하셨어요. 저도 특별 코스가 있다는 소문은 들었거든요. 그래서 꼭 부탁드린다고 사정했죠."

요금은 비쌌지만 J 씨는 망설임 없이 특별 코스를 희망했다.

그러자 "그럼, 잠시만 기다려" 하고 다쓰코가 뒤쪽의 맹장지문을 열었다. 그 안쪽에는 껍질을 벗긴 원목으로 만든 훌륭한 제단이 있었다. 양쪽은 꽃으로 장식했고, 주변에 공물로 바친 멜론이 잔뜩 놓여 있었다. 방에서 달콤한 향기가 흘러나와서 J 씨는 신비한 기분에 사로잡혔다.

아쉽게도 J 씨가 제단을 본 것은 고작 몇 초뿐인지라 무슨 신을 모시고 있는지는 확인하지 못했다. 다만 불상이나 신상은 보이지 않았다. 거울 같은 것도 없었다고 한다. 그리고 제단의 전체적인 분위기에 대해 J 씨는 이렇게 말했다.

"이렇게 말하면 좀 그렇지만, 장례식 때 사용하는 제단과 제일 가까울지도 모르겠네요."

다쓰코가 제단이 있는 방에 틀어박힌 동안 J 씨는 혼자 있었다. 그런데 맹장지문 너머에서 다쓰코 말고 다른 여자 목소리가 들렸다.

"처음에는 제자인 줄 알았죠. 그런데 그때 대기실 쪽에서 제자, 나메카와 씨랬나, 그 사람 목소리가 들렸으니까 분명 다른 사람일 거예요."

제단이 있는 방에서 목소리가 띄엄띄엄 새어 나와서 뭐라고 하는지까지는 알아들을 수 없었다. 그렇게 시간이 5분에서 10분쯤 이어지다 느닷없이 다쓰코가 돌아왔다.

"신께서 말씀을 내려주셨어."

그리고 점괘를 J 씨에게 전했다.

결과적으로 그 덕분에 J 씨는 현재의 성공을 거머쥐었다고 한다.

안쪽 방에 누가 있느냐고 묻고 싶은 마음은 굴뚝같았지만, 다쓰코와 신이라는 존재의 기분을 거스를까 봐 무서워서 물어보지 못했다.

"특별 코스로 점을 본 건 그때 한 번뿐이었지만, 그 목소리는 지금도 귓가에 남아 있어요. 젊은 여자 목소리였죠."

60대 사업가인 W 씨는 현재의 회사를 설립할 때 나쓰메 다쓰코의 조언에 큰 도움을 받았다고 한다. 시나가와에 사는 W 씨는 풍채 좋은 신사로 언뜻 보면 호감 가는 인상에 태도도 부드러워서 상대를 안심시킨다. 하지만 늘 새로운 사업에 도전하는 야심가이기도 해서 눈동자가 소년처럼 반짝반짝 빛난다.

"나쓰메 선생님께는 정말로 감사할 따름입니다. 그때 선생님이 등을 떠밀어주신 덕분에 지금의 제가 있는 거니까요."

나쓰메 다쓰코를 언급하는 W 씨의 말투에서는 존경심이 뚝뚝 묻어났다. 지금도 다쓰코의 기일이면 성묘를 하러 간다니까 얼마나 다쓰코에게 심취했는지 알 수 있다. 나도 점은 믿는 편이지만 특정 점술가에게 푹 빠진 적은 없다. 그래서 W 씨 같은 사람의 심정을 상상은 할 수 있어도 공감하기는 힘들다.

W 씨는 아주 현실적인 문제로 나쓰메 다쓰코를 의지했다. 직원을 채용했을 때도 다쓰코의 조언이 인사 관리에 큰 도움이 되었다. W 씨 말에 따르면 다쓰코는 직원들의 생년월일로 그 사람이 오행의 목, 화, 토, 금, 수 중 어느 유형인지 살펴서 능력에 걸맞은 자리를 일러주었다고 한다. 분명 납음오행이라고 하는 점술이다. 이것은 십간십이지에 따라 납음이라고 하는 서른 가지의 카테고리를 설정해 운세와 성격을 점치는

방법으로, 『대잡서大雜書』라는 에도시대의 점술백과 같은 책에도 소개되어 있다.

W 씨는 업무상 아주 중요한 결정을 해야 할 때 특별 코스를 이용했다.

W 씨도 다쓰코가 제단이 있는 방에 머무르는 동안, 다쓰코 말고 다른 여자 목소리가 들린다는 것을 알아차렸다.

"무슨 내용인지는 잘 모르겠지만, 가끔 알아듣는 말도 있었으니까 일본어였던 건 확실합니다. 분명 선생님보다 훨씬 젊은 여자였을 거예요."

W 씨는 영매 같은 사람이 안쪽 방에 있다고 생각했다.

"선생님이 젊은 제자에게 혼령이랄까 신 같은 존재를 빙의시켜서 말을 나누는 줄 알았어요. 샤먼 같은 느낌이랄까요."

다만 W 씨는 제단이 있는 방에 나쓰메 다쓰코 말고 다른 사람이 있는 걸 본 적이 없었다. 누구 목소리인지 궁금하지 않았다고 하면 거짓말이다. 하지만······.

"선생님께 안쪽 방에 누가 있느냐고 송구스러워서 어떻게 여쭤보겠어요?"

W 씨는 턱살을 덜덜 떨면서 말했다.

"하지만 지금은 제단이 있는 방에 정말로 신이 계셨던 게 아닐까 싶습니다."

황홀한 표정으로 그렇게 말하는 W 씨의 서재에는 나쓰메 다쓰코와 함께 찍은 사진이 장식돼 있었다.

나쓰메 다쓰코가 제단이 있는 방에서 신의 말씀을 들을 때 몰래 그 모습을 엿본 사람이 있다.

전직 국회의원인 F 씨다. 현재 80대인 F 씨는 사실 내 먼 친척이다. 시의회 의원으로 몇 년 일하다가, 시장과 현의회 의원으로서 주로 관광산업 발전에 힘을 쏟았으며, 50대에 참의원 선거에서 처음으로 당선됐다. 그 후로는 지역 표밭의 안정적인 지원을 받았다. 건강상의 이유를 들어 정계를 은퇴한 뒤에는 F 씨의 보좌관이었던 사람이 지역의 지지 기반을 물려받았다. 참고로 F 씨의 자식들은 정치와는 전혀 무관한 일을 하고 있다.

대머리에 피부가 매끈매끈한 F 씨는 얼핏 보기에는 80대로 느껴지지 않는다. 국회의원 시절의 관록이 건재해서 나도 대하기가 조심스러웠다.

그런 F 씨도 국회의원 시절에 선거가 있으면 반드시 나쓰메 다쓰코의 특별 코스를 이용했다고 한다.

"이기느냐 지느냐를 점치는 건 아니야. 그딴 건 알아봤자 아무 소용도 없어. 출마하는 건 기정사실이니까. 그래서 어떻게 하면 이길 확률이 높아질지 상담했지."

다쓰코가 제단이 있는 방으로 가자 젊은 여자 목소리가 들렸다. 분명 다쓰코의 목소리는 아니다. F 씨는 내내 안쪽 방에 다른 사람이 있는 줄 알았다고 한다. 중요한 문제니까 제삼자에게도 의견을 듣고 점을 치는 거라고 생각했던 모양이다.

특별 코스를 몇 번인가 의뢰했을 때, F 씨는 몰래 제단이 있는 방을 엿보았다고 한다.

"예의 바른 짓이 아니라는 건 알아. 하지만 그토록 대단한 나쓰메 씨가 의견을 구하는 사람이 누구인지 흥미가 생겼지. 게다가 나쓰메 씨보다도 젊은 것 같은데, 대체 어떤 천재 점술가가 있는지 궁금하더라고."

맹장지문 틈새로 엿본 방은 어두침침했다. 형광등은 있었지만 켜지 않았고, 제단 양옆에 놓인 커다란 초에만 불을 붙여놓았다.

F 씨의 눈에 제단을 향해 두 손을 모은 다쓰코의 뒷모습이 보였다. 다쓰코는 아무 말도 없었지만 방에서는 여자 목소리가 들렸다. 작은 목소리로 띄엄띄엄 점괘를 전하고 있는 듯했다. 하지만 방에는 다쓰코밖에 없었다.

그 순간, F 씨는 덜컥 겁이 났다고 한다.

"봐서는 안 되는 걸 본 기분이었지. 온몸이 바들바들 떨리더군."

F 씨는 다쓰코에게 들키지 않도록 조용히 맹장지문을 닫고 원래 자리로 돌아갔다.

제단이 있는 방에서 돌아온 다쓰코는 아무 일도 없었다는 듯 점괘를 F 씨에게 알려주었다. 아주 중요한 의뢰였는데도 불구하고 F 씨는 건성으로 점괘를 들었다.

덧붙여 제단 제일 위 칸에는 나무 상자가 놓여 있었다고 한다.

"어디 보자, 뼈단지를 넣는 상자 정도 크기려나. 아마 오동나무로 만든 상자였을 거야."

F 씨는 목소리가 그 상자 속에서 들린 것처럼 느껴졌다고 개인적인 감상을 밝혔다.

이러한 체험담을 듣자 어쩐지 불길한 예감이 들었다.

일찍이 내가 수집한 괴담 중에 비슷한 사례가 있었기 때문이다. 그 괴담에서는 목소리를 냈던 것의 정체가 너무나 무서운 나머지 '괴물'이라고 부르는 사람까지 있었다.

하지만 앞일을 예언하거나 분실물이 어디 있는지 알아맞히는 등의 신비로운 능력 때문에 한때는 이렇게 불렸다. 고베 신령님이라고.

🐚

우메키 교코가 입원한 병실로 들어가자 이미 와니구치가 와 있었다. 오늘도 빨간색 파카와 청바지 차림에 머리에는

'고스트버스터즈' 로고가 들어간 야구 모자를 썼다.

"어? 다카나시 씨, 빨리 왔네요."

와니구치의 눈이 휘둥그레졌다.

우메키는 베개에 등을 대고 상반신을 일으킨 자세로 침대에 누워 있었다. 예상보다 안색이 좋았고, 가벼운 말투로 "안녕!" 하고 나를 향해 손까지 척 들었다.

아무래도 늦지 않은 모양이다.

그제야 내가 어깻숨을 쉬고 있다는 걸 깨달았다.

"뭐야? 왜? 뛰어온 거야? 괜찮아?"

우메키는 내가 걱정한 줄도 모르고 태평하게 웃었다.

나는 호흡을 가다듬고 와니구치를 똑바로 바라보았다.

"응? 왜요?"

"와니구치 씨, 당신이 범인이었군요."

조용히 그렇게 말했다.

와니구치의 입이 떡 벌어졌다. 변함없이 화장이 진해서 어쩐지 천박하게 생긴 인형처럼 보였다. 놀라움에서 나온 표정인지, 연출된 표정인지는 모르겠다.

방심하지 말라고 속으로 스스로를 타이른 후, 나는 내 추리를 우메키와 와니구치에게 선보였다.

두 사람은 잠자코 내 이야기를 들었지만, 가끔 와니구치가 우메키에게 묘한 눈빛을 보냈다.

"이렇듯 논리적으로 따져본 결과, 와니구치 씨와 다쓰노 씨가 공모했다고밖에 볼 수 없습니다."

목소리에 힘을 주어 그렇게 말했다.

가슴을 펴고 그렇게 말했다.

하지만 우메키도 와니구치도 표정에 큰 변화는 없었다. 나는 두 사람의 분위기에서 위화감을 느꼈다. 혹시 뭔가 터무니없는 짓을 저지른 건 아닐까? 그런 불안이 고개를 쳐들었다.

잠깐의 침묵 후, 와니구치가 비난조로 이렇게 말했다.

"봐요, 선배 때문에 내가 범죄자 취급을 당했잖아요. 다카나시 씨한테 제대로 설명해요."

우메키는 오른손을 얼굴 앞에 세로로 세우며 "미안, 미안" 하고 사과했다.

"저기, 내가 다친 건 그런 게 아니야."

"아니라고? 뭐가 아닌데?"

대체 뭐가 어떻게 아니라는 걸까?

"이건 사고야. 그것도 자업자득이었지."

"응? 뭐라고? 사고였어?"

"응. 내가 준비한 장치로 냉동 멜론을 떨어뜨렸는데, 위치를 조금 잘못 잡아서 머리에 정통으로 맞았지. 죄송합니다. 여러모로 민폐를 끼쳤습니다."

우메키는 나와 와니구치에게 머리를 꾸벅 숙였다.

자세한 사정을 들어보니, 우메키는 휴식 시간이 끝나고 지정된 위치에 가기 전에, 드라이아이스를 사용해 냉동 멜론이 떨어지는 시한장치를 2층에 설치했다고 한다.

"보냉제랑 마실 것이 든 가방에 드라이아이스와 냉동 멜론을 넣어서 현장에 가지고 갔어."

"하지만 다른 사람들 모르게 멜론을 끌어안고 계단을 오르기는 힘들 텐데."

내 말에 우메키는 "그렇지도 않아" 하고 대답했다.

"건물 내부가 어두웠잖아. 손전등도 켜지 않았으니 들킬리 없지. 야간 투시 카메라도 촬영 범위는 정해져 있으니까, 조심해서 멜론이 찍히지 않도록 하면 되고."

"뭐, 선배는 정식 촬영 전에 현장을 돌아다니는 습관이 있으니까 우리도 별로 신경 쓰지 않았어요."

우메키가 만든 장치는 아주 단순했다. 2층의 약간 경사진 곳에 내려놓은 냉동 멜론 앞에 드라이아이스를 받쳐놓는다. 그리고 시간이 흘러 드라이아이스가 녹으면 멜론이 저절로 굴러떨어진다. 드라이아이스가 녹는 시간은 수차례의 실험을 통해 산출했다고 한다. 하지만 사건, 아니 이제 사고라고 하자. 사고가 일어난 당일, 뜻밖의 일이 발생했다.

"절묘한 순간에 혼령이 비명을 질렀지. 그래서 멜론을 피할 타이밍을 놓쳤고, 보다시피 병원 신세야."

우메키는 "마음껏 웃어도 돼"라고 했지만, 나로서는 도저히 웃을 수가 없었다.

와니구치도 화가 많이 났는지 "하나도 안 웃겨요" 하고 입을 삐죽거렸다.

"모처럼 진짜 초자연현상을 촬영했는데, 선배가 병원에 실려 가는 바람에 방송을 못 내보냈잖아요! 재촬영도 얼마나 힘들었는데요!"

"미안해. 사과할게."

우메키의 표정만 봐서는 얼마나 반성하고 있는지 헤아리기가 힘들었다.

하지만 일단 우메키에게 일어난 일이 단순한 사고였음은 이해했다.

그건 그렇고…….

"왜 그런 장치를 해놓은 거야?"

그게 가장 궁금한 의문점이다.

"그야 냉동 멜론 사건의 범인을 끌어내기 위해서지. 계획대로 일이 진행됐으면 촬영 중에 냉동 멜론이 떨어지는 장면이 방송을 탔을 거야. 그러면 진짜로 냉동 멜론 사건을 일으키는 범인이 잠자코 있을 리 없을 거라는 생각이었어."

"와니구치 씨는 우메키의 계획을 알고 있었어요?"

"아니요. 하지만 냉동 멜론 사건이 뭔지는 예전에 들어서 알고 있었어요. 그래서 현장에 멜론이 떨어진 걸 보고 선배도 냉동 멜론 사건의 희생자가 된 것 아닌가 싶었죠. 나한테 냉동 멜론 이야기를 했으니까. 선배 머리에 멜론이 떨어진 거라고 생각했어요, 한순간."

마지막의 '한순간'이라는 표현이 마음에 걸렸다. 어쩌면 와니구치는 꽤 오래전부터 사고의 진상을 알아차리고 있었나? 알아차리고서 우메키가 의식을 되찾기를 기다렸다?

"선배, 마침 다카나시 씨도 왔으니 슬슬 그 이야기를 하는 게 어때요?"

와니구치의 재촉에 우메키는 "알았어" 하고 고개를 끄덕거렸다.

그러고 보니 우메키가 나를 보고 싶어 했다는 게 떠올랐다.

"와니구치도 말했지만, 나, 일전에 와니구치에게 냉동 멜론 사건을 상의했어. 그런데 와니구치 말로는 현재까지 발생 중인 냉동 멜론 사건은 용의자의 조건을 꽤 좁힐 수 있대."

"정말로요?"

나는 의심 어린 시선을 와니구치에게 던졌다. 하지만 와니구치는 확고한 태도로 고개를 끄덕였다.

"진짜예요. 나쓰메 디쓰코 살해 사건과 쓰부라 가이토 변사 사건은 제쳐놓고, 다른 사건의 피해자는 대부분 냉동 멜론 사건의 발견자나 목격자라는 게 중요해요. 원래는 사건과 아무 상관도 없는 사람들이죠. 그런데도 범인은 피해자들이 냉동 멜론 사건의 참고인이라는 걸 알고 있었어요."

"범인도 각 사건 현장에 있었다는 뜻인가요?"

"아니요. 꼭 그러지 않아도 돼요."

"하지만 현장에 없으면 시신 발견자나 목격자의 정보를 못 얻을 텐데요."

"얻을 수 있어요. 범인이 경찰 관계자라면."

"아아……."

"경찰 관계자라면 사건 조서를 읽을 수 있잖아요. 그래서 모든 관계자의 정보를 파악할 수 있었던 거죠. 그러고는 그중에 누군가가 냉동 멜론에 관한 정보를 흘리지 않는지만 확인하면 돼요."

"그렇군요. 그런데 경찰 관계자가 범인이라고 치고, 애당초 범인은 왜 냉동 멜론 사건을 계속 일으키는 걸까요?"

그 질문에는 우메키가 대답했다.

"그건, 범인이 첫 번째 냉동 멜론 사건인 나쓰메 다스코 살해 사건의 범인이라서 그럴 거야. 범인은 다스코를 살해한 트릭을 감추기 위해 냉동 멜론 사건을 계속 일으키는 것 아닐까. 나쓰메 집안과 직접 관계가 없는 피해자 근처에 멜론을 놓아둠으로써, 어디까지나 냉동 멜론이 핵심인 사건이 계속 발생한다고 착각하게끔 하는 거지. 다스코를 살해할 때 냉동 멜론이 맡았던 역할에서 시선을 돌리려고."

"그렇다면 첫 번째 사건의 범인도 경찰 관계자라는 거야? 아니, 그 전에……."

혹시 우메키 교코는 진상을 알아차린 걸까?

나쓰메 다쓰코 살해 사건의 범인이 누구인지 알아낸 걸까?

침묵뿐인 내 질문에 우메키는 힘껏 고개를 끄덕였다.

"그래. 누가 다쓰코를 죽였는지 알아냈어. 그래서 너한테 진상을 들려주려고 부른 거야."

그리고 우메키 교코는 나쓰메 다쓰코 살해 사건의 진상을 설명하기 시작했다.

"그날 범인은 계획적으로 나쓰메 다쓰코를 죽이기로 했을 거야. 당초 목적은 다쓰코를 죽이고 안채를 일시적으로 밀실로 만들어서 자신의 알리바이를 확보하는 거였겠지."

"어떻게 안채를 밀실로?"

내 질문에 우메키는 즉시 답했다.

"방법은 아주 간단해. 현관문의 문틀은 나무였어. 그래서 범인은 안채에서 나올 때, 현관문에 물을 끼얹어서 축축하게 적셔놨지. 눈이 내릴 만큼 추운 겨울밤이잖아. 문은 점차 얼어붙어서 열리지 않게 돼. 분명 전에도 그런 적이 있었을 거야. 내 본가도 도치기현 북쪽이라 겨울이면 현관문이나 차 문이 얼어붙어서 열리지 않을 때가 꽤 많아. 그래서 범인이 어떤 트릭을 썼는지 눈치챘지."

우메키의 추리에 따르면 범인의 계획은 아주 단순하다. 자정에 제자 중 한 명이 야식을 가지고 가는 건 습관과도 같은 일이었다. 그걸 이용해서 안채 현관문이 잠겨 있다는 걸 확인시키면 그 시간에 별관에 있었던 범인은 용의선상에서 벗어난다.

"사건 당일 범인의 행동을 상상해볼게. 범인은 아직 눈이 내리는 가운데 몰래 안채로 갔어. 그리고 뒤에서 다쓰코에게 접근해 때려 죽였지. 그런데 서둘러 밀실을 준비하고 달아나려고 했던 범인에게 불운이 닥쳤어."

"불운?"

"응. 밖에 나왔더니 눈이 그친 거지. 이대로 별관에 돌아가면 눈 위에 자기 발자국이 남아. 고민하며 방법을 찾던 범인은 제단에 놓아둔 멜론 중에 얼어서 딱딱해진 것이 몇 개 있다는 걸 알아차렸어. 난방 기구가 없는 곳에 며칠이나 놓아두었으니까, 완전히는 아니더라도 반쯤 언 멜론은 있었을 거야. 위에 올라가서 체중을 견딜 수 있는지 확인한 후, 범인은 멜론 두 개를 준비했어. 공 타기를 하듯 멜론 위에 올라가서 몇십 센티미터 앞에 다른 멜론을 내려놔. 이번에는 거기로 옮겨가서, 조금 전까지 올라가 있던 멜론을 회수해서 다시 앞에 내려놔. 이렇게 멜론 두 개를 번갈아 사용해서 별관으로 이동하는 데 성공한 거야. 이게 바로 정원에 남은 희한한 동그란 자국의 정체지. 현장에 피 묻은 냉동 멜론을 남겨둔 건, 아무래도 미심쩍어 보이는 동그란 자국에서 시선을 돌리기 위한 술수였어."

"발자국을 남기지 않기 위해서 왜 그렇게까지 한 건데?"

나는 가슴이 점점 빨리 뛰는 기분이었다.

"발자국이 남아 있으면 자기가 범인으로 지목될 걸 알았으니까."

"발자국만으로? 하지만 계획 살인이잖아? 이미 눈은 내리고 있었으니까 예를 들어 처음부터 다른 가족의 신발을 신고 현장에 가면……."

"그럴 수가 없었어. 왜냐하면 범인은 어린애라서 발 크기가 작았거든. 어린애였으니까 멜론에도 올라갈 수 있었던 거고. 아무리 멜론이 얼어붙었어도 몸무게가 많이 나가는 어른은 멜론을 밟고 이동할 수 없지."

아아, 역시 우메키 교코는 눈치챘다.

"그렇지? 다카나시 아이 씨?"

우메키가 내 성씨와 이름을 함께 불렀다.

"쓰다에게 들었는데, 너 결혼해서 남편 성씨를 따르기 전에는 성씨가 나쓰메였다면서? 그리고 이것도 쓰다가 조사해줘서 알았는데, 넌 나쓰메 다쓰코의 수양딸인 아이가 틀림없대."

동료 형사 쓰다는 우메키의 중학교와 고등학교 동창생이라고 들었다. 내가 우메키와 안면을 튼 것도 쓰다가 소개해주었기 때문이다. 그리고 요즘 쓰다가 냉동 멜론 사건에 대해 슬금슬금 냄새를 맡고 돌아다녔다는 것도 알고 있었다.

"멜론을 밟고 별관에 도착하자 넌 멜론을 냉장고에 넣고 자기 방으로 돌아갔어. 그리고 11시 반에 악몽을 꿨다고 거짓으로 소란을 떨며 자정까지 알리바이를 확보하려고 했지."

나는 아무 대답도 할 수 없었다.

벌써 20년이나 지난 사건이다. 물적증거가 남아 있을 리 없다. 우메키의 추리는 어디까지나 상황증거에 바탕을 두었을 뿐이다.

"네가 양어머니 다쓰코를 죽인 이유는 다쓰코가 제단에 모셨던 '신'과 관련이 있지?"

'신'이라는 말을 들은 순간 온몸이 충격에 휩싸였다.

"어떻게……?"

"저기, 못 믿을지도 모르지만, 나 그 '신'과 비슷한 존재를 알아. 그거 상자에 들어 있지 않았어?"

나는 조용히 고개를 끄덕였다.

그렇다, 안채 안쪽에 설치된 제단. 그 제일 높은 곳에 있었던 건 나무 상자다.

그리고 그 속에 들어 있었던 건…….

다쓰코의 시체를 발견한 미쓰히코와 쓰부라는 현장에서 그 상자를 들고나와서 별관에 숨겼다. 절대로 경찰에게는, 다른 사람에게는 보여줄 수 없는 물건이므로. 그래서 경찰의 사건 자료에는 제단 위에 뭘 모셔놓았는지 적혀 있지 않다.

"넌 본 거지? 상자에 뭐가 들었는지."

그렇다. 나는 봤다. 그래서…….

"그리고 너도 '신'이 될 거라고 생각한 거지? 네 언니가 사라진 것도 '신'이 되었기 때문 아니야?"

언니가 행방불명된 날 아침, 나는 보았다. 차에 언니를 태우고 어디론가 가는 미쓰히코의 모습을. 미즈호의 행방을 찾는 경찰에게 미쓰히코는 미즈호가 그날 아침 혼자 학교에 갔다고 거짓말을 했다.

그리고 몇 달 후, 안채 제단에 새로운 '신'이 모셔졌다.

다음은 에리나나 내 차례다.

단순한 억측이 아니었다. 왜냐하면…….

"미즈호 언니가 가르쳐줬어."

그 말이 지금도 귀에 들러붙어서 떨어지지 않는다.

"이대로 있다가는 죽을 거라고."

# 우메키 교코의 원고 5

기이한 인연이라는 게 정말로 있는 모양이다.

지금까지 나는 K 여관이라는 온천 여관에서 일어난 괴담, O 터널에 나타나는 머리 없는 귀신의 괴담, 그리고 경찰 관계자들 사이에 전해지는 냉동 멜론에 관한 소문을 취재했다. 그 결과 이 세 가지 이야기가 밀접하게 관련돼 있다는 사실을 알아냈다.

나쓰메 다쓰코의 남편인 미쓰히코의 부모 아오누마 기이치로와 아내 스즈가 일찍이 도치기현 북부의 고즈 온천 마을에 살았다는 것이 밝혀졌다. 당시 아오누마 부부는 현재 K 여관이 있는 곳에 살고 있었다.

기이치로의 어머니는 그 지방에서 유명한 무속인으로 '고베 신령님' 또는 '신령님'이라고 불렸다. '고베 신령님'은 사실 '머리 신령님'으로, 인간의 해골 또는 머리가 신체였던 걸로 추정된다. 신체를 직접 본 관계자는 없었지만, 큰 특징은 예언을 하는 것이고 그때 목소리를 낸다는 사실이 확인됐다.

어머니의 죽음을 계기로 아오누마 부부는 고향을 떠나 가나가와현 가마쿠라시로 이주했다. 그 무렵부터 아오누마 기이치로는 독자적으로 '신'을 만들기 시작한 듯하다. 구체적인 방법은 알 수 없다. 다만 처음에는 유괴한 어린애를 죽여서 시체를 이용한 게 아닐까 싶다. 완성된 '신'은 점술가들에게 큰돈을 받고 판매한 모양이다. 하지만 기이치로의 어머니가 사용했던 '신'과 달리 아오누마 부부가 새롭게 만든 신은 불완전했다. 몇 년이 지나면 예언 능력을 상실해서 새로운 '신'을 계속 만들 필요가 있었던 듯하다.

아오누마 부부의 아들 미쓰히코는 아내 나쓰메 다쓰코가 점술가로서 확고한 자리에 오를 수 있도록 '신' 중 하나를 제공했다. 그 대가로 나쓰메네는 '신'을 만들 재료를 공급하기로 했다. 장래성이 있을 법한 인물(주로 영능력이 뛰어난 소녀나 젊은 여자였을 것으로 추정된다)을 다쓰코의 제자나 부부의 양자로 삼았다가, 적당한 시기를 보아 '신'으로 만든다. 나쓰메가는 그렇듯 악마 같은 짓을 하는 곳이었다.

"하지만 여러 번 그러는 동안 점점 비결을 터득했는지, 미즈호 언니 때부터는 신이 완전해진 모양이야."

나쓰메 다쓰코의 수양딸이었던 아이 씨는 혐오감이 서린 표정으로 그렇게 말했다.

이러한 경위로 보건대 쓰부라 가이토의 죽음은 자살이었을 가능성이 높다. 아이 씨의 이야기에 따르면 쓰부라는 '신'의 비밀을 알고 있었던 듯하다. '신'을 만드는 일에 직접 가담했는지는 알 수 없지만, 무거운 죄책감을 견디다 못해 목숨을 끊은 것이리라. 옆에 냉동 멜론을 놓아둔 건 다름 아닌 아이 씨라고 한다.

"쓰부라 가이토가 죽을 거라고 미즈호 언니가 가르쳐줘서 멜론을 들고 현장에 간 거야."

여기서 아이 씨가 말한 '미즈호'는 이미 '신'으로 변해 상자에 담긴 미즈호를 뜻한다. 그 예언으로 아이 씨는 쓰부라가 죽을 것을 미리 알고서 냉동 멜론을 시체 옆에 놓아두었다.

"그렇게 냉동 멜론으로 현장을 꾸며놓으면, 내가 멜론을 사용해 안채에서 탈출한 트릭에서 시선을 돌릴 수 있을 것 같았어."

계속 냉동 멜론 사건을 저지른 것도 같은 이유에서였다.

"나쓰메 집안과 직접 관계가 없는 사람들 옆에 멜론을 놓아두면 다쓰코를 죽일 때 사용한 트릭을 계속 숨길 수 있을 테고, 그러면 내가 안전할 거라고 생각했지."

아이 씨는 누가 사건이나 사고로 죽을지 '미즈호'에게 미리 듣고서 현장에 냉동 멜론을 놓아두었을 뿐이라고 한다. 그러나 아이 씨가 경찰관이 된 후부터 냉동 멜론 사건이 자주 일어났다는 점에 더해, 쓰부라 가이토가 죽음을 암시하는 연락을 하고 나서 자살했다고 가정하면 현실적인 해석도 가능하므로 나는 아이 씨의 주장이 약간 의심스럽다. 다만 이해가 안 되는 점은 피해자 중에 실제로 살인이나 사고 현장에서 멜론을 목격하고, 그 이야기를 남에게 한 직후에 죽은 사람이 적지 않다는 것이다. 냉동 멜론을 현장에 놓아두기는 하지만, 냉동 멜론의 존재는 숨기고 싶다. 그러한 아이 씨의 모순적인 심리와 관계가 있지 않을까 싶어 물어보았지만, 아이 씨는 입을 꾹 다물었다. 지금으로서는 냉동 멜론의 저주라는 식으로 여기는 수밖에 없을 듯하다.

자, 아오누마 부부는 실패작도 포함해 오랜 세월 '신'을 만들어냈다. 그때 사용되지 않는 몸을 처리하는 역할을 맡은 것이 미쓰히코다. 그는 주로 간토 지방 북부에 시체를 유기했고, O 터널도 그중 한 곳이었다. 내가 괴담을 조사할 때 O 터널 부근에서 백골 시체 네 구가 발견됐는데, 전부 아오누마 부부가 '신'으로 만든 여성들의 시체였다는 뜻이다. 현재 O 터널 이외의 시체 유기 현장을 알아내기 위해 경시청과 각 현경이 합동으로 미쓰히코가 소유한 차량의 행적을 추적하고 있다고 한다.

대체 시체가 몇 구나 나올지 생각만 해도 무섭다.


마지막으로 O 터널에서 행방불명된 H 씨가 무사히 발견됐다는 소식을 전하겠다. 가마쿠라에 있는 아오누마네 집에 출동한 경찰이 집 안에 감금돼 있던 H 씨를 발견했다고 한다. H 씨는 소복 차림으로 방에서 염불을 외우고 있었다고 들었다. 건강에는 문제가 없었지만, 특수한 상황에 놓여 있었던 탓에 PTSD(외상 후 스트레스 장애)가 생긴 모양이다. 현재는 입원해서 치료를 받고 있다.

아오누마네 집에서는 목을 맨 기이치로와 스즈의 시체도 발견됐다. 발견 당시 아직 시체에 온기가 남아 있었던 것으로 보아 경찰이 도착하기 직전에 자살한 것으로 추정된다.

현장에 출동한 경찰관 J 씨에게 이런 이야기를 들었다.

기이치로와 스즈의 시체가 발견된 곳은 집에서 제일 안쪽에 위치한 방이다. 둘 다 툇마루에 면한 미닫이문의 위쪽 틀에 유카타 띠를 묶어서 목을 맸다. 늙어서 반쯤 쪼그라든 부부가 나란히 매달려 있는 모습은 상당히 괴이해 보였다고 한다. 시체를 제일 먼저 발견한 사람은 J 씨였다.

"시체가 발견된 현장의 도코노마에는 비싼 항아리를 넣어 둘 것 같은 오동나무 상자가 놓여 있었습니다."

J 씨가 아오누마 부부의 시체를 발견했을 때, 그 상자에서 웃음소리가 들렸다고 한다.

"높은 목소리로 '꺄하하하하' 하고요. 네. 잘못 들은 게 아니에요. 같이 있었던 부하도 들었으니까요."

오동나무 상자에는 미라로 변한 인간의 머리가 들어 있었다고 한다. 치아 모양을 대조한 결과 머리는 13년 전에 행방불명된 여자 조각가의 것으로 판명됐다. 당시 23세였던 그녀는 제작 중이던 작품을 남겨놓고 작업실에서 홀연히 자취를 감추었다고 한다.

"그리고 이건 최근의 일인데요. 상자 속에 있던 머리를 부검한 부검의가 아무 조짐도 없이 갑자기 자살했습니다. 퇴근길에 역 플랫폼에서 별안간 전철에 뛰어들었대요."

이것도 '신'이 된 머리가 초래한 재앙일까.

아오누마네 집의 헛간에는 제단이 설치돼 있었고, 그 앞에 스테인리스 침대가 놓여 있었다. 제단 위에는 아주 낯설게 생긴 신상이 모셔져 있었다고 한다. 내부는 청소를 잘해놓아서 청결한 인상이었다.

"마치 종교 시설과 병원 수술실을 뒤섞어놓은 것처럼 이상한 공간이었어요."

실제로 헛간을 조사한 감식과 수사관 중 한 명이 들려준 감상이다.

헛간에서는 여러 사람의 혈액과 신체 조직이 검출됐다. 현장 상태로 보건대 아주 오랜 세월 여기서 피비린내 나는 짓을 자행해왔다는 것을 알 수 있었다.

그러나 사건의 기괴한 성격과 사회에 미칠 충격을 감안해 구체적인 내용은 매스컴에 노출되지 않게 덮어두었다고 한다. 따라서 지금까지 쓴 내 원고도 빛을 못 볼지 모르겠다.

여담이지만, 내 데뷔작 「D 언덕의 괴담」에 에도시대 때 어떤 재앙으로 망한 촌락이 등장하는데, 그 촌락의 이름도 아오누마였다. 이건 우연의 일치일까.

에도시대의 문헌 자료를 살펴보면 그 촌락에 '신령님'이라고 불리는 점술가 또는 무속인 같은 인물이 살았었다고 기록돼 있다. 따라서 관련이 있는 것 아닌지 적잖이 의심스럽다. 하지만 안타깝게도 현존하는 자료에 한계가 있어서 아오누마네와 직접 관계가 있는지 없는지는 확인할 수 없었다.

하치오지시의 자택에도, 가마쿠라시의 본가에도 나쓰메 미쓰히코가 없어서 경찰은 온 힘을 다해 그의 행방을 쫓고 있다. 아이 씨 말로는 조만간 체포될 것이라고 한다.

"미즈호 언니가 그랬으니까."

그런 아이 씨도 얼마 지나지 않아 사라졌다.


실은 아이 씨가 행방을 감추기 직전에 나는 그녀의 집을 방문했다. 아이 씨는 작곡가 남편과 함께 히노시의 단독주택에 살고 있었다.

그날 남편이 외출해서 집에는 아이 씨와 나, 단둘뿐이었다.

한동안 거실에서 차를 마시며 사소한 이야기를 나누다가 아이 씨가 갑자기 자리를 떴다. 다시 돌아온 아이 씨는 양손으로 오동나무 상자를 들고 있었다. 상자를 본 순간, 나는 그것이 무엇인지 알았다.

아이 씨는 미소를 지으며 오동나무 상자를 테이블에 내려놓았다.

아무 소리도 들리지 않았지만, 상자 안쪽에서 묘한 숨결이
느껴졌다.

나는 특별히 허락을 받고 상자 뚜껑을 아아아아아아아아
아아아아아아아아아아아아아아아아아아아아아아아아아아
아아아아아아아아아아아아아아아아아아아아아아아아아아
아아아아아아아아아아아아아아아아아아아아아아아아아아
아아아아아아아아아아아아아아아아아아아아아아아아아아
아아아아아아아아아아아아아아아아아아아아아아아아아아
아아아아아아아아아아아아아아아아아아아아아아아아아아
아아아아아아아아아아아아아아아아아아아아아아아아아아
아아아아아아아아아아아아아아아아아아아아아아아아아아
아아아아아아아아아아아아아아아아아아아아아아아아아아
아아아아아아아아아아아아아아아아아아아아아아아아아아
아아아아아아아아아아아아아아아아아아아아아아아아아아
아아아아아아아아아아아아아아아아아아아아아아아아아아
아아아아아아아아아아아아아아아아아아아아아아아아아아
아아아아아아아아아아아아아아아아아아아아아아아아아아
아아아아아아아아아아아아아아아아아아아아아아아아아아
아아아아아아아아아아아아아아아아아아아아아아아아아아
아아아아아아아아아아아아아아아아아아아아아아아아아아
아아아아아아아아아아아아아아아아아아아아아아아아아아

우메키 교코 선생님은 이 원고 파일을 남기고 행방이 묘연해졌습니다. 2년이 지난 지금도 여전히 소식을 알 수 없는 상태입니다. 덧붙여 가족들의 강력한 요청에 따라 원고를 책으로 발표했습니다. 저희 사원 일동은 한시라도 빨리 우메키 선생님이 무사히 돌아오시기를 진심으로 바랍니다. (편집부)

## 주요 참고 문헌

- 아사자토 이쓰키 『일본 현대 괴이 사전』, 가사마쇼인

- 오시마 기요아키 『현대 유령론—요괴·유령·지박령』, 이와타쇼인

- 기바 다카토시 『괴이를 만들다—일본 근세 괴이 문화사』, 분가쿠쓰신

- 고마쓰 가즈히코 『새로운 요괴학 연구—요괴로 보는 일본인의 마음』, 고단샤학술문고*

- 시바타 쇼쿄쿠 편찬 『기담 이문 사전』, 지쿠마문예문고

- 쓰네미쓰 도오루 「터널 괴담」, 《신비한 세상을 연구하는 모임 회보》39

- 하니 레이 『영구 보존판 초자연현상 대사전』, 세이코쇼보

- 후쿠타 아지오·간다 요리코·신타니 다카노리·나카고미 무쓰코·유카와 요지·와타나베 요시오 편찬 『정선 일본 민속 사전』, 요시카와코분칸

- 미즈키 시게루 그림·무라카미 겐지 편저 『개정·휴대판 일본 요괴 대사전』, 가도카와문고

- 야나기타 구니오 『야나기타 구니오 전집 4』, 지쿠마문고

* 한국어판 제목은 『일본의 요괴학 연구』(박전열 옮김, 민속원, 2009).

## 괴담과 미스터리의 마리아주

요괴 연구가이자 점술가로도 활동한 적 있는 오시마 기요아키는 중학생 때부터 소설을 썼다고 한다. 중학교 2학년 때 일본호러소설대상 단편 부문에 응모한 것을 시작으로 다양한 장르의 상에 응모했지만 안타깝게도 수상에는 이르지 못했다. '미스터리즈! 신인상'에도 네 번 도전하는 우여곡절 끝에 마침내 수상의 영예를 안았다.

얄궂은 건 수상작인 「그림자밟기 여관의 괴담」이 '미스터리즈! 신인상'을 목표로 쓴 작품이 아니라는 점이다. 원래는 장편 호러소설의 서장과 제1장으로 집필을 시작했지만 어느 틈엔가 미스터리 요소가 있는 단편으로 마무리되어, 밑져야 본전이라는 생각으로 응모했다고 한다. 그렇다면 원래는 호러소설로 쓸 생각이었던 『그림자밟기 여관의 괴담』에 담긴 호러 요소는 무엇일까. 바로 실화 괴담이다.

실화 괴담은 실제로 일어난 괴이한 일을 수집해서 발표하거나 체험자 본인이 설명하는 방식으로 풀어나가는 괴담을 가리킨다. 소설은 물론 인터넷 공포 게시판의 체험담, 더 나아가 〈심야괴담회〉 같은 방송도 실화 괴담에 포함된다고 할 수 있겠다. 어떻게 보면 이름만 생소할 뿐 국내 독자들에게도 익숙한 분야다. 이 중에서 소설화된 실화 괴담은 상황과 경위를 간결하게 제시하고 괴이 현상의 내용을 묘사한 후 깔끔하게 막을 내린다. 명확한 결말이나 눈에 확 띄는 반전이 없어서 덤덤하지만 으스스한 뒷맛이 남는다.

『그림자밟기 여관의 괴담』에는 이러한 실화 괴담이 원고 형태로 다수 삽입되어 있다. 오시마 기요아키는 스스로 수집한 체험담도 작품 속에 많이 녹여 넣었다고 한다. 체험담 특유의 부조리함이나 독특한 감촉을 살리려고 애썼다는 말에서 작가가 실화 괴담에 얼마나 주력했는지 알 수 있다. 사건과 번갈아 등장하는 실화 괴담 원고는 으스스한 분위기를 내면서 자칫 늘어지기 쉬운 이야기를 환기시키고 사건에 궁금증을 더한다. 또한 『그림자밟기 여관의 괴담』은 실화 괴담 속의 괴이 현상을 수수께끼 풀이의 대상으로 삼는 것이 특징이다. 괴담에서 비롯된 수수께끼를 논리적으로 풀어내는 한편으로, 설명할 수 없는 괴담의 영역도 남겨둠으로써 괴담과 미스터리가 바늘과 실처럼 조화를 이룬다. 오시마 기요아키는 쓰다 보니 그렇게 되었다고 말하지만, 미스터리 소설을 좋아한다는 그의 내공을 엿볼 수 있는 부분이다.

불가해한 수수께끼를 제공할 수 있는 호러와 논리를 무기로 수수께끼를 격파하는 미스터리는 궁합이 좋다. 하지만 궁합이 좋다고 해서 누구나 호러와 미스터리가 잘 어우러진 작품을 쓸 수 있는 건 아니다. 그런 점에서 볼 때 교코쿠 나쓰히코의 『우부메의 여름』과 모리 히로시의 『모든 것이 F가 된다』에 큰 영향을 받았으며 요괴 연구가로도 활동하는 오시마 기요아키야말로 '호러 더하기 미스터리'가 아니라 '호러 곱하기 미스터리'를 이루어낼 수 있는 신인이 아니겠느냐고 번역가로서 기대를 품어본다. 그날을 기다리며 일단은 『그림자밟기 여관의 괴담』으로 괴담과 미스터리의 마리아주를 즐겨보는 것도 좋지 않을까 싶다.

2022년 10월
김은모

그림자밟기 여관의 괴담

지은이 오시마 기요아키
옮긴이 김은모
펴낸이 김영정

초판 1쇄 펴낸날 2022년 10월 31일

펴낸곳 (주)현대문학
등록번호 제1-452호
주소 06532 서울시 서초구 신반포로 321(잠원동, 미래엔)
전화 02-2017-0280
팩스 02-516-5433
홈페이지 www.hdmh.co.kr

ISBN 979-11-6790-132-3    03830

• 책값은 뒤표지에 있습니다.
• 파본은 구입처에서 교환해드립니다.